Susanne Fülscher
Limonensommer

PIPER

Zu diesem Buch

Mit Anfang zwanzig waren Judith, Lene und Katharina überzeugt, dass sie gemeinsam Schauspielerinnen werden und die Welt erobern würden – doch dann ließ ausgerechnet ein Mann ihre Freundschaft zerbrechen. Judiths große Liebe Robert, der sie eines Morgens ohne Erklärung aus heiterem Himmel verließ. Nur über Gerüchte erfuhr sie wenig später, dass er nun offenbar mit Katharina zusammen war. Das konnte Judith ihrer Freundin nie verzeihen, und auch die Wege von ihr und Lene trennten sich kurz darauf. Nach einer jahrelangen Wand aus Schweigen fasst die fünfundvierzigjährige Judith sich ein Herz und macht sich auf den Weg zu ihren einstigen besten Freundinnen, um die Ereignisse von damals aufzuarbeiten. Endlich kommen Dinge zur Sprache, über die viele Jahre lang geschwiegen wurde, und alte Wunden heilen. Während die Verbundenheit von früher langsam zurückkehrt, wird Judith, Lene und Katharina klar: Egal, wie verrückt das Leben auch sein mag – am Ende zählt nur, was man selbst daraus macht.

Susanne Fülscher widmete sich nach ihrem Germanistik- und Romanistikstudium bald dem Schreiben. Bisher sind von ihr um die sechzig Romane und Kurzgeschichten für Kinder, Jugendliche und Erwachsene erschienen, die mehrfach ausgezeichnet und in viele Sprachen übersetzt wurden. Susanne Fülscher lebt als freie Schriftstellerin und Drehbuchautorin in Berlin.

Susanne Fülscher

Limonensommer

Roman

PIPER

Mehr über unsere Autoren und Bücher:
www.piper.de

Wenn Ihnen dieser Roman gefallen hat, schreiben Sie uns unter Nennung des Titels »Limonensommer« an *empfehlungen@piper.de*, und wir empfehlen Ihnen gerne vergleichbare Bücher.

Von Susanne Fülscher liegen im Piper Verlag vor:
Das rosa Haus am Meer
Wo die Liebe hintanzt
Limonensommer

FSC
www.fsc.org
MIX
Papier aus verantwortungsvollen Quellen
FSC® C083411

Originalausgabe
ISBN 978-3-492-31577-7
1. Auflage Mai 2020
3. Auflage Juli 2020

Redaktion: Lisa Wolf
Umschlaggestaltung: zero-media.net, München
Umschlagabbildung: FinePic®, München
Satz: Uhl + Massopust, Aalen
Gesetzt aus der Filosofia
Druck und Bindung: CPI books GmbH, Leck
Printed in the EU

Bordighera, 1989

PROLOG

Sie waren vierzehn und liebten alles, was süß und verführerisch war. Gummitiere, Lakritze, Schaumküsse, Zitronenbonbons, Schleckmuscheln, Eiskonfekt, Zuckerstangen, Jungs mit dunkel gelocktem Haar und vor allem sich selbst.

»Schwört ihr?«, fragte Judith und ließ den grobkörnigen Sand durch die Finger rieseln.

»Was?«, entgegnete Katharina. Sie hatte sich so großzügig mit Sonnenöl eingerieben, dass ihre bronzefarbene Haut glänzte. Hinreißend sah sie immer noch aus. Ein bisschen wie Brooke Shields.

Lene lag bäuchlings auf der Badematte – wegen ihrer krabbenroten Schultern hatte sie sich ein T-Shirt umgelegt und grunzte schlaftrunken.

»Dass wir immer beste Freundinnen bleiben«, fuhr Judith fort.

»Immer im Sinne von … bis an unser Lebensende, und wer den Schwur bricht, muss getötet werden?« Typisch Katharina mit ihren makabren Witzen.

»Genau so«, bestätigte Judith.

Lene rappelte sich hoch, und kichernd schlugen sie ein.

Es klang zwar wie ein Spaß, aber Judith meinte es ernst. Ein Leben ohne Katharina und Lena – unvorstellbar! Eine ferne Himmelsmacht – vielleicht hieß sie Gott – hatte sich etwas dabei gedacht, als sie die drei Mädchen in die Welt katapultiert hatte. Geboren Mitte der Siebzigerjahre in Hamburg-Eppendorf, waren sie in unmittelbarer Nachbarschaft aufgewachsen und vom ersten Schultag an unzertrennlich. Sie spielten Volleyball im Verein, ließen sich in derselben Gemeinde konfirmieren und saßen im Unterricht in der zweiten Reihe nebeneinander. Links Lene, in der Mitte Judith, rechts Katharina.

In den Sommerferien fuhren sie, sooft es nur ging, gemeinsam nach Italien. Bordighera hieß der zauberhafte Ort an der Blumenriviera unweit der französischen Grenze. Dort hatten sich Katharinas gut situierte Eltern Anfang der Achtzigerjahre zusammen mit der Oma eine Wohnung gekauft. Für drei Familien war sie zu klein, doch Judith und Lene durften mit in Katharinas Zimmer übernachten. Sie liebten die Nächte fern von den Eltern, die sich in einer Pension oder einem der Hotels im Ort einquartiert hatten. Oft plauderten sie bis spät in die Nacht und schliefen erst ein, nachdem Katharinas Mutter zum zweiten oder dritten Mal hereingeplatzt war und sie ermahnt hatte, endlich still zu sein.

1989, im Jahr des Mauerfalls, reisten Judiths Eltern zu Verwandten in die DDR. Lenes Eltern blieben zu Hause, um die Wohnung zu renovieren, und die Mädchen bettelten so lange, bis man ihnen erlaubte, mit Katharinas Familie nach Italien zu fahren. Sechs Wochen nicht enden wollender Sommerferien. Hitze, Meer und braun gebrannte Jungs. Es war wie das Paradies auf Erden, wie ein Versprechen von allem, was noch kommen würde. Keine von ihnen hatte bisher einen Freund gehabt, und sie waren sich auch nicht sicher, ob sie das schon wollten. Und überhaupt, es war doch viel prickelnder, zu gucken und zu schwärmen und sich kringelig zu lachen, wenn einer der Jungs zu ihnen herübersah.

Die meisten Italiener schauten Lene an, die zarte, rotblonde Schönheit, die den Sonnenbrand ohne zu klagen ertrug. Katharina stand ebenfalls hoch im Kurs, und manchmal lachte Judith extralaut, damit auch ihr mal jemand ein Lächeln schenkte. So wie Enzo, den sie am dritten Tag an der Eisdiele kennenlernten. Sie genoss es, wie er sie mit Blicken verschlang, als wäre sie ein Eis. Doch als er einen Tag später seine schwitzige Hand mit den abgekauten Fingernägeln auf ihren Oberschenkel legte und ihr einen nassen Kuss auf den Hals schmatzte, ließ sie ihn ohne ein weiteres Wort stehen. Seine übergriffige Art behagte ihr nicht, da mochte er noch so säuseln und auf charmant tun.

Zum Glück gab es Lene und Katharina. Bei ihnen fühlte sie sich geliebt und geborgen, einfach sicher. Und es ging weiter mit den Schwüren an diesem heißen Sommertag. Sie versprachen einander, immer offen und ehrlich zu sein. Nichts zu verschweigen, weil heimlich tun irgendwie auch lügen war. Alles schwesterlich zu teilen, die Gummibärchen, den Tintenkiller, die Tampons. Nur nicht die Jungs, das stellten sie von Anfang an klar. Und der Freundin schon gar nicht den Freund auszuspannen, denn das war nun wirklich das Allerletzte. Sie wollten fair bleiben, von heute bis in alle Ewigkeit.

Bei einer eisgekühlten Cola in der Strandbar besiegelten sie den mündlichen Vertrag. Noch viele Jahre danach war sich Judith sicher, dass ihre Abmachung nicht nur einer Ferienlaune geschuldet, sondern wirklich ernst gemeint war.

Und doch kam alles anders.

Judith

Hamburg, Mai 2019

Eins

In der Nacht hatte Judith von ihrer Mutter geträumt. Wie sie in ihrem Lieblingssessel saß, dem sattgelben mit der hohen Rückenlehne, und an einem Strauß Flieder roch. Ohne tiefe Schatten unter den Augen. Ohne den Luftröhrenschnitt. Ihre Haare waren braun gelockt und störrisch wie früher, ihre Arme weich und rund, und sie lachte. Mit blitzweißen Zähnen, die sie nie gehabt hatte.

Mama. Mutti. Omi. Irmchen. Gestorben an ihrem Geburtstag vor einem Jahr. Wie immer am 30. April hatten die Büsche und Bäume in lichtem Grün gestanden. Die Straßenränder waren mit Löwenzahn und Gänseblümchen betupft, die Vögel hatten gesungen und die Luft nach unbändiger Lust aufs Leben gerochen. Nur in Judith war alles tot gewesen. Die Tage danach hatte sie sich in Aktionismus geflüchtet. Die Beerdigung musste organisiert werden; ihre Schwester Anna, die in Rotterdam ein Café betrieb, reiste aus den Niederlanden an. Welcher Sarg? Welches Blumengesteck? Welche Musik? Ihre Mutter hatte Bach und Ranunkeln geliebt, und beim Sarg, das hatte sie in ihrer pragmatischen Art oft genug betont, sollte es das einfachste Modell sein. Keine Kinkerlitzchen, kein Schnickschnack. Die Kiste würde ohnehin verbrannt werden, also bitte. Ein Totenhemd hatte sie auch nicht gewollt. Sauber und praktisch gedachte sie sich in den Sarg zu legen. In ihren Wohlfühljeans, dazu ein flottes Karo-Flanellhemd.

Auch in den Wochen nach der Beerdigung gab es viel zu organisieren. Die Wohnung, in der ihre Mutter seit dem Tod des Vaters vor zehn Jahren allein gelebt hatte, musste aufgelöst werden. Ein Schritt, der Judith an ihre Grenzen brachte. In ihren Sachen schnüffeln. Jeden Zettel umdrehen, jede Vase in die Hand nehmen, jeden Teller, jedes Buch und dann entscheiden, ob der Gegenstand es wert war, ihn aufzubewahren. Durfte sie das überhaupt? Nein, sie musste. Mit der Zeit gingen sie und ihre Schwester resoluter vor. Die Pfanne und der angebrannte Topf konnten weg, die Kristallgläser sowieso. Letztere wollte nicht mal ihre Tochter Lisbeth haben, die in Bielefeld Germanistik und Soziologie studierte und in einer spärlich bestückten WG lebte. Viel zu unmodern, Gläser gab es im schwedischen Möbelhaus zum Schleuderpreis. Was war mit der Brotmaschine? Nur ein Staubfänger und benutzte heutzutage niemand mehr. Brot kaufte man geschnitten, oder man nahm das gute alte Messer in die Hand. Irgendwann hatten Anna und sie es geschafft. Alles durchgesehen. Jeden Winkel der Wohnung abgegrast. Am Ende hatten sie bloß wenige Andenken behalten. Die Fotoalben, den Schmuck der Mutter, Vaters Uhren, das Tafelsilber und die gerahmten Fotos der Ahnen und Urahnen, alles sicher in zweieinhalb Umzugskartons verstaut.

Dann waren die Entrümpler angerückt. Gerade mal drei Stunden hatten die Jungs gebraucht. Drei Stunden, um ein gesamtes Leben wie einen falsch geschriebenen Buchstaben im Schulheft mit dem Tintenkiller auszulöschen. Judith stand mit Anna auf dem Balkon und rauchte eine mit, obwohl ihr von Zigaretten übel wurde. Es tat weh, mit anhören zu müssen, wie das Mobiliar ihrer Eltern zertrümmert, das Porzellan zerschlagen und der Rest, der sich vielleicht noch verhökern ließ, in Kisten geworfen wurde. Ohne Rücksicht darauf, dass diese Dinge viele Jahre nicht nur Dinge gewesen waren. Sie hatten ihrer Mutter etwas bedeutet, sie hatte sie gehegt und gepflegt, als müssten sie Jahrzehnte überdauern.

Drei Stunden darauf war der Spuk vorüber und die Wohnung besenrein. Das Leben ihrer Mutter ausgekehrt. Judith unterschrieb den Auftrag und fing an zu weinen. Anna hatte ihre Tränen nur weggedrückt, sie weinte erst später, als sie im *Reichshof* am Hauptbahnhof ein Glas Champagner tranken. Auf Mutti, die ihnen hoffentlich dabei zusah.

Das war etliche Monate her. Monate, in denen Judith täglich an ihre Mutter gedacht und sich nach ihr gesehnt hatte. Die Lücke, die sie hinterlassen hatte, klaffte so viel größer, als sie es sich noch zu ihren Lebzeiten hätte vorstellen können.

Am meisten vermisste sie, dass ihre Mutter sie nicht mehr anrief. Weil Tote das für gewöhnlich nicht taten. Dennoch ging Judiths Blick als Erstes zum Anrufbeantworter, sobald sie in die Wohnung kam, und flackerte das rote Lämpchen, tat ihr Herz einen Hüpfer. Einen Sekundenbruchteil lang dachte sie dann, dass es ja vielleicht doch ihre Mutter war, um gleich darauf über sich selbst den Kopf zu schütteln. Und empört über den Lauf der Dinge, streifte sie die Schuhe von den Füßen und pfefferte sie in die Ecke.

Eine harte Zeit lag hinter ihr. Erst bei Drehbeginn vor wenigen Wochen – Judith spielte im *Polizeiruf 110* die psychisch labile Mutter des Mordopfers – hatte sich die Dunkelheit in ihrem Kopf gelichtet. Die Rolle war ihr wie auf den Leib geschneidert, und nach einer Flaute an Rollenangeboten im letzten Jahr fühlte sich die Bestätigung, die sie am Set erfuhr, wie ein warmer Frühlingsregen an. Sie war Mitte vierzig und immer noch gefragt. Und es würde weitergehen. Ihre Agentin Corinna hatte ihr bereits Castinganfragen für Nebenrollen in drei Fernsehfilmen sowie für die Hauptrolle in einer täglichen Serie zukommen lassen. Das klang vielversprechend, und wenn nur eins der Angebote klappte, wäre sie überglücklich. Sie wusste, dass ihre Mutter sehr stolz auf sie gewesen wäre. Wie bei jedem Theaterengagement und bei jedem Film, in dem sie in den letzten zwanzig Jahren mitgespielt hatte.

Vor einer Woche wäre sie neunundsiebzig geworden. Judith hatte den Todes- und Geburtstag zum Anlass genommen, mit ihrem Mann, ihrer Schwester und deren Freund Hannes zu feiern. So, wie sie Muttis Ehrentag all die Jahre gefeiert hatten. Mit Würstchen und Kartoffelsalat, dem besten Sekt aus dem Feinkostladen und einem bodenständigen Zitronenkuchen. Backen gehörte nicht zu Judiths Lieblingsbeschäftigungen, aber der Geburtstagskuchen ihrer Mutter gelang ihr, ohne auch nur einmal ins Rezept zu schauen. Der Clou war die Zuckerglasur mit Zitruszesten. Dazu gab es wie früher starken Bohnenkaffee. Und statt Dosenmilch echte Sahne.

Die kleine Familienfeier war Balsam für Judiths Seele. Sie hatten Puccini-Opern gehört, gelacht, geweint, gescherzt und eine Flasche Sekt auf Eis geleert. Anna und Hannes reisten nach zwei Nächten, die sie mehr schlecht als recht in Lisbeths altem Kinderbett geschlafen hatten, wieder ab. Es war in Ordnung so. Auch wenn Tom den ganzen Tag im Möbelgeschäft verbrachte, fühlte sich Judith weniger allein. Sie hatte ja auch allerhand zu tun. Aufräumen, Wäsche waschen, putzen. Und endlich knöpfte sie sich die Familienalben vor, die sie im letzten Jahr – aus purer Bequemlichkeit, vielleicht aus Feigheit – nicht mal aus dem Umzugskarton genommen hatte. Ihre Schwester hatte sich bereits ein paar Lieblingsfotos herausgerissen, mehr wollte sie nicht. Sie und Hannes lebten in Amsterdam auf engstem Raum; da war kein Platz für Ballast.

Auch Judith nahm sich vor, nicht jede verwackelte Aufnahme, die ihre Mutter beim Tomatenernten auf dem Balkon oder mit ihrer Freundin Hilde auf Kreta beim Sonnenbaden zeigte, aufzubewahren. Ein paar wenige, dafür besondere Fotos – das musste reichen. Hatte sie früher jeden Strampler von Lisbeth, jedes noch so abgewetzte Plüschtier gehortet, war sie mit den Jahren rigoroser geworden. Wozu den ganzen Plunder aufbewahren? Dafür brauchte sie mehr Schränke, und die hatte sie nicht.

Doch gleich auf den ersten Seiten des Albums blieb sie hängen. Sie hatte es befürchtet. Sie, Anna und ihre Eltern in Timmendorfer Strand an der Ostsee. Während Judith in den auslaufenden Wellen planschte, baute Anna eine Sandburg. Ihre Mutter trug einen rot-weiß gepunkteten Bikini und tat nichts. Außer Aufsehen zu erregen. Sie stand, ein Bein vor dem anderen gekreuzt, am Saum des Wassers, und ein braun gebrannter Mann, Typ Gigolo, schaute in ihre Richtung. Wer hatte das Foto aufgenommen? Ihr Vater? Kaum vorstellbar, dass er seine Frau fotografierte, während ein anderer Mann sie anstarrte.

Judith blätterte weiter, doch schon bald überkam sie die alte Traurigkeit. Weil sie Tom nicht im Laden anrufen konnte, ging sie in die Küche hinüber und setzte einen Espresso auf. Mit dem Löffel Zucker, den sie hineingab, schmeckte er bittersüß, und ihre Laune besserte sich schlagartig. Sie stellte die Tasse in die Spüle zurück, und als sie den Kopf hob und einen Blick aus dem Fenster warf, sah sie den Postboten auf sein gelbes Rad steigen und davonradeln. Eilig griff sie nach dem Haustürschlüssel und lief die zwei Stockwerke hinab. Vielleicht war der Steuerbescheid, auf den sie sehnsüchtig wartete, endlich gekommen. Ihre Steuerberaterin hatte ein Guthaben errechnet. Ein hübsches Sümmchen, von dem sie und Tom im Spätsommer verreisen wollten.

Ein praller DIN-A4-Umschlag ragte aus dem Schlitz. Judith ruckelte daran, doch er ließ sich nicht herausnehmen. Dummerweise konnte sie ihn ebenso wenig hineindrücken. Unmut stieg in ihr auf. Warum hatte der Postbote nicht geklingelt? Die alte Frau Meinhard im Parterre war immer zu Hause. Judith zerrte kräftiger daran, an einer Stelle riss die Briefhülle ein, dann bekam sie sie zu fassen und zog sie heraus.

Kein Absender, seltsam. Der Umschlag erweckte den Eindruck, als wäre er schon mehrere Male benutzt worden, und als Judith ihre Nase dranhielt, zuckte sie angewidert zurück. Er roch nach feuchtem Keller und nach Zigaretten. Aufmachen oder gleich wegwerfen, überlegte sie noch, als ihr Finger bereits unter die Lasche fuhr. Sie war kaum wieder oben in der Wohnung, da hatte sie den Brief ganz aufgerissen. In der Sendung befand sich ein weiterer verschlossener Umschlag, dazu ein Schreiben.

Judith entfaltete das hellblaue Briefpapier, das ebenfalls nach Zigaretten roch, und las:

Hamburg, den 28. April 2019

Liebe Judith,
erinnerst du dich noch an mich, mein Kind? Ich bin's, Hilde. Sicher wunderst du dich und denkst, warum schreibt mir die alte Hilde? Vielleicht bist du auch verärgert, weil ich nicht zur Beerdigung deiner Mutter gekommen und dir nicht mal kondoliert habe. Es ging leider nicht. Ich hatte zu dem Zeitpunkt eine komplizierte Hüft-OP (ich musste dreimal unters Messer!), von der ich mich bis heute nicht richtig erholt habe. Ich bedaure es ungemein, ich hätte Irmchen so gern verabschiedet. Obgleich der Kontakt zwischen uns ja leider abgerissen war. (O ja, das war ein großer Fehler, ich bereue es zutiefst.) Nach einer längeren Reha konnte ich endlich wieder zurück nach Hause. Ein Weilchen ging auch alles gut – dank meiner beiden Neffen und eines Pflegeteams. Sie haben getan, was in ihrer Macht stand, alle wollten es mir richtig schön machen.
Aber … nun ja … es ist nicht einfach, alt zu werden. Meine

Gelenke schmerzen, die Muskeln verweigern ihren Dienst, und manchmal ... ja, manchmal lässt mich auch mein Gedächtnis im Stich. Daher bin ich vor einem Monat in eine Seniorenresidenz umgezogen. Judith, ich habe Glück gehabt. Es ist ein richtig behagliches Heim in Wandsbek, ja, wirklich! Ich habe meinen alten Fernseh- und Lesesessel und sogar einen winzigen Schreibtisch, an dem ich dir jetzt diesen Brief schreibe. Nein, unterm Strich kann ich mich nicht beklagen. Um auf den Balkon zu gelangen, muss ich nur einmal den Rollator über den Flur schieben. Das schaffe ich, und dann sitze ich da und schaue in eine prächtige Kastanie.
Im beiliegenden Umschlag findest du Briefe, die deine Mutter mir geschrieben hat. Stell dir vor, ich habe keinen einzigen weggeworfen! Ach, und ein paar Fotos, die uns als alberne junge Hühner zeigen (zum Piepen!). Gott bewahre, du sollst nicht alles aufbewahren, aber ich möchte dir die Briefe keinesfalls vorenthalten. Vielleicht behältst du sogar den einen oder anderen als Andenken an deine Mutter. Irmchen und mich hat etwas ganz Besonderes verbunden. Umso mehr schäme ich mich, dass ich nie wieder den Kontakt zu ihr gesucht habe. Es ist nicht mal etwas Spezielles zwischen uns vorgefallen (kein Streit oder dergleichen), das Leben hat uns einfach auseinandergerissen. Wenn das Schicksal es will, werden wir uns eines Tages wiedersehen, habe ich immer gedacht. Aber das Schicksal wollte es nicht. Das ist traurig. Ich hätte deiner Mutter noch so viel zu sagen gehabt. Zum Beispiel, wie bedeutsam sie für mein damaliges schüchternes Ich war. Dazu ist es nun nicht mehr gekommen, und mir bleibt lediglich zu hoffen, dass sie es gespürt hat.

Mach's gut, liebe Judith. Du warst so ein gutes und begabtes Mädchen. Das hat Irmchen immer wieder gesagt.
Alles Liebe
Deine Hilde

Eine Weile saß Judith regungslos am Küchentisch, dann riss sie den zweiten Umschlag auf und kippte das Sammelsurium von Briefen, Postkarten Fotos, Eintrittskarten und bekritzelten Zetteln auf den Tisch. Tränen schossen ihr in den Augen. Dicht beschriebene Seiten mit der runden, sich nach rechts neigenden Handschrift ihrer Mutter. Niemals hatte sie ihre Mutter Briefe schreiben sehen. Einkaufszettel ja, manchmal eine Postkarte, aber womöglich war das alles vor ihrer Zeit gewesen. Timmendorfer Strand, den 8.9.1972, las sie, Hamburg, den 3.2.1969, ein Brief von 1977 fiel ihr in die Hände, da war sie gerade zwei Jahre alt gewesen. Sie grub sich weiter durch den Haufen, fischte mal hier, mal da ein Foto heraus und stieß auf Aufnahmen, die sie noch nie zu Gesicht bekommen hatte. Ihre Mutter mit Anna als Baby im Arm in einem Lokal an der Außenalster. Vielleicht *Bodo's Bootssteg*? Hatte es das Café damals schon gegeben? Ihre Mutter in einer heiteren Silvesterrunde mit Hütchen auf dem Kopf. Ihre Mutter und Hilde barfuß auf Steinen am Meer balancierend. Ihre Mutter mit Hilde im Garten, im Hintergrund ihr Nachbar Hans Becker am Grill.

Judith begann in den Briefen zu stöbern, sie las sich fest und vergaß darüber, das opulente Abendessen vorzubereiten, das sie Tom versprochen hatte. Einmal im Monat kochte er ein Überraschungsmenü für sie, im nächsten Monat sie für ihn. Sie sah auf die Uhr – großer Gott, schon halb acht! – und empfand es plötzlich als Zumutung, in der Vergangenheit ihrer Mutter zu schnüffeln. Wozu sollte das gut auch sein? Ihre Mutter konnte nicht mal entscheiden, ob sie es wollte oder nicht.

Doch erst, als sie den Schlüssel in der Haustür hörte, stopfte sie die Briefe und Fotos zurück in den Umschlag und verstaute diesen in ihrem Schreibtisch. Vielleicht würde sie ihn ja auch vergessen. So, wie sie vieles vergessen hatte, was in den Tiefen der Schubladen schlummerte. Ganze Teile ihres Lebens waren dort vergraben. Fotos von Klassenfesten. Katharina mit ihren weißen Zähnen und den Schneewittchen-Haaren. Lene, zart, vornehm blass und rotblond. Und Robert. Immer wieder Robert. Aber davon wollte sie nichts mehr wissen. Das war alles viel zu lange her, um heute noch von Belang zu sein.

»Tom, wir gehen essen!«, rief sie gespielt munter in den Flur hinein.

Tom fragte nicht, wieso, weshalb, warum. Für den Bruchteil einer Sekunde hob er überrascht die Augenbrauen, dann ging er ins Schlafzimmer hinüber, um sich umzuziehen.

*

Zwei Wochen verstrichen. Vierzehn Tage, in denen Judith die Briefe nicht anrührte. Wozu auch? Nach den Ereignissen des letzten Jahres wollte sie sich zu nichts zwingen, nur noch Dinge tun, die Spaß machten, und wenn sie der Zeit beim Verrinnen zusah. Langeweile war ohnehin nicht ihr Problem. Sie bereitete sich auf die dicht aufeinanderfolgenden Castingtermine vor, fuhr zum Vorsprechen nach Lüneburg und nach Berlin und sprang vor Freude in die Luft, als es mit der Serie klappte. Drehbeginn war im Herbst. Zweihundert Folgen. Das bedeutete ein Dreivierteljahr Arbeit. Tom befahl ihr, die freie Zeit bis zum 7. Oktober auszukosten, sie nicht mit Hausarbeit oder dergleichen zu vergeuden. Aber das hatte Judith ohnehin nicht vor. Sie verabredete sie sich mit einer befreundeten Maskenbildnerin fürs Kino und Theater, faulenzte bis zum Nachmittag im Schlafanzug auf dem Sofa oder schlenderte über den Jungfernstieg, um später eine Schale Milchkaffee im *Café Paris* zu trinken. Ab und zu suchte sie auch Tom in seinem Laden in Winterhude auf und ging mit ihm mittagessen.

An manchen Tagen sah sie im Schreibtisch nach, ob Hildes Umschlag noch an Ort und Stelle lag, und immer wanderten ihre Gedanken unweigerlich zu ihrer Mutter. Das erste Mal seit Langem kamen keine Tränen mehr. Der anfangs gellende Schmerz war einer melancholischen Sehnsucht gewichen. Als wäre ihre Mutter allein dadurch, dass sich ein Teil ihrer Vergangenheit in dem Briefumschlag befand, wieder mehr in ihrer Nähe.

Lesen wollte Judith die Briefe trotzdem nicht. Aber sie wusste, dass sie es jederzeit tun konnte. Niemand würde sie davon abhalten oder es ihr übel nehmen. Und schon gar nicht ihre Schwester, die keine Meinung dazu hatte. Tom dagegen redete ihr seit dem Abend, an dem sie feudal ins *Cox* gegangen waren, gut zu. Er hätte an ihrer Stelle nicht einen Augenblick gezögert. Es war nicht verkehrt, Antworten auf Fragen zu erhalten, die sonst für immer im Verborgenen blieben.

Judith zögerte dennoch. Es ging ihr nicht allein um ihre Mutter. Jede Briefzeile würde sie zweifelsohne an die eigenen Schulfreundinnen erinnern. An dieses schmerzvolle Kapitel in der Vergangenheit, an dem sie viel zu lange geknabbert hatte. So viel war passiert. Dinge, an die sie nicht erinnert werden wollte. Und doch stellte sie sich so häufig die Frage, wie es wohl Katharina und Lene ergangen sein mochte. Wo hatte es sie hin verschlagen? Was taten sie? Hatten sie Kinder oder keine? Und war Katharina noch mit Robert zusammen?

Traurig, dass alles so gekommen war. Der Traum ihrer lebenslangen Freundschaft zerplatzt. Rund zwei Jahrzehnte war das jetzt her. Und nie wieder – das war das Bittere an der Sache – hatte sie Herzensfreundinnen wie Katharina und Lene gefunden. Vertraute, mit denen man lachen, streiten und sich versöhnen konnte. Tom war der Ansicht, dass Kinderfreundschaften ohnehin anders seien. Inniger, intensiver, dramatischer. Stritt man sich, raufte man sich wieder zusammen. So unterschiedlich man auch sein mochte. In späteren Jahren wurde es ungleich schwieriger, echte Freunde zu finden. Weil man bereits ein dick geschnürtes Päckchen gelebtes Leben auf dem Buckel trug und sich das mit den Marotten der anderen oft nicht vertrug. Eine Freundin, die Kette rauchte? Niemals! Eine, die stets alles besser wusste? Unerträglich. Oder eine, die nicht zuhörte, selbst aber so viel redete, dass man kaum zu Wort kam? Schon gar keine Option. Waren die Lebensmodelle erst festgezurrt, wurden die meisten, ohne es zu merken, engstirniger und kleinkarierter. Judith nahm sich davon nicht aus. Auch sie ging anderen mit ihrer Fachsimpelei über Method Acting, Filme und Dreharbeiten auf die Nerven, womöglich erweckte sie als bekanntes Gesicht aus dem Fernsehen sogar Neid. Da war es doch sehr viel entspannter, sich mit Gleichgesinnten aus der Filmbranche zu verabreden. Mit Maskenbildnerinnen, Kamerafrauen oder Schauspielerinnen, die wie sie beim Film zu Hause waren und Verständnis dafür hatten, wenn man wochenlang keine Zeit hatte und oft so ausgelaugt von den Dreharbeiten zurückkam, dass man nicht mal Lust hatte, sich auf einen Kaffee zu treffen.

Im Lauf der Jahre hatte Judith die interessantesten Frauen kennengelernt. Doch kaum hatte man sich ein wenig angefreundet, fuhr die eine Kollegin zum Dreh nach Thailand, die andere nach Krakau, und die dritte versank in Depressionen, weil keine Aufträge reinkamen. In diesem Beruf war es schwierig, Freundschaften zu pflegen oder gar zu intensivieren. Oft hatte man eine Freundin für dreiundzwanzig Drehtage, und dabei blieb es dann auch.

Umso mehr trauerte Judith den alten Zeiten nach. Und hätte es Robert nicht gegeben, in den sie sich als Sechzehnjährige Hals über Kopf verliebt hatte, wären sie, Katharina und Lene vielleicht noch immer das unzertrennliche Dreiergespann ihrer Kindheit. Dass ausgerechnet ein Mann Auslöser für das Zerwürfnis zwischen ihnen gewesen war, hatte sich Judith bis heute nicht verziehen. Ihre erste große Liebe. Blind und naiv war sie hineingestolpert. Aber all das war lange her, und sie wollte keine negativen Gedanken mehr daran verschwenden. Es ging ihr doch gut. Sie hatte ihr Leben und empfand es an den meisten Tagen als mehr als erfüllend. Fluffig, buttrig und süß wie der Zitronenkuchen ihrer Mutter. Beruflich lebte sie ihren Traum. Niemals hätte sie etwas anderes als Schauspielerin sein wollen. Und sie hatte Tom, den sie über alles liebte. Und natürlich Lisbeth, ihre großartige Tochter. Also war alles gut, und musste man nicht irgendwann großzügig sein und verzeihen können? So, wie sie Tom damals die Affäre mit Annika aus der Buchhaltung verziehen hatte? Und Lisbeth die Kifferei mit siebzehn?

Doch so sehr sie sich auch bemühte, die Wunden der Vergangenheit waren wie ein in die Haut gefrästes Tattoo. Es verblasste nur ein wenig, ließ sich jedoch nicht komplett entfernen. Sie sah Robert vor sich, seine verfilzten dunkelblonden Locken und seine erstaunlich karamellbraunen Augen hinter der runden Hornbrille. Er war nie einer dieser aalglatten Schönlinge gewesen, aber gegen ihn hatten die pickeligen Durchschnittsjungs in ihrer Klasse keine Chance gehabt. Meist trug er eine schwarze Anzughose, dazu ein ungebügeltes weißes Hemd und eine Krawatte seines Vaters, im Winter einen schwarzen Rolli, darüber eine abgewetzte schwarze Lederjacke vom Flohmarkt oder ein ausrangiertes Jackett. Masche oder nicht, er sah umwerfend darin aus. Es hätte bloß noch eine zerfledderte Sartre-Ausgabe in der Tasche seiner Anzugjacke gefehlt. Schaut mich an, bin ich nicht lässig? Ihr anderen seid gegen mich doch nur mittelmäßige Hohlköpfe. Nie sah man ihn in Jeans. Weil er nicht wie jeder sein wollte. Durchschnittlich, gewöhnlich. Dazu kamen die druckreifen Formulierungen, mit denen er so manchen Lehrer vor den Kopf gestoßen hatte. Weil auch sie gegen ihn blässlich und uninspiriert wirkten.

Judith hatte nicht mehr Gründe gebraucht, um sich in ihn zu verlieben. Es war Knall auf Fall passiert, und wie in einem Schleudersitz war sie in das furioseste Emotionschaos ihres Lebens hineingerauscht.

Judith

Hamburg, Juni 1991

Es regnete.

Seit Tagen hing eine steingraue Wolkendecke über der Stadt, aus der es unaufhörlich goss. Typisches Hamburger Schietwetter. Kein Grund, auch nur ein Wort darüber zu verlieren, aber Katharina ließ auf dem Weg zur Theater-AG, die in der Turnhalle der Schule stattfand, eine Tirade los.

»Mir reicht's so was von!«, schimpfte sie und zog sich die Kapuze tief in die Stirn. »Und so was nennt sich Sommer! Das ist doch nicht mehr normal!«

»Wissen wir.« Lene verdrehte die mit Kajal umrandeten Augen, dann stupste sie Katharina die Kapuze vom Kopf.

»Pass bloß auf! Sonst muss ich dich gleich in die Alster werfen. Und das überlebst du nicht.« Mit rudernden

Armen rannte Katharina hinter der kreischenden Lene her.

Judith folgte den beiden im Schutz der Überdachung der Fahrradständer. Was kümmerte sie das Wetter? Sie mochte es, wenn der Regen gegen das Fenster ihres Zimmers trommelte und der Wind an den Läden rüttelte. Dann ließ es sich besser träumen. Von Robert. Diesem Wahnsinnstypen, der der bekannten österreichischen Lewinsky-Theaterfamilie entstammte. Er war erst ein paar Monate in ihrer Klasse, und Judith hatte sich rettungslos in ihn verliebt. Im Unterricht saugte sie jedes Wort auf, wenn er komplizierte Sachverhalte in geschliffenen Sätzen erklärte. Die komplizierten Sachverhalte wurden dadurch nicht weniger kompliziert, aber sie liebte es, seiner satten Stimme mit dem österreichischen Singsang zu lauschen. Kein *Äh* oder *Ähm* kam ihm über die Lippen. Kein Gestammel, kein *Ich weiß grad nicht*. Robert wusste immer, was er sagen wollte, mit wem er sich unterhalten wollte, wann er welche Schulstunde schwänzen wollte, weil die Lehrer ihm sowieso nichts beibringen konnten.

Außerhalb der Schule gab er sich unnahbar. Er, der Künstlertyp mit der Hornbrille, der lieber rauchte, Pastis trank und Novellen schrieb, als sich in die Klasse zu integrieren oder Mädchen aufzureißen. Was er sicher erfolgreich hätte tun können. Nicht nur Judith schien entflammt zu sein. Vielleicht war er auch schwul, niemand wusste es genau. Einige munkelten, er sei in Wien vom Gymnasium geflogen, andere behaupteten, seine Eltern hätten das horrende Schulgeld des englischen Internats nicht mehr zahlen können. Er selbst verlor kein Wort darüber. Er war eben da, wie von einer fernen Galaxie in die norddeutsche Hansestadt katapultiert. Der schräge Vogel. Das Genie. Der Junge zum Verlieben.

Die Leiterin der Theater-AG, Frau Gerloff, war so entzückt von ihm, dass sie ihm nach kurzer Zeit ein eigenes Theaterprojekt anvertraute, das parallel zu den Proben von *Romeo und Julia* lief. Judith, Katharina und Lene hatten nie zuvor Theater gespielt und quollen über vor Stolz, als Robert sie für sein Stück herauspickte. Die männliche Hauptrolle in dem absurden Zweiakter, den er frei nach Eugène Ionesco verfasst hatte, spielte er selbst. Natürlich – wenn nicht er, wer dann? Als Beleuchter musste Klassenclown und Depp vom Dienst Friedrich herhalten, daneben verteilte er, weil die Leute ihn belagerten, großzügig Statistenrollen.

In den ersten Wochen waren alle glücklich, dabei zu sein und in Roberts Fahrwasser zu schwimmen. Als würde ein wenig von seinem Talent, ja, von seinem Genie auf sie abstrahlen. Doch nach und nach änderte sich sein Ton. War er bisher stets höflich und respektvoll gewesen oder hatte sie mit seinem Wiener Schmäh umgarnt, bekam er immer häufiger cholerische Wutausbrüche.

Verdammt noch mal, sprich lauter, Lene! Und guck nach vorne, Katharina, nach VORNE, das Publikum will nicht nur deinen Rücken sehen. Herrje, Friedrich, den Stuhl anleuchten, ist das denn so schwer?

Nur Judith ging er nicht ganz so harsch an. Entweder machte sie alles richtig, oder er verschonte sie, weil er sie mochte. Ganz bestimmt mochte er sie. Aber war er auch in sie verliebt? So wie sie in ihn? Sobald er die kleine runde Hornbrille abnahm und sie anlächelte, schmolz sie dahin. Abseits der Proben war er der galanteste Mensch, den sie sich nur vorstellen konnte. Mal hielt er ihr die Tür auf, mal gab er ihr, wenn sie ausgehungert zur Theater-AG kam, von seinen Kürbiskernbrot-Stullen ab, die mit würzigem Bergkäse belegt waren. Und dann entschuldigte sie ihn im Stillen für die Beschimpfungen, die die anderen über sich ergehen lassen mussten. Vielleicht stand er einfach nur unter Druck. Seine Familie war Segen und Bürde zugleich. Die lokale Presse war auf das Projekt aufmerksam geworden und wollte sich die Premiere nicht entgehen lassen. Dann würde sich zeigen, ob ein echter Lewinsky in ihm steckte, der dem Ansehen der Familie gerecht wurde.

Noch stand nicht fest, wer die Hauptrolle Rosalie bekommen und damit die bisher nur grob angedachte Liebesszene mit Robert spielen würde. Noch experimentierte er und schob seine Schauspielerinnen wie König, Dame und Läufer auf einem Schachbrett hin und her. Das verunsicherte Judith. Sie spielte gut, natürlich spielte sie gut, sonst hätte Robert sie öfter kritisiert, doch tief im Innern sah sie sich als Konkurrentin zu ihren Freundinnen. Zu Katharinas Temperament. Zu Lenes filigraner Schönheit, die erst auf der Bühne richtig zur Geltung kam. Was Judith auszeichnete, war Fleiß, gepaart mit einer guten Portion Bodenständigkeit. Aber reichte das? Natürlich wollte sie Rosalie sein! Katharina wollte es ebenso. Unbedingt! Ihr Ehrgeiz ließ gar nicht anderes zu. Nur Lene ging entspannter an die Sache heran. Es schien ihr nicht so wichtig zu sein, welche

Rolle sie am Ende übernehmen würde. Dabei sein und sich ausprobieren war alles.

Judith erinnerte sich nicht einmal, wann genau sie sich in Robert verliebt hatte. Gerne hätte sie gesagt, es war gleich in der ersten Sekunde passiert, damals, als er in ihre Klasse gekommen war. Aber das stimmte nicht. Was für ein Wichtigtuer, hatte sie gedacht, als er mit eingefrästem Grinsen vor ihnen gestanden und Deutschlehrer Mattes ihn gebeten hatte, sich vorzustellen.

»Servus. Hi. Robert.« Er zog lässig am Kragen seiner Lederjacke, und die Klasse grölte vor Lachen.

»Robert Lewinsky«, ergänzte Herr Mattes. »Lewinsky. Habt ihr sicher schon mal gehört.«

Lewinsky kannte niemand. Mit Ausnahme von Judith.

Ihr Finger schnellte in die Luft. »Die Theaterfamilie Lewinsky?«, fragte sie und fand ihn noch affiger, als er ihr ein selbstgefälliges Lächeln hinwarf. Solche Typen konnte sie ja gut leiden! Hielten sich für den Nabel der Welt. Für eine sexy Kreuzung aus Sartre und Camus.

Selbstverständlich sagte ihr der Name Lewinsky etwas. Seit ihr Nachbar Herr Becker, ein guter Freund der Familie, den sie liebevoll Onkel Hans nannte, sie als Dreizehnjährige das erste Mal ins Deutsche Schauspielhaus eingeladen hatte, war sie infiziert. Theater! Die Bretter, die die Welt bedeuteten! Sie schaute sich jede Inszenierung im Fernsehen an, übte heimlich vorm Badezimmerspiegel das Gretchen, Lulu und Nora und war überglücklich, als Onkel Hans sie immer häufiger mit ins Theater nahm.

Und jetzt hatte sie einen echten Lewinsky in der Klasse. Das flößte ihr mehr Respekt ein, als würde ein

Thronanwärter mit ihr die Schulbank drücken. Oft beobachtete sie ihn verstohlen im Unterricht, und als sie nach ein paar Wochen bemerkte, dass er Augen hatte, in denen man sich zu verlieren drohte, war es längst zu spät. Es gab keine Rückspultaste wie bei ihrem Walkman. Sie war rettungslos verknallt.

Katharina machte sich über sie lustig. Ausgerechnet dieser Angeber. Bestimmt vögelte der sich durch die halbe Schule. Lene hielt dagegen, er sei eh schwul, keine Chance, den könne sie vergessen. Vielleicht hatte sie recht, vielleicht würde Judith niemals an ihn rankommen, aber war das etwa ein Grund, ihn sich aus dem Kopf zu schlagen? Er zog eben sein eigenes Ding durch, nicht so wie alle anderen, und gerade das reizte sie.

An einem Dienstag – ein paar Wochen war das jetzt her – war er in der Pause auf Judith und ihre Freundinnen zugeschossen, hatte seinen Finger vorgestreckt und wie eine Pistole auf sie gerichtet.

»Ihr seid's!«

»Was sind wir?«, fragte Judith.

»Diejenigen, welche.«

»Wie?«, hakte Katharina nach.

Nur Lene lächelte spöttisch. Sie machte immer den Eindruck, als könne sie Robert nicht besonders gut leiden.

»Ihr seid bei meinem Stück dabei. Also, natürlich nur, wenn ihr wollt.«

»Wollen wir?« Katharinas Blick ging erst zu Lene, dann zu Judith, deren Herz wie ein Trommelwirbel schlug.

»Wie kommen wir denn zu der Ehre?«, erkundigte

sich Lene. »Du weißt doch gar nicht, ob wir spielen können. Wir haben nicht mal vorgesprochen.«

Alle in der Klasse wussten, dass Robert seit dem Wochenende Schülerinnen und Schüler für sein Theaterstück castete. Während sich Judith vorgenommen hatte hinzugehen – sie *musste* es tun, selbst wenn sie vor Angst sterben würde –, nahmen Katharina und Lene die Sache lockerer. Katharina fand Theater schon irgendwie spannend, aber es gab so viele andere Dinge, für die sich begeistern konnte. Mode, Tanzen, Musik. Lene hatte keine richtige Meinung dazu. Sie hielt sich für zu leise und zu schüchtern, um vor Publikum zu sprechen.

»Das kann sich ja bald ändern«, sagte Robert. »Kommt heute Nachmittag in den Proberaum.«

Punkt drei standen sie in der Turnhalle, und nach ein paar dilettantischen Durchläufen – Judith hatte vor lauter Aufregung gezittert – waren sie engagiert.

»Spinnt der?«, meinte Katharina, als sie wenig später wieder vor der Tür standen. »Wir waren schlecht.«

»Also, das stimmt jetzt nicht«, widersprach Lene.

»Aber auch nicht richtig gut«, entgegnete Katharina.

»Vielleicht sieht er ja Potenzial in uns«, meinte Judith. Sie war überglücklich, geradezu überwältigt, wollte es den Freundinnen jedoch nicht zeigen.

»Oder er will uns ins Bett kriegen«, mutmaßte Katharina.

»Uns alle drei gleichzeitig?« Lene rollte mit den Augen.

»Nicht gleichzeitig. Aber hintereinander.« Katharina kicherte. »Na, wär das was, Judi-Schatz?«

Judith kroch die Hitze ins Gesicht. Wie sie es hasste, dass sie immer noch wie ein Teenager rot wurde! Wann hörte das bitte schön endlich mal auf? War man mit sechzehn nicht längst zu alt dafür? Außerdem hielt sie es für extrem unwahrscheinlich, dass Robert den Umweg über das Theaterprojekt wählte. Warum sollte er das auch tun? Die Mädchen standen freiwillig bei ihm Schlange. Er musste andere Gründe haben. Sie interessant finden. Vielleicht tatsächlich begabt. Oder als Trio spannend.

Wie jedes Mal, wenn sie sich der Turnhalle näherten, geriet Judiths Herz aus dem Takt. Und als sie die Tür aufstießen und Roberts Stimme vernahmen, laut, ein wenig polternd, schlug es absurd schnell.

Knapp drei Wochen lang probte er nun schon mit ihnen, sie hatten den Neid ihrer Mitschülerinnen zu spüren bekommen, aber Judith war das egal. Im Gegensatz zu Katharina störte sie sich auch nicht daran, vorübergehend alle drei Personen spielen zu müssen. Mal schlüpfte Judith in die Rosalie, mal Katharina, dann wieder Lene. Und auch bei den Nebenrollen, der Hebamme und der Ärztin, wechselten sie sich ab.

Katharina fand das respektlos von dem Herrn Regisseur und Gott der Theater-AG. Und weil sie es überhaupt nicht einsah, in ihrer Freizeit gleich drei Rollen auswendig zu lernen, rückte sie jedes Mal mit den kopierten Texten an. Es ging ja auch so. Lene und Judith verzichteten auf Spickzettel. Ihr Ehrgeiz war entfacht, Robert von sich zu überzeugen. Kritisierte er sie für gewöhnlich hart und schonungslos, sagte er diesmal nichts. Weder nach dem ersten Durchlauf noch nach dem zweiten, und auch nach dem dritten Mal schaute er sie bloß mit undurchdringlicher Miene an.

»Sehen wir irgendwie blöd aus?«, fragte Katharina provozierend. »Oder willst du mit einer von uns ins Bett und überlegst noch, welche dir besser gefällt?«

Judith versetzte ihrer Freundin einen Stoß. Es zwang sie ja niemand, Robert anzuhimmeln, aber nur, weil es ihm manchmal an Feingefühl fehlte, musste sie sich ja nicht auf sein Niveau begeben.

Friedrich, der am Scheinwerfer hantierte, lachte röhrend auf. »Also, ich würde euch alle drei nehmen. Reihenfolge? Wurscht.«

»Dann fang am besten bei dir selbst an«, schoss Katharina zurück.

Lene stieß einen Seufzer aus. »Also echt, Leute. Das wird mir hier langsam zu doof. Entweder arbeiten wir konzentriert oder ...«

»Lene, kommst du bitte mal?«, sagte Robert, und seine Gesichtsmuskeln entspannten sich.

»Okay?«

Die beiden verschwanden im Nebenraum, wo die Turngeräte standen, die nicht täglich gebraucht wurden. Gedämpft drangen ihre Stimmen zu den anderen herüber. Genaueres konnte man nicht verstehen.

»Musste das sein?«, fragte Judith.

»Wieso, ich fand's witzig.«

»War es aber nicht.«

»Herrje, Robert ist schließlich nicht Gott!« Sie grinste ihr umwerfendes Grübchengrinsen, auf das die Jungs so abfuhren. »Mach dich mal locker, Judi. Dann spielst du auch gleich viel besser.«

»Willst du damit sagen, dass ich schlecht spiele?«

»Nein. Natürlich nicht.« Katharina legte ihr den Arm um die Schulter. »Aber du bist manchmal ein bisschen … Ich weiß nicht, wie ich das sagen soll, ohne dass du gleich beleidigt bist.« Ihr Blick ging an die Decke, dann sprach sie weiter: »Verkrampft. Okay, wäre ich wohl auch, wenn ich so verknallt wäre wie du.«

»Sei bloß still!«, fuhr Judith ihr über den Mund.

Warum musste Katharina immer alles hinausposaunen, was ihr gerade in den Sinn kam? Wie peinlich, wenn Friedrich etwas mitbekam und es Robert petzte. Dabei konnte sich Judith durchaus vorstellen, dass Katharina selbst in Robert verschossen war. Wahrscheinlich konnte sie ihre Emotionen nur besser verbergen. Wenn man laut und frech war, kam niemand auf die Idee, dass tiefere Gefühle in einem schlummerten.

Einen Augenblick darauf kehrte Robert mit Lene zurück. Schulter an Schulter. Lächelnd. Meine Güte, was für ein hinreißendes Paar! Sie harmonierten perfekt miteinander. Die schöne Lene an der Seite des charismatischen Robert. Judith sah sie im Geiste in eleganter Abendgarderobe über den roten Teppich schreiten und schluckte gegen den Anflug von Neid an.

»Folgendes.« Robert wirkte nervös, während er sich mechanisch über die Locken strich und zu glätten versuchte, was sich ohne sein Zutun sowieso gleich wieder kringeln würde. »Lene spielt die Hauptrolle. Du, Katharina, bist die Hebamme, und du, Judith, die Ärztin.«

Stille. Ein paar Sekunden lang sagte niemand etwas. Die Luft schien zu vibrieren.

»Dann ist das so okay für euch?«, hakte Robert nach.

»Was heißt hier okay?«, entgegnete Katharina eine Spur eingeschnappt. »Du bist der Regisseur. Also entscheidest du auch. Logisch.«

Lene schabte sich mit den Schneidezähnen über den Daumennagel. Das tat sie häufig, sobald sie verunsichert war oder sich unwohl fühlte. »Also, ich muss nicht unbedingt«, sagte sie. »Ich will auch gar nicht ... Ich meine, wenn ihr lieber wollt ...«

»Nein, Lene, ich will dich für die Rolle«, sagte Robert. »Hebamme und Ärztin können von mir aus tauschen. Falls ihr da Probleme habt.«

»Nein, haben wir nicht«, erwiderte Katharina. »Oder, Judith?«

Judith zuckte mit den Schultern. Hebamme oder Ärztin – das war ihr egal. Im Grunde wollte sie ja nur eins: Rosalie spielen. Die labile Frau, die sich das Leben zu nehmen versuchte und von Robert gerettet wurde. Lene wiederum wollte ganz offensichtlich nicht von Robert gerettet, sprich geküsst werden, denn auf dem Heimweg beklagte sie sich über seine übergriffige Art.

»Wie kann der einfach so über mich bestimmen?«

»Weil er der Regisseur ist«, warf Katharina ein. »Hast du es immer noch nicht kapiert? Das haben solche Leute so an sich. Und warum willst du die Rolle eigentlich nicht? Judith würde ihr letztes Hemd dafür hergeben. Und ich auch.«

Lene hob verzagt die Augenbrauen. »Ich weiß nicht ... Ich glaub, ich schaff das nicht. Ich bin immer noch zu leise. Keine Ahnung, warum er ausgerechnet mich will.«

»Na, warum wohl? Weil er scharf auf dich ist!« Katharina lachte gurgelnd auf. »War doch von Anfang an klar.«

»So ein Quatsch. Er hat gemeint ... « Sie brach ab.

»Was? «, hakte Judith nach.

»Er hat seiner Freundin in Wien Fotos von uns gezeigt, und die meinte ... «

Judith hörte kaum noch, was Lene sagte. Robert hatte eine Freundin. Das war mehr, als sie an diesem verregneten Tag verkraften konnte. Wie hatte sie jemals glauben können, dass er solo war? Doch nicht einer von seinem Kaliber! Nicht eine Sekunde hatte er daran gedacht, sich mit ihr einzulassen.

»Ich muss los«, sagte Judith und verabschiedete sich eilig.

Bloß nach Hause. In ihr Zimmer, ihre kuschelige Festung, die sie mit Postern von wichtigen Theaterinszenierungen dekoriert hatte.

Kaum hatte sie das Schulgelände verlassen – es regnete wieder heftig –, hörte sie Schritte hinter sich, dann tönte eine Stimme:

»Judith, warte mal! «

Sie fuhr herum.

Robert musste ihr gefolgt sein. Seine Locken wanden sich wie Schlingpflanzen um den Kopf, Regentropfen perlten in seinen Wimpern. Doch anstatt ihn mit unter den Schirm zu nehmen, klappte Judith das rosa Ungetüm ihrer Mutter zusammen und wurde nun selbst nass. Kaum war Robert in ihrer Nähe, konnte sie nicht mehr klar denken und tat die kuriosesten Dinge.

»Ich wollte dir was erklären, Judith. Hast du mal einen Moment? «

»Ja? «

Sie sagte es zögerlich, dabei hatte sie sehr viel Zeit.

Nicht nur einen Moment, genau genommen jede einzelne Minute ihres restlichen Lebens.

»Kaffee?« Er wies mit dem Kinn in Richtung des Cafés auf der gegenüberliegenden Straßenseite.

»Gern.« Es gelang ihr zu lächeln. Den Blick schläfrig, die Lider auf halb acht. So, wie sie es hundertfach vorm Spiegel einstudiert hatte, nachdem Katharina ihr eines launigen Nachmittags gesteckt hatte, sie würde die Zähne beim Lachen wie ein Pferd blecken. Judith hatte es ihr nicht übel genommen. Nie nahm sie ihr etwas übel. Weil Freundschaft bedeutete, sich die Wahrheit zu sagen. Und einander zu verzeihen. Immer.

Mit Robert Kaffee trinken zu gehen war mehr, als Judith zu hoffen gewagt hatte. Ein paar Minuten mit ihm allein sein. Seiner herrlich österreichischen Klangfarbe lauschen. Er hätte ihr aus dem Telefonbuch vorlesen können, und sie wäre dahingeschmolzen. Neugierig darauf, was er ihr zu sagen hatte, überquerte sie eilig die Straße. Robert folgte ihr auf dem Fuß, sie schlängelten sich zwischen den Autos hindurch, die im Feierabendverkehr Stop-and-go fuhren. Wasser bespritzte Judiths Hosenbeine, aber was machte das schon? Alles war unwichtig, solange Robert nur bei ihr war. Er überholte sie auf dem Bürgersteig, stieß die Tür auf und ließ sie gentlemanlike vorgehen. Und er bestand auch darauf, dass sie den Tisch aussuchte und er sie einlud.

Die ersten paar Minuten vergingen mit dem Bestellen, dann plauderten sie wie sonst auf dem Schulhof oder vor der Probe über dies und das. Nichts als Small Talk. Doch selbst die abgegriffensten Floskeln klangen in Judiths Ohren irgendwie bedeutsam. Dabei ging es nur um die letzte Mathearbeit, um den Kretin von Biolehrer und um das regnerische Wetter. Robert vermisste die heißen Sommer seiner Kindheit, die er mit seinen Eltern meistens in Rom verbracht hatte.

»Rom, wie toll!«, rief Judith in viel zu hoher und schriller Stimmlage aus. Seit sie in den plüschigen Clubsesseln beieinandersaßen, war sie nervös. Weil sie nicht wusste, ob dies ein Date war oder nur ein Arbeitsgespräch unter Kollegen.

»Warst du schon dort?« Robert schob sich eine feuchte Locke aus der Stirn.

»Nein, aber ich würde sehr gerne mal hin. Das Kolosseum, die Sixtinische Kapelle – das muss so beeindruckend sein.«

Robert nickte, die Spur eines Grinsens im Gesicht. Machte er sich etwa über sie lustig? Weil sie in seinen Augen unbedarft und naiv rüberkam? Eine unangenehme Stille trat ein. Robert hatte zwei Mädchen am Nebentisch entdeckt und schaute öfter zu ihnen hinüber, als Judith lieb war.

»Warst du schon mal in Ligurien?«, sagte sie schnell. »Bordighera? Sanremo? Imperia?«

Robert sah sie wieder mit diesem leicht spöttischen Lächeln an.

»Nein?«

Sie verstand das als Aufforderung und fing an zu erzählen. Von den Sommern, die sie mit Lene und Katharina in der Ferienwohnung von Katharinas Eltern verbracht hatte. Wie wundervoll es dort mit den duftenden Blumen und Büschen, den prächtigen Villen und dem besten *gelato* der Welt gewesen sei.

Robert lachte auf und nippte am schwarzen Kaffee. »Moment. Das mit dem Eis müssen wir aber noch ausdiskutieren. Das beste gibt es nämlich schon in der *Gelateria La Romana* in Rom.«

»Kann gar nicht sein«, entgegnete Judith und versenkte sich in seinen Karamellaugen.

Plötzlich fühlte sie sich ganz leicht und Robert so nah. Als säßen sie nicht in Hamburg im Café, sondern in Rom oder Bordighera und äßen das köstlichste Eis der Welt. Sie wollte den Augenblick in die Länge ziehen, ihn niemals enden lassen, doch dann wandte Robert, die Stirn unmerklich gekraust, den Blick ab und murmelte:

»Was ich dir noch sagen wollte, Judith …« Er zupfte an seiner Krawatte, und ihr wurde flau. »Es tut mir leid, falls du dir allzu große Hoffnungen auf die Hauptrolle gemacht hast.«

»Hab ich doch gar nicht«, log sie und zog den durchnässten Schal ein Stückchen höher. Er verbarg zwar nicht ihre Gesichtsröte, aber so fühlte sie sich nicht ganz so schutzlos, so nackt, so vollkommen ausgeliefert.

»Doch, das hast du. Du kannst es ruhig zugeben. Alles andere wäre nicht normal. Katharina wollte die Rolle auch. Jedes Mädchen hätte sie gewollt.«

Judith nickte. Sich jetzt nur keine Blöße geben. »Aber ich kann auch mit der anderen Rolle leben. Wirklich.«

Roberts Augen wurden hinter den Brillengläsern schmal, als er ihr zunickte. Ein kleines, diesmal warmes Lächeln umspielte seine Mundwinkel.

»Warum ich mich für Lene entschieden habe …«, sagte er schließlich, als hätte sie ihn danach gefragt.

Das hatte Judith aber nicht. Und es war ihr auch egal. Im Moment interessierte sie nichts mehr, als ihm gegenüberzusitzen und ihm in die Augen zu schauen.

»Sie bringt rein äußerlich genau das mit, was ich mir unter Rosalie vorstelle«, fuhr er fort. »Ich weiß, Lene spielt immer noch ein bisschen verhalten, nicht so temperamentvoll wie Katharina, auch nicht so präzise wie du …« Er brach ab.

Sollte das jetzt ein Kompliment sein? Oder hieß das übersetzt, dass sie zwar wie üblich eifrig bei der Sache war, ihr jedoch eigentlich das Talent fehlte?

»Aber was?«

»Ich bin mir sicher, dass der Knoten auch bald bei Lene platzt. Und wenn der Vulkan erst mal ausbricht … Ich glaube, eure Freundin hat noch ganz andere Facetten auf Lager.«

Judith sagte nichts. Was sollte sie dazu auch sagen? Lene als ausbrechender Vulkan – das war lächerlich. Lene war schüchtern und zurückhaltend, und selbst wenn sie mal etwas beschwipst war, blieb sie immer noch die stille Lene und wurde nicht zur brüllenden Löwin. Aber sie gönnte es Lene von Herzen. Sie war eine ehrliche Haut, nie auf ihren Vorteil bedacht, manchmal sogar eine Spur zu selbstlos, wenn sie auch noch den faulsten Mitschüler abschreiben ließ.

Robert schien erleichtert zu sein. Er leerte die Kaffeetasse eilig und orderte die Rechnung. Der Illusion beraubt, dass die Einladung mehr zu bedeuten gehabt hatte, stellte Judith noch eine Frage zur Inszenierung, aber Robert stand schon auf. Er zwängte sich in die Lederjacke, die nach dem Regen einen herben Geruch verströmte, und sagte: »Können wir ein anderes Mal darüber reden? Ich bin etwas in Eile.«

»Klar doch.«

Natürlich zeigte Judith Verständnis. So wie immer. Dabei wollte sie so vieles wissen. Warum Robert ausgerechnet ihr nachgegangen war. Warum nicht Katharina? Hatte sie vielleicht doch eine Sonderstellung bei ihm?

Sie liefen ein paar Meter nebeneinander her, Robert ganz der lässige Künstler mit offener Jacke und wehendem Schal. An der nächsten Straßenbiegung blieb er jäh stehen und legte seine Hand auf ihre Schulter.

»Sei bitte nicht traurig, okay? Ich hätte dich auch sehr gern genommen, aber ich hab leider nur eine Hauptrolle zu vergeben.«

Seine Hand glitt höher, lag einen Sekundenbruchteil an ihrem Hals, dann strich er ihr sanft über die Wange. Wie der Großvater es bei der Enkelin tat. Oder der Beau bei der schönen jungen Frau in den französischen Filmen. Man konnte es sehen, wie man wollte. Und Judith sah es durch die rosarote Brille einer heillos Verliebten.

Nachts fand sie keinen Schlaf – immer wieder kam ihr in den Sinn, wie Robert sie berührt hatte –, und kaum hatte sie am nächsten Morgen ihr Frühstück hinuntergeschlungen, rief sie Katharina an. Sie konnte nicht anders und musste ihr alles brühwarm auftischen.

»Er hat dich angefasst?«, schrie sie ihr ins Ohr. »So richtig angefasst?«

»Nein, er hat nur meine Wange getätschelt«, korrigierte Judith sie. »Anfassen bedeutet für mich was anderes.«

Katharina kicherte. »Und bist du dir sicher, dass ihr

nicht noch irgendwo hingegangen seid, um mit *was anderem* weiterzumachen?«

»Todsicher. Außerdem, du weißt ja … Er hat eine Freundin.«

»Was nun wirklich kein Hindernis ist.«

Judith hatte es befürchtet. Katharina würde ihr keinen ernst gemeinten Rat geben können. Und wieder einmal drängte sich der Verdacht auf, dass ihre Freundin womöglich selbst Interesse an Robert hatte. Vielleicht war ihre Schnodderigkeit ihm gegenüber bloß Fassade. Um nicht zu tief zu fallen, sollte er ihr einen Korb geben.

*

Zwei Tage darauf kam Katharina mit einem aufgesetzten Lächeln auf den Lippen in die Klasse. Ihr Dauergrinsen wollte den ganzen Tag nicht weichen, erst am Nachmittag, kurz vor der Theaterprobe, winkte sie Lene und Judith zu sich.

»Ich muss euch was sagen.« Dramatischer Augenaufschlag. »Aber geht mir bitte nicht an die Gurgel.«

Judith und Lene schauten sich an und nickten.

»Versprecht ihr mir das?«

»Jetzt sag schon«, drängte Judith, während Lene ihren Blick in die Ferne heftete. Aber dort gab es nichts Spannendes zu sehen. Nur die Schule, in die sie Tag für Tag trabten.

»Robert hat mich gestern angerufen.«

»Und?«, fragte Lene.

»Er hat es sich anders überlegt. Ich spiele jetzt die Rosalie.«

Judith spürte das Grummeln eines aufziehenden Gewitters im Magen. »Wie bitte? Das heißt, Lene ist raus?«

»Richtig«, kam es leise von Lene. »Ist aber kein Drama. Es bleibt ja noch die Hebamme.«

»Und das nimmst du so locker?« Judith konnte sich bloß wundern. »Hat er dir wenigstens Bescheid gesagt?«

»Ja. Auch gestern Abend.« Sie schob die Unterlippe vor und nickte wie aufgezogen. »Ich weiß nicht ... Wahrscheinlich hätte ich die Rolle gar nicht gepackt. Und dann die Angst, bei der Vorstellung zu versagen.« Sie inhalierte tief. »Ich bin eben doch nicht die geborene Schauspielerin. So wie ihr.«

Im ersten Moment war es ein Schock für Judith, und sie wusste nicht, ob sie überhaupt noch in Robert verliebt war oder sein wollte. Im zweiten Moment dachte sie, nein, ich bin ebenfalls kein Naturtalent, aber ich werde alles daransetzen, eine gute Schauspielerin zu werden. Jetzt erst recht.

»He, Judith. Du bist sauer, stimmt's?«

Ausnahmsweise regnete es nicht, aber Katharina zog den Kopf ein, als würde ein Platzregen auf sie niedergehen. Vielleicht hatte sie ein schlechtes Gewissen. Gerade mal zwei Tage war es her, dass Robert Judith erklärt hatte, warum Lene genau die Richtige für die Rolle war. Und nun diese Kehrtwende um hundertachtzig Grad?

»Und was ist passiert, bevor Robert dich angerufen hat?«, fragte Judith, während sie die Turnhalle ansteuerten.

Katharina schleuderte ihre Haare zurück. »Wieso, was soll denn passiert sein?«

»Keine Ahnung, hast du ihm einen geblasen?«, hörte sie sich sagen, obwohl Wörter wie diese sonst nicht in ihrem Vokabular vorkamen.

»Ja, zweimal hintereinander«, erwiderte Katharina. »Und dann noch eine Zugabe. Alles bei meinen spießigen Eltern im Garten.« Sie schüttelte sich. »Also wirklich mal, Judith, was denkst du eigentlich von mir? Ich bin doch keine Nutte!«

»Jetzt lasst doch mal. Hört auf zu streiten.« Lene zupfte an Judiths Ärmel. »Robert ist einfach noch mal in sich gegangen.«

Judith spürte ihr Herz übermäßig laut und schnell schlagen. »Und da ist ihm ganz plötzlich aufgefallen, dass du doch nicht die ideale Besetzung bist?«

»Was soll das denn jetzt, Judi?« Katharina lief automatisch schneller. »Der Regisseur entscheidet. Ist doch nichts Neues.«

»Aber man kann den Regisseur auch beeinflussen.«

»Und wann hätte ich das deiner Ansicht nach tun sollen?«

Darauf wusste Judith keine Antwort, und dann öffnete sich die Tür, und Robert winkte sie zu sich herein.

Es war erbärmlich, aber Judith wurde das Gefühl nicht los, dass Katharina Robert überredet, ja regelrecht umgarnt hatte. Und dass ihm dies, obwohl er eine Freundin hatte, gefiel. Sie beobachtete die beiden während der Proben sehr genau, sie hörte Katharina perlend lachen, registrierte, wie Robert sie auf der Bühne hin- und herschob und öfter als nötig den Arm um sie legte. Das mit anzusehen tat weh. Warum konnte nicht sie diejenige sein, die er so hofierte? Doch seit er die

Entscheidung getroffen hatte, war sie unsichtbar für ihn. Nicht ein einziges Mal kam er zu ihr rüber, um mit ihr die Rolle der Ärztin detailliert zu besprechen. Das, was vor zwei Tagen geschehen war, erschien ihr wie eine immer mehr verblassende Anekdote aus einem früheren Leben.

*

Eine knappe Woche vor der Premiere klingelte es kurz vorm Abendbrot, und Katharina stand in der Tür. Mit der einen Hand stützte sie sich an der Wand ab, mit der anderen schwenkte sie eine halb geleerte Sektflasche. Ihre Freundin, die sonst kaum einen Tropfen Alkohol anrührte, war vollkommen betrunken.

»Was ist passiert?«, fragte Judith und hielt sie am Arm fest.

Katharina sagte nichts, zwängte sich an ihr vorbei und steuerte im Zickzackgang ihr Zimmer an. Kaum hatte Judith die Tür hinter sich zugezogen, torkelte Katharina zum Bett, stellte die Pulle auf dem Nachttisch ab und ließ sich schluchzend in die Kissen fallen.

»Hat Robert dich rausgeworfen?«

Ihr Kopf grub sich tiefer in den Kissenberg.

»Oder ist er über dich hergefallen?«

»Nein!« Sie fuhr hoch. »Es geht nicht um Robert! Stell dir vor, es geht nicht immer nur um den großen Macker.«

»Sondern?« Judith setzte sich zu Katharina, die sie aus glasigen, von Schatten unterlegten Augen ansah.

»Papa. Er hat eine Freundin und verlässt Mama.«

Judith griff nach der Sektflasche und nahm selbst einen Schluck.

»Hörst du?«, fuhr Katharina fort. »Er verlässt uns! Er zieht nach Frankreich zu seiner Freundin. Dieser blöden Schlampe! Mit der hatte er schon letztes Jahr was am Laufen, als wir in Bordighera waren. Da ist er andauernd nach Menton rübergefahren. Angeblich zum Boule-Spielen mit Freunden.«

Leise wimmernd grub sie sich wieder in die Kissen. Judith strich ihr hilflos über den Rücken. Es war schwer, tröstende Worte zu finden. Egal, wie heftig man sich mit seinen Eltern stritt, egal, wie engstirnig man sie fand, es war immer traurig, wenn die Familie auseinanderbrach.

»So ein Mist«, sagte sie. Und: »Das tut mir so leid.« Und: »Du kannst jederzeit zu mir kommen, aber das weißt du ja.«

Katharina wischte sich die Nase mit dem Handrücken ab. »Deswegen bin ich auch hier.«

»Wie meinst du das?«

»Wegen uns. Und Robert.«

»Wie bitte?«

»Nimm du ihn. Ich glaub, er mag dich.«

Judith starrte ihre Freundin an. Also doch! Sie war auch verrückt nach ihm. Und hatte ihre Zuneigung bloß hinter einer Fassade aus flapsigen und frechen Sprüchen versteckt.

»Was redest du da eigentlich? Er hat eine Freundin.«

Katharina fuhr mit der Hand durch die Luft, als wollte sie eine Fliege verscheuchen. »Glaube ich nicht. Das ist nur dummes Gequatsche. Also schnappst du ihn dir?«

»Komm mal mit.«

Judith hakte Katharina unter und half ihr in die Küche. Dort verfrachtete sie sie auf einen Stuhl und stellte ihr ein Glas Wasser hin.

»Trink.«

»Hab keinen Durst.«

»Doch, hast du.«

Judith setzte einen Kaffee auf, und erst, nachdem sie Katharina einen Becher von dem starken Gebräu eingeflößt hatte, war diese wieder etwas klarer im Kopf. Sie erzählte, dass Robert sie an dem besagten Abend gar nicht angerufen, sondern sie sich mit ihm zum Spazierengehen an der Alster verabredet habe.

»Ach, tatsächlich?« Judith spürte, wie das eng gewebte Band ihrer Freundschaft feine Risse bekam.

»Ja, aber ich hab ihm keinen geblasen.«

»Glaub ich dir aufs Wort.«

»Ich hab ihm nur gesagt, dass ich mich richtig in die Rolle reinhängen würde, weil es mein Traum ist, Schauspielerin zu werden, und dass Lene doch jetzt schon Panik wegen der Rolle schiebt und …« Katharina brach ab. »Was guckst du denn so?«

»Du hast mir nie gesagt, dass du Schauspielerin werden willst.«

»Warum auch? Ich wusste es ja bisher selbst nicht.«

»Du willst es wirklich?«

»Schlimm?« Leise kichernd zog sie die Nase hoch.

»Nein, überhaupt nicht schlimm, nur …«

»Was?«

»Ich will das auch.«

»Aber das ist doch toll! Dann werden wir beide Schauspielerinnen!« Katharina griff nach der Flasche.

»Prost, Judi! Auf uns! Auf unsere Karrieren! Wir werden die besten Schauspielerinnen der Welt. Und Lene kriegen wir auch noch dazu, mitzumachen.«

Judith tat, als würde sie das ebenfalls witzig und genial und wer weiß wie fantastisch finden. Dabei spürte sie Turbulenzen im Magen, die durch den Sekt bloß noch heftiger wurden. Es widerstrebte ihr, mit ihrer Freundin in Konkurrenz zu treten. Egal, ob es um Robert oder um die Schauspielerei ging. Weil es ihrer Freundschaft die Unbeschwertheit nahm. Und weil sie immer geglaubt hatte, dass der Zusammenhalt zwischen Lene, Katharina und ihr das Wichtigste auf der Welt sei.

»Weiß Lene Bescheid?«

»Nein, aber vielleicht muss sie es auch nicht wissen.«

»Wenn du meinst, dass sie deine beste Freundin ist, muss sie es sehr wohl wissen.«

»Aber sie will die Rolle doch gar nicht.«

»Trotzdem. Du hast sie ihr weggenommen.«

Katharinas Kinn sackte aufs Brustbein. »Du hast recht, ich sag's ihr.«

Es war Zeit zum Essen, und da Judiths Vater noch in der Firma war und ihre Mutter mit Onkel Hans in der Oper, schob Judith eine Tiefkühlpizza in den Ofen. Damit setzten sie sich ins Wohnzimmer, und mit jeder Minute, die Katharina nüchterner wurde, sprachen sie ehrlicher miteinander.

Judith gestand, wie sehr sie in Robert verliebt sei, dass sie sich aber keinerlei Chancen bei ihm ausmale. Obendrein sei sie sich nicht mal sicher, ob sie tatsächlich mit ihm zusammen sein wolle. So richtig. Mit allem Drum und Dran. Weil man Exzentriker wie ihn sowieso nicht halten könne. Katharina beichtete im Gegenzug, dass ihr Robert schon gefalle und er für kurze Zeit ihren Jagdinstinkt geweckt hatte, dass sie aber nicht annähernd so in ihn verknallt sei wie damals in Kai aus der Oberstufe. Und dass es allein deswegen besser sei, Judith den Vortritt zu lassen.

»Lieb von dir«, sagte Judith und seufzte leise.

Robert war weder eine Schleckmuschel noch eine Zuckerstange, die man im Laden kaufen und vernaschen konnte. Er war ein Mensch mit so vielen Gesichtern, dass Judith bisweilen an ihm verzweifelte.

»Und ganz ehrlich?«, fuhr Katharina fort. »Unsere Beziehung ist mir echt wichtiger, als mit so einem eingebildeten Typen rumzumachen.«

Sie lachten, drückten einander, und Judith wusste in diesem Moment, dass nichts und niemand ihrer Freundschaft etwas anhaben konnte.

Judith

Hamburg, Mai 2019

»Mama, jetzt raff dich endlich auf, und tu was!«, sagte Lisbeth beim Abendessen.

»Ja, mal sehen.«

»Mal sehen …« Ihre Tochter schnaubte. »Dann hör auf, andauernd davon zu reden.«

Lisbeth war vor einer Woche mit Fieber, Husten und einem Sack voll Dreckwäsche angerückt, um sich im Hotel Mama aufpäppeln zu lassen. In diesem Punkt war sie immer noch ihr kleines Mädchen. Auch wenn sie ferne Kontinente bereiste, in schäbigen Hostels übernachtete und Dinge aß, deren Namen Judith nicht mal aussprechen konnte, kam sie in Krisenzeiten nach Hause. Krank lag es sich am besten in ihrem alten Kinderzimmer unter einer kuscheligen Bettdecke, von der Mama mit Tee und Hühnersuppe umsorgt. Inzwischen ging es ihr wieder besser, doch statt abzufahren, nahm sie rund um die Uhr den Fernseher im Wohnzimmer in Beschlag, ließ überall ihre Sachen herumliegen oder futterte hemmungslos den Kühlschrank leer.

»Das nervt nämlich langsam«, fuhr Lisbeth fort. »Nein, sorry, *du* nervst.«

»Was soll ich denn deiner Ansicht nach machen? Lene und Katharina herbeihexen?«

Judith stand vom Esstisch auf und räumte die Spaghettiteller in die Spüle.

»Für den Anfang reicht schon Googeln!«

»Hat deine Mutter doch längst getan«, schaltete sich Tom ein.

»Und?« Lisbeth schenkte sich großzügig Rotwein nach.

»Dafür, dass du krank bist, trinkst du aber ganz schön viel«, bemerkte Judith süffisant.

»Ich bin nicht mehr krank.«

Das war Judith auch schon aufgefallen. Umso mehr wunderte sie es, dass ihre Tochter nicht sofort wieder die Flucht ergriff. Es hatte Phasen gegeben, da hatte sie die gemeinsame Zeit mit den Eltern auf ein Minimum begrenzt und sich nicht schnell genug vom Acker machen können.

»So, so.«

»Du lenkst ab, Mama. Sag schon.«

»Was denn? Ich hab nichts über Katharina und Lene rausgekriegt.«

Judith hatte nie einen Hehl aus ihrer Vergangenheit gemacht und Tom und Lisbeth alles über ihre beiden Schulfreundinnen erzählt.

»Das kann nicht sein. Jeder hinterlässt Spuren im Netz. Oder sind die beiden so gestrig, dass sie nie gesurft haben?«

»Wär nett, wenn ihr auch mal mit anfasst«, sagte Judith statt einer Antwort. Es war wieder mal typisch. Kaum war Lisbeth im Haus, was sie zweifelsohne sehr genoss, lief alles nach dem altbekannten Muster ab. Judith, das Kind, das faul die Füße von sich streckte, Tom, der im Geiste über Kostenvoranschlägen brütete, und Judith, die Macherin, die neben ihrem Beruf den Alltag managte und besonders das bisschen Haushalt. In den Augen ihrer Lieben arbeitete sie nur, wenn sie beim Dreh und somit nicht verfügbar war.

Tom strich sich nachdenklich über den kurz geschnittenen Bart. »Vielleicht haben sie ja geheiratet und die Namen ihrer Männer angenommen.«

»Obst zum Nachtisch?«, wechselte Judith das Thema. »Oder lieber den Kuchen von gestern?«

»Kuchen!«, riefen beide wie aus einem Mund. Darin waren sich Vater und Tochter sehr ähnlich. Anders als Judith, die sich nur selten gehen ließ, genossen Lisbeth und Tom das Leben in vollen Zügen. Süßspeisen? Immer her damit! Noch ein Glas Wein? Gern auch noch ein zweites und drittes! Der Moment musste zelebriert werden – und zwar ausgiebig.

Tom war bereits aufgesprungen, stellte Teller auf den Tisch und nahm den mit Folie bedeckten Kuchen aus dem Kühlschrank.

»Wenn's okay für dich ist, geh ich gleich mal für dich ins Internet«, schlug Lisbeth vor.

»Und was willst du da anderes finden als ich? Denkst du etwa, deine Mutter ist schon ein bisschen senil und weiß nicht, wie man recherchiert?«

»Mama!«

Judith entging nicht, dass ihre Tochter kaum merklich mit den Augen rollte.

»Ich hab eben ganz andere Kanäle als du«, fuhr sie fort.

»Interessant. Stehst du mit dem BND in Verbindung? Wusste ich noch gar nicht.«

»Wie du willst, ich muss auch nicht gucken.«

Lisbeth kräuselte eingeschnappt die Oberlippe, und nur um der guten Stimmung willen lenkte Judith ein. Nach dem Kuchen kochte sie eine Kanne Kräutertee, damit setzten sie sich ins Wohnzimmer. Lisbeth mit dem Laptop auf dem Schoß, Judith daneben mit der Lesebrille auf der Nase, Tom im Sessel vor der *Tagesschau*.

Lisbeth ging systematisch vor. Sie durchforstete Facebook, Instagram und andere soziale Netzwerke, von deren Existenz Judith bisher nichts gewusst hatte, doch weder Katharina noch Lene noch Robert waren zu finden.

»Hab ich's nicht gesagt?« Judith warf Lisbeth ein triumphierendes Lächeln hin. Es war die Genugtuung der Älteren der Jüngeren gegenüber, die immer alles besser zu wissen glaubte.

Doch Lisbeth ließ sich nicht aus der Ruhe bringen. Sie hob bloß die Augenbrauen, dann flogen ihre Finger wieder über die Tastatur. Sie variierte die Suchoptionen, fragte nach Mitschülern, nach dem Namen der Schule, und als Judith bereits aufgeben und lieber ihr Buch weiterlesen wollte, lehnte sich Lisbeth zurück und verschränkte die Arme vor der Brust: »Hat Lene zufällig rotblonde Haare?«

»Ja, damals schon, wieso?«

Lisbeth wandte ihr den Bildschirm zu, und Judiths Herz fiel in einen rasanten Galopp. Das Foto unter dem Benutzernamen *Le Ne* zeigte eine Frau mit einem schulterlangen, rotblonden Bob und einem breiten Lachen. Eine Pilotensonnenbrille verdeckte ihre Augen, und mit dem feinen Liniengeflecht auf der Stirn sah sie älter aus als damals, aber die Frau mit dem hervorstehenden Eckzahn war unverkennbar Lene.

Ein wohliges Gefühl durchströmte Judith. Und sie vergaß für einen Augenblick, was damals zwischen ihnen vorgefallen war.

»Wie hast du das jetzt hingekriegt, mein Schatz?«

»Reiner Zufall«, räumte Lisbeth gönnerhaft ein. »Sie taucht in der Freundesliste bei diesem Friedrich auf. Beide mehr oder weniger Karteileichen. Dein Ex Robert übrigens nicht.«

Friedrich. Der Klassenclown und Beleuchter bei Roberts Theaterstück. Am Tag der Premiere war es sieben lange Minuten stockfinster im Saal. Vielleicht war Friedrich nicht bei der Sache gewesen, oder er hatte sich einen Scherz erlaubt, Judith wusste es nicht. Die Zuschauer hatten geglaubt, es gehöre zur Inszenierung, und am Ende frenetisch geklatscht. Aber Robert war ausgerastet. Und er hatte Friedrich bei allen weiteren Vorstellungen verboten, die Lichtregie zu übernehmen. Damit er keinen Unsinn verzapfte, musste er zu Hause bleiben, und die Truppe hatte unter den blanken Neonröhren der Aula-Decke gespielt.

Während Tom zur Feier des Tages eine Flasche Champagner öffnete, klickte sich Judith wie unter Strom durch Lenes, zugegebenermaßen maues, Facebook-Profil. Dies war ihre Chance, ein altes Kapitel mit Anstand zu beenden und ein neues aufzuschlagen.

Katharina

Bordighera, Mai 2019

Zwei

Es war ungewöhnlich heiß für Mai. Die Pinien, Eukalyptusbäume, Mimosen, Agaven und Oleander blühten verschwenderisch in den Gärten der Jugendstilvillen, und überall im Ort, selbst auf der stark befahrenen Via Vittorio Emanuele II, stieg Katharina Blütenduft in die Nase. Jeden Frühling erschien ihr die bunte Pracht aufs Neue wie ein Wunder. Die Sonne wärmte die in der Kühle der Wohnung steif gewordenen Glieder, die Touristen fielen noch nicht wie Heuschreckenschwärme über Bordighera her, aber es kamen etliche Französinnen über die Grenze, um sich in ihrem Geschäft eine neue Handtasche zuzulegen. Keine Louis Vuitton, die hatten die meisten schon im Schrank. Lieber kauften die Kundinnen ein oder zwei günstige bis mittelpreisige Taschen, die das gewisse Etwas hatten und im Jahr darauf getrost weiterverschenkt werden konnten. In dieser Saison war Glitzer angesagt. Ziersteine, Metallbeschläge, das Logo in goldenen Lettern auf der Tasche, silberne Herzen, protzige Schnallen – die Designer hatten nicht gekleckert, sondern geklotzt. Katharina gefiel der Trend nicht mal besonders. Seit zehn Jahren trug sie eine unaufdringliche Vintagetasche von Prada, die sie in einem Secondhandladen in Ventimiglia ergattert hatte, aber die Italienerinnen und Französinnen würden ihr die guten Stücke aus den Händen reißen. Je mehr Chichi und Klimbim, desto besser. Für die wenigen Nordeuropäerinnen – Schwedinnen, Holländerinnen und Deutsche – hatte sie darüber hinaus ein paar unaufdringliche Modelle eingekauft. Sie musste für den Ansturm im Sommer gewappnet sein. Strandtaschen, zickige Handtäschchen, überdimensionale Shopper, es gab alles in ihrem Sortiment.

Seit Friedrich mithilfe seines Freundes Alessandro die Wohnung renovierte, hielt sich Katharina auch während der zweieinhalbstündigen Mittagspause vorzugsweise in der Stadt auf. Meistens aß sie ein Stück *torta di verdure* oder eine *farinata* in einer Bar, ging am Lungomare spazieren, trank irgendwo unterwegs einen *caffè* und kehrte eine gute Stunde vor Ladenöffnung zurück, um die Buchhaltung zu erledigen, neue Ware auszupacken oder das Schaufenster umzudekorieren.

Nach Hause zog es sie nicht. Dort standen Farbeimer und Werkzeug herum, es war staubig, und Friedrich und Alessandro hörten bei der Arbeit laut Musik. Sollten sie nur. Dafür würde die Wohnung bald frisch gestrichen sein, das Parkett abgeschliffen, und im Schlafzimmer würde ein schönes neues Bett stehen, das sie in einem Möbelladen in Ventimiglia erstanden hatten. Knapp zweitausend Euro hatte das edle Stück gekostet. Das lag eindeutig über ihrem Budget. Katharinas Einnahmen schwankten, und Friedrich verdiente nicht viel als Übersetzer aus dem Italienischen. Notgedrungen jobbte er nebenher. Mal half er in einem Weinladen aus, mal renovierte er Ferienapartments. Seit seine Eltern ihm im letzten Jahr ein bescheidenes Vorab-Erbe vermacht hatten, übersetzte er einen historischen Roman von endlosen achthundert Seiten. Natürlich schlecht bezahlt, aber durch das finanzielle Polster konnte er sich den Luxus leisten. Katharinas Laden lief ganz ordentlich, keine Frage. Gut genug, um sich mal ein edles Stück *vitellone* im Restaurant oder einen Trip nach Nizza oder Cannes zu gönnen, nicht aber, um fast zweitausend Euro für ein Bett auszugeben.

Am Nachmittag schneite eine Gruppe betuchter Französinnen herein, und die Damen kauften, weil sie in Monaco nicht fündig geworden waren, sage und schreibe zehn Taschen. Das war mehr, als Katharina oft in einem ganzen Monat an die Kundschaft brachte. Sie rief Friedrich an, wollte ihn und Alessandro zum Essen ins *Romolo Mare* einladen, aber ihr Mann hatte sich bereits an den Herd gestellt, und nun schmorte ein Kaninchen im Ofen. Zur Feier des Tages besorgte sie einen edlen Montefalco Rosso und machte sich zufrieden auf den Heimweg.

Bratenduft schlug ihr entgegen, als sie die Tür aufschloss. Friedrich trat, die Wangen von der Ofenhitze gerötet, aus der Küche.

»Schatz, kannst du später vielleicht noch die Kommode ausräumen? Alessandro will sie morgen abbeizen.« Er küsste sie flüchtig und verschwand gleich wieder. »Er ist übrigens schon weg. Wir essen zu dritt.«

Auch gut. Alessandro war ein netter Kerl, Katharina mochte ihn wirklich, aber wenn sie abends von der Arbeit kam, war sie lieber mit Friedrich und Emily allein. Ein, zwei Gläser Wein, und Alessandro hörte nicht mehr auf zu reden. Dazu trank er einen Espresso nach dem anderen, drehte immer mehr auf und verabschiedete sich oft erst weit nach Mitternacht.

»Wo steckt Emily?«

»In ihrem Zimmer.«

Katharina wusch sich die Hände, dann begrüßte sie ihre Tochter, die Ärztin spielte und ihre Puppe abhorchte.

»Willst du auch mal, Mama?«, sagte sie. »Laura hat Husten.«

»Später, mein Engel. Es gibt gleich Essen. Ich muss Papa noch helfen.«

»Okay!« Sie schmatzte ein Küsschen in die Luft.

Glücklich darüber, dass sich Emily gut mit sich selbst beschäftigen konnte, ging Katharina wieder in die Küche. Da der Esstisch mit Sachen aus dem Wohn- und Schlafzimmer vollgestellt war, hatte Friedrich einen Klapptisch aus dem Keller geholt und notdürftig eingedeckt.

»Das Kaninchen ist großartig geworden.« Er öffnete die Ofenklappe, schnupperte unter vielen lautstarken *Ahs* und *Ohs*.

»So gute Laune?«

»Hast du ein Problem damit?«

Katharina lachte, da schlang er die Arme um sie und küsste sie auf den Hals. »Hm, du riechst so gut … Das Essen muss erst noch abkühlen. Na, was meinst du …?«

»Na hör mal! Emily spielt nebenan.«

»Schade.« Er zog eine Grimasse, und Katharina boxte ihn zum Spaß. »Du bist so ein Quatschkopf, weißt du das?«

»Dann aber später. Das musst du mir versprechen.«

Katharina nickte zwar, wunderte sich jedoch, was mit Friedrich los war. Für gewöhnlich ging ihm Nahrungsaufnahme über alles. Und wenn es Fleisch gab, war er nicht zu bremsen.

»War hier vielleicht eine attraktive Frau, die deine Fantasie beflügelt hat?«

»Wenn du unbedingt einen Grund brauchst ... Tante Renate schenkt ihrem Lieblingsneffen Friedrich fünftausend Euro.«

»Warum?«

»Weil er ihr Lieblingsneffe ist?« Er grinste. »Schatz, davon kann ich einen neuen Herd kaufen und, wenn du magst, eine neue Spüle.«

»Wenn du meinst, dass wir das brauchen, sag ich nicht Nein, aber die hier tut's doch auch noch.«

Friedrich hatte nicht zu viel versprochen, das Kaninchen schmeckte ausgezeichnet. Nachdem sie die Küche aufgeräumt und Emily ins Bett gebracht hatten, war Katharina reif fürs Sofa. Lesen, vielleicht einen Film schauen, aber Friedrich strich ihr über die Wange und sagte: »Schaffst du das heute noch mit der Kommode?«

Die Kommode – das leidige Thema. Ihr halbes Leben befand sich darin. Ungeordnet in Schuhkartons, bei jeder Gelegenheit achtlos hineingestopft. Schon lange hatte sie sie ausmisten wollen, die Wohnung maß gerade mal siebzig Quadratmeter. Und seit dem Auszug ihrer Schwester Isi, die wegen ihres aggressiven Ehemanns für ein paar Monate bei ihnen Unterschlupf gesucht hatte, war es nicht übersichtlicher geworden. Isi hatte einen Teil ihrer Sachen dagelassen; in ihre neue Schuhschachtelwohnung in Hamburg passte kaum etwas hinein. Friedrich hatte die Tüten in den Keller geräumt und stattdessen zwei noch nicht ausgepackte Umzugskartons heraufgeholt. Vinylplatten, Bücher, er wollte endlich all die Dinge um sich haben, die sein Leben ausmachten.

Unter seinem flehenden und zugleich unerbittlichen Blick blieb Katharina nichts anderes übrig, als zu nicken. Seufzend goss sie sich einen Schluck Wein ein, dann nahm sie die Rolle Müllsäcke aus der Schublade im Küchenschrank und verzog sich ins Schlafzimmer.

Wo um Himmel willen anfangen? Die Kommode hatte drei Böden, und jeder Quadratzentimeter war vollgestopft mit Zeug, das sie seit Jahren nicht angeguckt, aber auch nicht vermisst hatte. Ein aufblasbarer Strandball, Emilys erste Babyschuhe, eine Regenjacke mit rosa Herzen, blinde Gläser, eine Steppdecke, in der sich vermutlich Abermillionen von Milben tummelten, zerfledderte Hausschuhe, ein funkelnagelneues Bügeleisen, Lammfellhandschuhe, die sie zuletzt in Deutschland gebraucht hatte, eine angebrochene Handcreme, ein Regenschirm und noch viel mehr. Katharina verteilte alles auf den Dielen, dann entschied sie blitzschnell: Müllsack oder aufbewahren. Das meiste konnte weg; sie behielt lediglich die Babyschuhe, das Bügeleisen und den Schirm. Als Nächstes kamen die Schuhkartons mit den Fotos dran. Ohne auch nur den Deckel zu lüpfen, wusste sie, dass es sie mehr aufwühlen würde als das Aussortieren des über Jahre gehorteten Krempels. Fotos sichten bedeutete in die Vergangenheit abzutauchen, und das fiel ihr nicht leicht. Es gab so vieles, woran sie lieber nicht erinnert werden wollte. Und hieß es nicht immer, man solle im Hier und Jetzt leben? Heute, mit Mitte vierzig, fühlte sie sich wohler denn je. Sie war angekommen. In Bordighera, diesem beschaulichen Ort, der ihr so viel bedeutete. In ihrer Familie mit Emily und Friedrich und in ihrem kleinen Taschen-Imperium. Der Laden war nicht die große, weite Welt, und auch intellektuell blieb sie unter ihren Möglichkeiten, doch das war ihr herzlich egal. Sie liebte ihre Arbeit. Und sie liebte Friedrich, den ganz besonders. Er war nicht George Clooney und nicht Albert Einstein, aber ein liebevoller Gefährte, der sich all die Jahre um Emily gekümmert und Katharina auf Händen getragen hatte. Was brauchte man mehr zum Glücklichsein? Das Meer. Und das hatte sie obendrein. Lag sie nachts bei geöffnetem Fenster im Bett, hörte sie es murmeln und rauschen – nur die vorbeiratternden Züge überlagerten zeitweilig den beruhigenden Gesang –, und trat sie morgens auf den Balkon, lag es vor ihr. Mal leuchtete es türkisblau, mal dunkelblau, mal verschwamm es milchig blau mit dem Himmel. Es war einfach da. Ebenso verlässlich, wie Friedrich ihr den Kaffee ans Bett brachte, wie er Emily von der Schule abholte und wie sie bei schönem Wetter bis Mitternacht auf dem Balkon saßen, ein Glas Wein tranken und später aneinandergekuschelt einschliefen.

Fotos purzelten ihr entgegen, als sie den Deckel des ersten Schuhkartons anhob. Emily als Baby, Isis Konfirmation, ihre Mutter an ihrem fünfzigsten Geburtstag, ein ausgelassenes Fest mit Unmengen von Bowle war das gewesen. Es folgten Aufnahmen aus dem Bretagne-Urlaub vor zwei Jahren. Sie und Friedrich braun gebrannt auf einem Boot, Austernessen in einem Strandlokal, ihr misslungener Windsurfingversuch mit verrutschtem Bikini. Sie grub tiefer in dem Karton, Fotos aus ihrer Schulzeit fielen ihr in die Hände. Die Hafenrundfahrt in der vierten Klasse, Fasching in der zweiten oder dritten, dann stieß sie auf ein verwackeltes Partybild aus der Oberstufe. Friedrich war damals aufs Schuldach geklettert, wäre beinahe abgerutscht und war haarscharf am Schulverweis vorbeigeschlittert.

Ihre Bewegungen wurden fahriger, der Mund trockener, und schließlich fand sie das Bild, nach dem sie aus unerfindlichen Gründen gesucht hatte. Lene, Judith und sie. Arm in Arm. Lachend und angetrunken in einem nicht enden wollenden Limoncello-Rausch. Im Hintergrund sah man Robert, mit freiem Oberkörper und in Boxershorts, die Locken ausgeblichen und wirr. Wo waren sie nur geblieben, die Tage ihrer Jugend? Als alles so dicht beieinanderlag, die großen Gefühle, aber auch der Kummer, der einem das Herz zerfraß, obwohl noch so viel möglich erschien?

Katharina hörte Schritte hinter sich, bloß einen Pulsschlag darauf beugte sich Friedrich über sie.

»Ach nee! Zeig mal her!«

»Komm, lass mich, ich muss weitermachen.«

Doch Friedrich schnappte sich das Foto.

»Ich glaub's nicht! Die Geburtstagsparty!«

»Du erinnerst dich noch daran?« Ihr wurde flau.

»Aber klar, wie könnte ich die vergessen! Eine wildere hab ich nie erlebt.« Im Dämmerlicht schien er die Gesichter nicht ausmachen zu können und hielt das Foto ein Stück von sich ab. »Ich war rasend in dich verliebt. Schon immer. Aber das weißt du ja.« Er schlang seine Arme um sie und küsste sie auf den Nacken. »So wie heute.«

»Was dich damals trotzdem nicht davon abgehalten hat, mit Lene rumzumachen.«

»Ja, ja, die frigide Lene.«

»Red nicht so gemein, ja? Vielleicht stand sie einfach nicht auf dich.« Sie selbst hatte auch nichts an dem spindeldürren Klassenkasper gefunden. Niemand hatte das.

Katharina befreite sich aus der Umarmung und stopfte die Aufnahme zu den Sachen in der Mülltüte.

»Das willst du ja wohl nicht wegwerfen.«

»Doch, will ich.«

»Bist du verrückt? Das ist unsere Vergangenheit! Die schmeißt man doch nicht einfach weg!«

Katharina sah achselzuckend zu, wie Friedrich das Foto aus der Tüte fischte und in seine Hosentasche steckte. »Ich heb's für dich auf, okay? Nicht, dass du es eines Tages bereust.«

»Mach damit, was du willst. Ich brauche es nicht mehr.«

Friedrich gab ihr einen zärtlichen Kuss auf den Mund. »Komm, mach Schluss für heute. Ich helfe dir morgen früh, okay?« Und *Azzurro* pfeifend ging er hinüber ins Bad.

Katharina

Bordighera, Juli 1992

Die Julihitze legte weite Teile der Italienischen Riviera und der Côte d'Azur lahm. Tagelang kletterte das Thermometer auf fünfunddreißig Grad, die Urlauber schwitzten an den Stränden, aber Katharina konnte es kaum heiß genug sein. Es sollte der Sommer ihres Lebens werden. Ihre Mutter hatte erlaubt, dass sie ihren achtzehnten Geburtstag mit den engsten Freunden in Bordighera feierte. Ohne Aufsicht der Erwachsenen. Das war angesichts der Tatsache, dass die meisten von ihnen – Lene und Judith eingeschlossen – nicht volljährig waren, eine echte Leistung von ihr. Seit Papas Auszug war sie immer spießiger geworden. In der Woche musste Katharina spätestens um acht zu Hause sein, am Wochenende um zehn. So was hätte nicht mal Omimi Gerda von ihr verlangt.

Ach, Omimi! Katharina liebte ihre Großmutter über alles, und es tat ihr in der Seele weh, dass ihre Mutter sie ins Pflegeheim abgeschoben hatte. Weil sie das Wasser nicht mehr halten konnte und ihre Mutter die häusliche Pflege nicht packte. Klar, das war verständlich. Katharina grauste es schon, wenn sie die getragenen Unterhosen ihrer Mutter in die Waschmaschine stopfen sollte, aber Omimi Gerda war eben Omimi Gerda. Die Frau mit dem ausladenden Busen und dem größten Herz der Welt. Ihr hatte die Familie es zu verdanken, dass sie die kleine Wohnung in Ligurien besaßen. In diesem malerischen Ort unweit der französischen Grenze. Omimi hatte sich nach Opas Tod auf einer ihrer vielen Reisen in den ehemaligen Sommersitz der Königin Margherita verliebt. In die Palmen- und Olivenhaine, in das milde Klima und in die prächtigen Jugendstilvillen. Opa Hannes hatte zeitlebens immer nur gespart, schlimmer, er war ein Pfennigfuchser vor dem Herrn gewesen, der Omimi genötigt hatte, ihre Sachen von anno dazumal aufzutragen. Grund genug, es nach seinem Tod endlich krachen zu lassen, sprich, die Ersparnisse in ihrem Sinne anzulegen. Gemeinsam mit Katharinas Eltern hatte sie in Bordighera nach einer bescheidenen Bleibe Ausschau gehalten. Während die Eltern ein schickes Apartment in der Villengegend oberhalb der Altstadt kaufen wollten, favorisierte Omimi eine Wohnung im ersten Stock eines gelb getünchten Hauses schräg gegenüber vom Bahnhof. Seit einer Hüft-OP scheute sie weite Wege. Hier brauchte sie bloß eine Treppe im Haus hinaufzusteigen und musste nicht erst in die hangaufwärts gelegene Altstadt kraxeln. Die Eltern lenkten ein – was blieb ihnen auch anderes übrig? –, und Katharina jubilierte innerlich. Das Beste an der Immobilie war der kleine Balkon, der aufs Meer hinausging. Man schaute zwar ebenfalls auf die Bahngleise und hörte die Züge, aber das störte sie nicht. Im Gegenteil liebte sie es, wenn eine Eisenbahn vorüberruckelte und ein wehmütiges Ziepen von Fernweh in ihrem Bauch auslöste.

Bereits die endlos lange Zugreise nach Italien war ein Abenteuer für die Schulfreunde. Sie fuhren zu sechst. Katharina, Lene, Judith, Friedrich, Robert und Ansgar. Eventuell würden die Zwillinge Klaus und Elena aus ihrer Klasse nachkommen, die vorher noch mit ihren

Eltern am Lago Maggiore waren. Zu sechst im Nachtzug, in einem gemeinsamen Abteil mit Liegekojen. Katharina lag oben, Robert auf der gegenüberliegenden Seite, sie hatte unauffällig gedrängelt, um den Schlafplatz zu ergattern. Ein paar verstohlene Blicke und vielleicht, so hatte sie sich das in ihren Tagträumen ausgemalt, würde Robert sie nachts auf dem Gang an sich ziehen und sie leidenschaftlich küssen.

Aber das passierte natürlich nicht. Und eigentlich wollte Katharina es auch gar nicht, es war ja schon alles verworren genug. Auch wenn die Sache mit dem Schultheater inzwischen ein Jahr zurücklag, nagte es immer noch an ihr, dass sie sich damals mit Robert zum Spazierengehen verabredet hatte. Das war nicht ganz fair gewesen, so hinter Judiths und Lenes Rücken. Doch eins hatte sie nicht getan: sich an ihn rangeschmissen. Sie wusste ja, wie heftig Judith in ihn verknallt war, und verachtete Mädchen, die der besten Freundin den Schwarm vor der Nase wegschnappten. Die Rolle hatte sie so gesehen auch niemandem *weggeschnappt*. Robert hatte sie am Ende gefragt, und sie hatte Ja gesagt. Das war bloß normal. Judith hätte das Angebot ebenso wenig abgelehnt, niemand hätte das getan.

Umso erleichterter war Katharina, dass sie immer noch engste Freundinnen waren. Dass alle ihre Ersparnisse zusammengekratzt und den weiten Weg nach Italien auf sich genommen hatten, um ihren Geburtstag zu feiern. Und sie verdrängte, dass sich bei ihr längst etwas verändert hatte. Dass Woche für Woche, Monat für Monat eine Dosis Begehren hinzugekommen war und sie Robert fast schon wie Judith anhimmelte.

Verschwitzt und von der schlaflosen Nacht übermüdet, kamen sie am späten Vormittag in Bordighera an. Alles war genauso, wie sie es in den Osterferien hinterlassen hatten. Drei Kaffeetassen standen umgekippt auf der Spüle, die Bettwäsche, die ihre Mutter vor der Abfahrt eilig gewaschen hatte, hing steif auf dem Wäscheständer im Bad, und eine vergessene Zitrone lag verschrumpelt in der Obstschale in der Küche.

Robert beschloss, sich aufs Ohr zu hauen, und machte sich in Katharinas Zimmer breit. Typisch. Er nahm sich immer, was er wollte. Vielleicht auch, wen er wollte, wer wusste das schon so genau? Ansgar und Friedrich waren ebenfalls müde und klappten zwei Liegestühle auf dem Balkon aus. Ein bisschen dösen, Sonne tanken, ankommen. Ansgar versprach, später für die Party einzukaufen, sein Vater hatte ihm hundert Mark extra zugesteckt, und vorsorglich hatte er das Geld bereits in Deutschland in italienische Lira umgetauscht.

»Los, Mädels. Wir sind doch nicht hier, um zu schlafen«, sagte Katharina und verpasste ihrer Tasche einen Tritt. Sie schob Lenes und Judiths Gepäck hinterher, dann zog sie sich ein Kleid mit Spaghettiträgern an, drängte die Freundinnen, sich auch etwas Sommerliches überzustreifen, und kurz darauf verließen sie die Wohnung. Sollten die Jungs ruhig das Beste verpassen. Katharina wollte mit ihren Mädels über die Promenade ziehen, Eis essen, sexy Italiener angucken, nach Herzenslust flirten und vergessen, dass sie im Grunde nur scharf auf Robert war. Vielleicht war es eine dumme Idee gewesen, ihn und die anderen beiden überhaupt mitzunehmen. Ebenso gut hätten sie ein paar Italiener aufgabeln können, die aus einer normalen Geburtstagsparty womöglich die Party ihres Lebens gemacht hätten.

Aber ein Teil von ihr hatte ihn unbedingt dabeihaben wollen. Robert allein war verdächtig. So hatte sie sich für Friedrich und Ansgar als Anstandswauwaus entschieden. Friedrich, weil er sowieso immer um die Clique herumwuselte. Wenn man ihn brauchte, war er sofort zur Stelle, wenn nicht, spielte er sich trotzdem in den Vordergrund und alberte herum. Er war kein Traumtyp, aber wen kümmerte das? Dafür war er nett und lustig und hatte das Herz am rechten Fleck. Genau wie Ansgar, das Klassengenie. Alle hielten ihn für schwul, nur war er offenbar der Einzige, der das nicht wahrhaben wollte.

Es war ein Sommertag wie von Monet auf eine überdimensionale Leinwand getupft. Der Himmel schimmerte zartblau, in den Gärten der Villen hingen pralle Zitronen an den Bäumen, und als sie ans Meer kamen und ihnen der Duft von Sonnencreme und salziger Luft entgegenwehte, rannte Lene los und stieß einen spitzen Schrei aus.

»Ist ja gut«, sagte Katharina und tätschelte sie wie ein Hündchen.

Lene lachte nur und legte ihr nahe, nicht andauernd Typen anzuglotzen. Sonst würde ihnen gleich ein Rattenschwanz von Kerlen ins Apartment folgen, und was würden wohl Robert, Ansgar und Friedrich dazu sagen?

»Das ist mir so was von schnuppe«, entgegnete Katharina. »Sie müssen ja nicht den ganzen Tag verschlafen.«

»Allerdings«, pflichtete Judith ihr bei. »Robert habe

ich heute sowieso gefressen. Der benimmt sich wie der allerletzte Macho.«

»Er *ist* ein Macho«, sagte Lene. »Habt ihr das immer noch nicht begriffen?«

Judith blies sich eine Ponysträhne aus der Stirn. »Irgendwie hofft man ja immer, dass auch Jungs lernfähig sind.«

»Sind sie aber nicht«, entgegnete Lene, und Katharina schrie übermütig: »Alle Jungs sind Idioten!«

Sie ignorierten die Blicke der Urlauber, die ihnen schwitzend und mit krabbenroten Schultern entgegenkamen, und setzten kichernd ihren Weg fort. Katharina ließ es sich dennoch nicht nehmen, nach braun gebrannten Italienern Ausschau zu halten, die barfuß edle Slippers trugen und unverschämt sexy damit aussahen.

Bald wurde es ihnen in der Sonne zu heiß, und Katharina lotste die Freundinnen durch eine der Bahnunterführungen zur Via Aurelia. Um diese Uhrzeit waren die Geschäfte geschlossen, also zogen sie weiter zum Corso Italia. Katharina liebte den nur mäßig befahrenen Boulevard, der mit den Villen aus dem ausgehenden 19. Jahrhundert den Charme von Exklusivität und Eleganz versprühte. Schon als Kinder hatten sie hier getobt, Eis gegessen oder sich in der Pasticceria am Ende der Straße ein leckeres Stück Kuchen auf die Hand geholt.

»Lust auf Eis?«, fragte Lene.

»Immer«, antwortete Judith, und auch Katharina nickte.

Weil Lene Taschengeld außer der Reihe bekommen hatte, lud sie die beiden in die Gelateria ein. Sie setzten sich unter das Blätterdach eines Limonenbaums, zählten die sattgelben Früchte, und mit jedem Löffel Stracciatella-Eis wurde Katharina mehr bewusst, wie glücklich es sie machte, mit ihren Mädels zusammen zu sein. Und wie wenig sie Robert oder irgendeinen anderen Jungen zum perfekten Glück brauchte. Es reichte, hier zu sitzen, die vorüberschlendernden Urlauber zu beobachten und sich darüber zu freuen, dass sie morgen volljährig sein würde. Endlich achtzehn! Damit stand ihr die ganze Welt offen. Sie wollte den Führerschein machen, reisen, am besten schon vor dem Abi von zu Hause ausziehen.

Der Kellner trat an ihren Tisch und stellte ihnen drei Gläschen Limoncello hin.

»Das haben wir aber nicht bestellt«, sagte Judith auf Englisch.

»Von den beiden Herren da«, erwiderte er in einem Sprachenmix aus Englisch, Italienisch und Französisch.

»Ach du Scheiße!«, entfuhr es Katharina, als sie die beiden Sugardaddys mit den grau melierten Schläfen, die an Espressotassen nippten, erspähte. »Die sind mindestens fünfzig. Was denken die sich bloß?«

»Und jetzt?« Lenes ängstlicher Blick glitt zu Katharina, während Judith einen nicht enden wollenden Lachflash bekam.

»Jetzt prosten wir ihnen zu«, sagte Katharina, »kippen den Likör runter und machen den Abflug.«

»Vielleicht erwarten die ja eine Gegenleistung«, wandte Lene ein.

»Das sollen sie nur wagen! Wir sind doch keine Prostituierten, die sich mit einem läppischen Limoncello abspeisen lassen.«

Katharina erhob ihr Glas, rief den Männern *grazie* zu, dann kippte sie das Gebräu hinunter. Igitt, wie süß, dachte sie im ersten Moment, im zweiten hinterließ der Likör eine köstlich zitronige Note auf den Geschmacksknospen, und sie steckte die Zunge ins Glas, um den Rest auszuschlecken. Lene und Judith tranken den Alkohol damenhaft in winzigen Schlucken, wahrscheinlich so wie ihre Mütter, wenn die beim Kaffeeklatsch beieinandersaßen.

»Hm, lecker«, befand Judith. »Sollen wir für später eine Pulle kaufen?«

»Wenn du willst, dass am Ende alle sturzbetrunken sind, ja«, wandte Lene achselzuckend ein.

»Das sind wir auch, wenn wir nur Sekt, Wein und Bier trinken«, meinte Judith mit einer Lässigkeit, die Katharina nicht von ihr gewohnt war. Es musste am mediterranen Lebensgefühl liegen. Sonst war sie der leibhaftige Moralapostel, ließ niemals alle fünfe gerade sein, und auf Partys trank sie schon mit schlechtem Gewissen Cola. Weil die doch angeblich den Magen zerfraß und sie sich vorstellte, für den Rest ihres Lebens magenlos verbringen zu müssen.

»Meine ich aber auch«, sagte Katharina. »Hey, Leute, es ist mein achtzehnter Geburtstag! Und keine Eltern da, die uns reinreden können.«

Die Sugardaddys spendierten einen zweiten Limoncello, den nur Lene ausschlug, und als sie kurz drauf kichernd aufbrachen, schmatzte Katharina den Typen Luftküsschen zu. Das Örtchen kochte vor Hitze, sie hatte kaum etwas im Magen, und ihre Beine fühlten sich an, als wären die Muskeln aus Schaumstoff und die Sehnen ausgeleierte Gummibänder. Irgendwer summte eine Melodie in ihrem Kopf, und wenn sie einen Punkt in der Ferne zu fixieren versuchte, verrutschte das Bild, und sie musste sich anstrengen, um es erneut einzufangen.

»Mädels, ich brauch dringend was zu futtern«, sagte sie und merkte, dass auch ihre Zunge bleischwer war.

Ein paar Pizza- und Focacciastücke später kehrten sie, immer noch berauscht, aber mit zwei Limoncello-Flaschen im Gepäck, ins Apartment zurück und staunten nicht schlecht. Während Robert und Friedrich schwitzend die Möbel hin und her schoben, um die Wohnung partytauglich zu machen, packte Ansgar in der Küche die Einkaufstaschen aus. Wein, Sekt, Chips, Käse, Schinken, Brot, Grissini, Kekse, Spaghetti, Shrimps, Tomaten – er hatte an alles gedacht.

»Wo wart ihr denn so lange?« Robert trat, sich die behaarte Brust reibend, auf den Flur.

»Was trinken«, antwortete Judith und bekam einen Kicheranfall.

»Ey, die sind ja knülle«, sagte Robert zu Ansgar. »Wir hätten sie nicht alleine rauslassen dürfen. Ohne uns sind sie aufgeschmissen.«

»Das hättest du wohl gerne«, gab Judith zurück. »Aufpasser Robert.« Im Vorübergehen strich sie ihm wie beiläufig über die Hüfte. Es war ein mikrokurzer Moment, aber Katharina hatte es bemerkt.

»Leute, ich leg mich kurz hin«, sagte sie. »Weckt mich bitte, wenn Klaus und Elena kommen oder sonst was Spannendes passiert, okay?«

»Du meinst, wenn hier eine Orgie abgeht?«, witzelte Friedrich.

»Richtig, eine Orgie. Im Mondschein und mit dir als Choreografen. He, kann man Orgien eigentlich durchchoreografieren? Was meinst du, Robert?«

Gelächter verfolgte Katharina, als sie in ihr Zimmer rüberging, sich die Riemchensandalen von den Füßen streifte und todmüde auf das Bett sank, das Robert vorhin belegt hatte. Diffuse Geräusche drangen an ihr Ohr, das Ratschen von Stuhlbeinen auf den Fliesen in der Küche, etwas polterte, jemand lachte schrill auf, im nächsten Moment war sie eingeschlafen.

Sie wachte erst wieder auf, als eine Tür zuschlug und Lenes Stimme an ihr Ohr drang. Einen Augenblick darauf fiel ihr ein, dass sie mit ihren Freunden in Italien war und heute in ihren Geburtstag hineinfeierte. Sie fuhr so schnell hoch, dass ihr Kreislauf nicht hinterherkam und ihr schwindelig wurde. Ein Blick auf die Armbanduhr. Himmel, es war kurz vor acht! Sie hatten gemeinsam kochen wollen, das war der Plan gewesen, hungrig feierte es sich nicht gut. Essensduft stieg ihr in die Nase, als sie die Tür aufzog. Briet jemand Fisch? Oder gab es Spaghetti?

Lene, die ein wadenlanges Hippiekleid trug, steckte den Kopf aus der Küchentür.

»Endlich von den Toten erwacht? Es gibt Shrimps in Knoblauch und Nudeln mit Tomatensoße, und Ansgar hat eine Torte gekauft, da wirst du blind. Sie ist quietschrosa!«

»Sind die Zwillinge da?«

Lene schüttelte den Kopf. »Elena hat vor einer halben Stunde abgesagt. Es wird jetzt doch zu teuer mit Zugticket und so.«

Katharina wunderte sich. Nicht mal das Telefonklingeln hatte sie in ihrem tiefen Limoncello-Schlaf gehört.

»Okay, gebt mir fünf Minuten«, sagte sie und verschwand im Bad. Sie duschte, danach zerrte sie ihr goldbesticktes Partykleid aus dem Koffer, verwuschelte die langen Haare über Kopf, damit sie mehr Volumen bekamen, ein paar Tropfen Parfüm hinters Ohr, und sie war partytauglich.

Ihre Freunde hatten den klapprigen Balkontisch mit Blumen dekoriert und applaudierten, als sie barfuß hinaustrat. Es war immer noch warm, der Duft der Klebsamen stieg ihr in die Nase, und der Blick aufs still daliegende Meer war atemberaubend. Eine Pfanne mit Shrimps und ein Topf mit dampfender Pasta standen auf dem Tisch, Ansgar schenkte Weißwein ein, nur Friedrich klammerte sich an seiner Bierflasche fest, als könnte irgendjemand auf die Idee kommen, sie ihm wegzunehmen.

»Komm, hock dich hin.« Lene klopfte auf den freien Stuhl neben sich.

Katharina kletterte über Roberts Beine hinweg und ließ sich in einer akrobatischen Nummer zwischen die beiden fallen. Es war ihr absolut schleierhaft, wie es ihren Freunden gelungen war, sechs Stühle auf den Balkon zu quetschen. Vermutlich hatte das Ansgar mit seinem mathematischen Hirn ausgetüftelt.

Friedrich erhob sein Glas. »Auf dich, Katharina!«, rief er. Auf die kurze Zeit, die du noch siebzehn bist!«

»In dreieinhalb Stunden hast du es endlich geschafft.« Lene klopfte ihr auf die Schulter. »Dann bist du volljährig. Als Erste von uns allen.«

»Einspruch.« Robert zeigte wie in der Schule auf. »Ich bin schon achtzehn.«

»Ach nee, seit wann das denn?«, erkundigte sich Katharina. Bestimmt wollte er sich nur wichtigmachen. Weil er ausnahmsweise mal nicht im Mittelpunkt stand und das sein männliches Ego nicht verkraftete.

»Seit heute«, antwortete er und lächelte verlegen.

»Und mein zweiter Vorname ist Madonna«, sagte Friedrich.

»Also gut, ihr habt es nicht anders gewollt.«

Robert ging in die Wohnung und kam kurz darauf, mit seinem Reisepass wedelnd, zurück.

Das Dokument ließ keinen Zweifel zu. Robert war lediglich einen Tag älter als Katharina.

»Du Idiot«, sagte sie und steckte ihm das Ding in den Ausschnitt seines blütenweißen und gebügelten Hemds. Immer musste er eine Show abziehen.

»Wieso«, entgegnete er. »Hat mich irgendwer mal nach meinem Geburtstag gefragt?«

»Das stimmt schon«, warf Lene ein, »aber du hättest wenigstens im Zug einen ausgeben können.«

Ansgar füllte bereits auf, beim Essen imitierte Friedrich Helmut Kohl so täuschend echt, dass die Mädchen einen Lachanfall bekamen, und schon bald war die Schote mit Robert vergessen.

Erst später – sie tanzten ausgelassen zu Italo Pop aus dem Radio – kam Robert, eine Flasche Champagner schwenkend, aus der Küche und ließ sie aufploppen.

»Alle mal herkommen, Schampus-Time!«

Er schenkte ein, Katharina hatte zwar einen Rest

Limoncello im Glas, aber egal. Es rauschte so wohlig in ihrem Kopf, und sie wollte immer mehr davon.

»Prost!«, rief Robert. »Auf Katharina! Auf uns alle!«

»Auf uns alle!«, echoten sie im Chor.

Lene und Judith, die auch schon einen sitzen hatten, gaben sich Küsschen, Katharina umarmte Ansgar, dann drückte sie Friedrich ihr Glas in die Hand und zog ihre Freundinnen auf die improvisierte Wohnzimmertanzfläche zurück. Mit jeder Minute, die sie ihrem Erwachsenenleben entgegentanzte, fühlte sie sich leichter und freier, und der neue Lebensabschnitt lag vor ihr wie das endlose Mittelmeer jenseits der Bahngleise. Um Mitternacht stießen sie erneut an, diesmal auf das Geburtstagskind Katharina, und weil es keinen Champagner mehr gab und der Sekt erst gekühlt werden musste, tat es auch der Limoncello.

»Auf deine zitronig-süße Zukunft!«, deklamierte Friedrich, und als Robert sie einen intensiven Moment lang umarmte, klopfte ihr Herz aufgeregt. Schon war der Augenblick vorüber, sie drehte die Musik bis zum Anschlag auf und trudelte zu einem Eros-Ramazzotti-Hit durchs Zimmer. Sie würde bis zum Morgengrauen tanzen, danach mit ihren Freunden an den Strand ziehen und am frühen Morgen, wenn die Kühle noch über dem Meer lag, in einer Bar einen Kaffee trinken und eine Brioche essen.

So weit ihr Plan.

Doch daraus wurde nichts. Es war vielleicht zwei oder auch halb drei, als es Sturm klingelte. Es war die Nachbarin von unten, die schöne Signora Belli, die im blassgelben Nachthemd vor ihr stand, nur ein Paar Pantoffeln an den Füßen, und sie mit gequältem Gesichtsausdruck um Ruhe anflehte.

Katharina versprach ihr, dass sie von jetzt an leiser sein würden. Sie ging wieder hinein, um die Musik auf Zimmerlautstärke zu drehen, da entdeckte sie Lene, die wie weggetreten auf dem Sofa hing. Ansgar hatte sich an sie gekuschelt, und beide schienen zu schlafen.

»Wie süß!« Robert lachte schallend auf. »Schade, dass Ansgar nicht auf Mädchen steht.«

»Ich kann mich ersatzweise gern zur Verfügung stellen«, sagte Friedrich.

»Und was machen wir jetzt mit dem angefangenen Abend?« Auch Robert konnte nicht mehr klar sprechen und grinste debil vor sich hin.

»Keine Ahnung, kurz hinlegen und ausruhen?« Katharinas Blick glitt zwischen Robert und Judith hin und her.

»Gute Idee«, nuschelte Judith, »ich bin so was von alle. Und später feiern wir einfach weiter, okay?« Sie nahm Katharina an die Hand und zog sie mit ins ehemalige Elternschlafzimmer, in dem immer noch das Doppelbett stand. Geh ja nicht in dein Zimmer, Katharina, schien ihre herrische Geste zu sagen. Dein Bett hat ja schon Robert in Beschlag genommen.

Sie stieß die Tür mit dem Fuß zu und begann, sich noch im Gehen auszuziehen, wohl wissend, dass sich die Tasche mit ihren Sachen in Katharinas Zimmer befand.

»Hast du mal ein Shirt von deiner Mutter oder so?«, fragte sie.

Trotz der bleiernen Müdigkeit, die Katharina urplötzlich überfiel, kramte sie im Schrank ihrer Mutter, fand zwei weiße Unterhemden, warf eins Judith hin und streifte selbst eins über.

»Fenster auf«, murmelte Judith, die schon unter die Decke geschlüpft war.

Es war stickig im Raum, das Unterhemd vollkommen überflüssig. Aber Katharina kannte ihre Freundin. Nackt zu schlafen war ebenso verpönt, wie sich oben ohne zu sonnen, da war sie prüde.

Katharina öffnete das Fenster, dann kroch sie ins Bett. In ihrem Kopf begann sich alles zu drehen, und Übelkeit stieg in ihr auf, aber je länger sie still dalag und tief in den Bauch atmete, desto mehr legte sich der Seegang. Sie musste eingeschlafen sein – sie hatte von einem Schwalbenpärchen geträumt, das sich in ihrem Jugendzimmer in Hamburg ein Nest zu bauen versuchte –, als sie von Händen aufwachte, die ihr über die Hüfte strichen.

»Judith?« Sie wusste nicht, ob sie träumte, schlief oder doch hellwach war.

»Psst.«

Katharina drehte sich um und erschrak, weil Robert zwischen ihnen lag. Judith hatte ihre Hand auf seiner Brust, nun richtete sie sich halb auf, lächelte Katharina an und gab ihr ein Küsschen. Das war nichts Ungewöhnliches, das taten sie häufig zur Begrüßung, doch jetzt war es anders. Weil Judith das Unterhemd ausgezogen hatte und ihre nackten Brüste auf Roberts Oberkörper ruhten. Und weil dieser Mann, den sie so begehrte, überhaupt anwesend war.

Herrje, wann war er nur zu ihnen ins Bett gestiegen? Und machten die beiden etwa schon länger miteinander rum? Ihre sonst so verklemmte Freundin gebärdete sich plötzlich wild und zügellos, das verblüffte Katharina. Trotz Limoncello-Rausch, den sie wohl alle hatten.

»Hey, was geht hier eigentlich ab?«, wollte Katharina fragen, aber bloß ein Krächzer kam aus ihrer Kehle.

Robert legte ihr den Zeigefinger auf die Lippen und bedeutete ihr, still zu sein. Dann beugte er sich zu ihr hinüber und küsste sie zart. Es fühlte sich unglaublich an, und wohl, weil der Alkohol immer noch sein Unwesen in ihren Adern trieb, zierte sie sich nicht lange und stieg nach der Party ihres Lebens in die Knutscherei ihres Lebens mit ein.

*

Am Morgen darauf erwachte Katharina mit einem schier unerträglichen Durst. Sie schlug die Augen auf und blinzelte ins grelle Tageslicht.

Wie spät es wohl war? Ihr Blick ging zur Seite. Judith war bereits aufgestanden, doch beim Anblick des zerwühlten Betts fielen ihr die Geschehnisse der vergangenen Nacht sofort wieder ein. Judith, Robert und sie – ein kompletter Film lief im Zeitraffer vor ihrem inneren Auge ab. Sie hatten heftig miteinander geknutscht, und dafür, dass sie gute Freunde waren, waren sie ziemlich weit gegangen. Zu weit, um jetzt unbefangen am Frühstückstisch sitzen zu können.

Ein Gefühl von Scham überkam sie mit einer Wucht, dass sie sich kaum aus dem Zimmer traute. Aber auch Judith starrte in ihre Kaffeetasse, als Katharina nach einer eiskalten Dusche, provisorisch in den Bademantel ihrer Mutter gehüllt, in die Küche tapste. Ansgar und

Lene bereiteten das Katerfrühstück zu, Robert unterhielt sich leise mit Friedrich über italienische Automarken und hob nur flüchtig den Kopf.

Niemand verlor ein Wort über das, was geschehen oder auch nicht geschehen war. Ansgar und Lene musterten sie kein einziges Mal verstohlen, und auch Friedrich, sonst nie um einen blöden Spruch verlegen, hielt sich zurück. Als hätten sie nichts davon mitbekommen, was beinahe unmöglich war, weil das Ganze sicher nicht geräuschlos über die Bühne gegangen war. Das Thema wurde schlicht ausgespart. Sie frühstückten lange, zogen später zum Strand, wo sie im Meer Abkühlung suchten und auf ihren Handtüchern dösten. Robert war immer irgendwo, aber nicht in ihrer und Judiths Nähe. Und auch als sie am Abend eine Pizza essen gingen, saß er am anderen Ende des Tisches und flachste mit Friedrich um die Wette. Als wären sie niemals zu dritt ins Bett gestiegen.

Robert fuhr für den Rest der Ferien zu seiner Familie nach Wien, von seiner angeblichen Freundin war nicht mehr die Rede. Katharina litt, weil sie sich heftiger in ihn verliebt hatte, als sie sich eingestehen mochte, und Judith tat es wohl auch. Ihre Freundin wollte es zwar nicht zugeben, aber Katharina sah es ihr trotzdem an. Weil sie beste Freundinnen waren und spürten, was in der anderen vorging. Und doch schaffte es keine von ihnen, über ihren Schatten zu springen und den peinlichen Ausrutscher zur Sprache zu bringen. Der Limoncello war schuld. Einfach nur der Limoncello.

Katharina

Hamburg, 1993–1994

Auch in der Zeit danach redeten sie nicht über das, was in Bordighera geschehen war. Das Thema war tabu, und nach und nach rückte die gemeinsame Reise in den Hintergrund.

Es war das Jahr vor dem Abitur. Von plötzlichem Ehrgeiz befeuert, hängten sie sich in der Schule richtig rein. Jeder von ihnen wollte ein gutes Abi schreiben, nicht nur irgendwie bestehen. Robert hatte sich beim Sportunterricht einen komplizierten Knöchelbruch zugezogen, was das vorübergehende Aus der Theater-AG bedeutete. Das war schade, denn Theaterspielen bedeutete Katharina und Judith nach wie vor mehr als alles andere. Es war ihr gemeinsamer Traum, von dem nur Lene plötzlich abrückte. Erst mal das Abi machen, dann würde sie weitersehen.

Es wurden aufregende Monate. An manchen Wochenenden fuhren sie zu dritt zur Love-Parade nach Berlin, feierten inmitten der ausgelassenen Menge oder strichen tagelang durch das erwachende Ostberlin. Blieben sie in Hamburg, zogen sie durch die Diskotheken der Stadt, sie entdeckten den *Mojo Club* auf der Reeperbahn, wo die interessantesten Typen abhingen. Robert geriet mehr und mehr aus ihrem Fokus. Er schwang sich zum Klassenprimus auf und verschwand, so oft sich die Gelegenheit dazu ergab, nach Wien. Sie vermuteten, dass er dort wieder seine alte Freundin am Start hatte, aber Katharina war das im Strudel der sich überschlagenden Ereignisse egal. Mal lernte sie jemanden kennen, mal waren Lene und Judith am Zug, und als hätten sie ein geheimes Abkommen getroffen, ließen sich alle drei die Pille verschreiben und erlebten ihr erstes Mal. Es hatte nichts mit Liebe zu tun, bei keiner von ihnen, vielleicht nicht mal mit Verliebtheit. Irgendwann musste es ja passieren, in ihrer Klasse gehörten sie ohnehin zu den Letzten. Jungfrauen, die unter Alkoholeinfluss miteinander rumgemacht hatten, dachte sich Katharina so manches Mal, und mit dem Abstand der Monate musste sie insgeheim grinsen. Nach wie vor trieb ihr die Erinnerung die Schamröte ins Gesicht, doch immerhin hatten sie etwas erlebt, das nicht jede von sich behaupten konnte.

Im Jahr darauf schrieben sie die Abiklausuren, im Mai folgten die mündlichen Prüfungen, dann waren sie endlich frei. Schule, adieu. Der Startschuss für das richtige, spannende Erwachsenenleben war gefallen. Robert hatte mit 1,1 den besten Abidurchschnitt ihres Jahrgangs hingelegt, knapp dahinter folgte Lene mit 1,3, Katharina und Judith freuten sich über ihre soliden Zweierabschlüsse.

Der Abiball fand an einem heißen Tag im Juni statt. Um frische Luft hereinzulassen, standen die Türen der Schule weit offen, doch im Gegenteil wurde es in der Aula, in der gegessen, getanzt und gefeiert wurde, bloß noch stickiger.

Katharina hatte sich so sehr auf den Abend gefreut. Von den Ravern der Love-Parade infiziert, trugen Judith, Lene und sie die schrillsten Klamotten, die sie hatten auftreiben können; der Clou waren riesige rosa getönte Sonnenbrillen. Ja, sie wollten Aufsehen erregen. Es all den Spießern ihres Jahrgangs zeigen, von denen manche schon angepasster als die eigenen Eltern daherkamen.

Doch dann geschah diese eine Sache, die Katharina wie eine meterhohe Welle überrollte. Zu später Stunde war Judith plötzlich verschwunden. Lene saß mit Dagmar in der Kuschelecke, und anstatt zu tanzen und Spaß zu haben, philosophierten sie über Barockgedichte und die Endlichkeit. Katharina hörte ihnen eine Weile zu, begann sich jedoch schnell zu langweilen und ging auf die Suche nach Judith.

Anderthalb Prosecco-Gläser darauf fand sie ihre Freundin. Auf dem Pausenhof bei den Mülltonnen. Mit Robert. Und als sie arglos näher kam, hörte sie mit, wie Robert ihr zärtliche Worte ins Ohr säuselte und sie dann küsste. Begehrlich und mit einer Hingabe, die sie sich beide immer von ihm gewünscht, aber nie bekommen hatten. Das war ein Schock für Katharina, und sie verließ die Party früher, als sie vorgehabt hatte. Zu Hause machte sie sich nicht mal die Mühe, die Schminke abzuwischen, sondern warf sich in voller Montur aufs Bett und weinte. Robert wollte Judith; offenbar hatte er sie immer gewollt, sogar, als sie damals zu dritt rumgemacht hatten. Es fiel Katharina nicht leicht, aber sie musste es akzeptieren. Echte Gefühle waren eine Waffe, gegen die sie nichts in der Hand hatte.

In den Tagen darauf spielte sie die gute Freundin, die sich mit Judith freute. Die ihr die große Liebe selbstlos gönnte. Und Judith sah so glücklich aus, dass Katharina irgendwann selbst glaubte, glücklich zu sein. Das stimmte nicht, aber in ferner Zukunft würde auch sie jemanden finden, der ihr dieses Lächeln aufs Gesicht zauberte, das nur Verliebten vorbehalten war.

Lene

Luzern, Mai 2019

Drei

An dem Tag, als die Nachricht auf ihrem Facebook-Account eintrudelte, regnete es Kirschblüten. Ein kräftiger Wind war aufgekommen und fegte die Blütenpracht innerhalb weniger Stunden von den Bäumen. Doch Lene tänzelte wie auf Wattewolken, als sie das Kantonsspital verließ. Ihre Neurologin war höchst zufrieden mit ihr. Der letzte Schub lag sechs Monate zurück, und die Rezepte für die Schubprophylaxe in ihrer Handtasche gaben ihr das gute Gefühl, die nächste Zeit aller Wahrscheinlichkeit nach beschwerdefrei über die Runden zu kommen. Der Haarausfall, eine Nebenwirkung der jüngsten Kortisontherapie – geschenkt. Die Müdigkeit, die sie oft mitten am Tag aufs Sofa zwang sowie das Kribbeln in den Händen – auch geschenkt.

Den Sommer über planten Sylvie und sie, in Luzern zu bleiben; erst im September ging es auf die lang ersehnte Reise. Ein Monat Auszeit – was für ein Luxus! Sylvie hatte unweit von Nizza eine geräumige Ferienwohnung gebucht, um von dort aus nebenher an einigen dringenden Fällen zu arbeiten. Nach dem Desaster im letzten Sommer wollten sie keine Kompromisse eingehen.

Damals schien sich das Leben gegen sie verschworen zu haben. Pünktlich zum Frühlingsbeginn hatte Lene einen MS-Schub erlitten und länger als üblich mit den Folgen der hoch dosierten Steroide herumlaviert. Infekte, depressive Verstimmungen, vorübergehender Bluthochdruck – sie hatte fast nichts ausgelassen. Sylvie blies den geplanten Urlaub in den Bergen kurzerhand ab, und sie verbrachten die warme Jahreszeit in der beschaulichen Altstadt auf ihrem Balkon. Hin und wieder fuhren sie an den Vierwaldstätter See, saßen dort auf einer Bank, genossen das Bergpanorama, und Sylvie verwöhnten sie beide mit den besten Käseküchlein Luzerns.

Manchmal konnte Lene ihr Glück, Sylvie begegnet zu sein, kaum fassen. Sie war ihre große Liebe, ihr Ein und Alles. Dass es da jemanden gab, der so viel Lebensfreude versprühte und stets darauf achtete, dass es ihr gut ging, hatte sie nach der schwierigen Zeit mit Peter nicht mehr zu hoffen gewagt. Noch während des Psychologiestudiums war Lene mit ihrem damaligen Freund in die Schweiz gegangen. Anfangs hatten sie lediglich ein, zwei Semester geplant, aber nach einem Jahr hatten sie sich in Zürich so heimisch gefühlt, dass sie trotz der immensen Lebenshaltungskosten blieben. Peter brach sein Studium ab und stieg ins Immobiliengeschäft ein, Lene studierte weiter und modelte nebenher. Brillenmode, Katalog, Werbung – ihr rotblonder Typ war gefragt und die Jobs gut bezahlt.

Eine Zeit lang schien alles perfekt zu sein. Doch mit den Jahren veränderte sich Peter. Unter dem Einfluss seiner neuen Kollegen mutierte er zum Snob, dem teure Autos und Uhren wichtiger waren als kulturelle Unternehmungen, gemütliche Abende zu Hause oder Spaziergänge am Zürichsee. Anfang der 2000er-Jahre – Lene hatte ihren Uniabschluss sowie eine Ausbildung zur Psychotherapeutin in der Tasche und fand in Zürich eine Stelle in einer psychotherapeutischen Praxis – eskalierte es. Nach einem weinseligen Abend gerieten sie aneinander, der Streit schaukelte sich hoch, und Peter rutschte die Hand aus. Er entschuldigte sich sofort, die kleine Ohrfeige sei doch nicht der Rede wert, aber Lene reichte es. Am nächsten Morgen packte sie ihre Sachen und zog aus. Die Trennung war längst überfällig gewesen, das merkte sie jedoch erst, als sie bei ihrer Kollegin Susanne auf der Couch lag und sich in den Schlaf weinte.

Es war keine leichte Zeit – zumal sie wenige Wochen darauf die Diagnose MS erhielt. Vielleicht sollte sie doch nach Hamburg zurückkehren? Ihre Eltern lagen ihr so oft damit in den Ohren, dass sie sich bereits nach einer Wohnung umsah, aber dann kam die Sache mit Sylvie dazwischen. Sie standen beide ein wenig verloren auf dieser Vernissage in Winterthur herum. Sylvie suchte immer wieder Lenes Blick, was diese zunächst nicht zu deuten wusste. Bis auf eine heimliche Affäre mit einer Frau zu Beginn ihres Studiums hatte sie keine Erfahrungen mit Frauen gesammelt. Sie hätte nicht mal geglaubt, dass sich so etwas wiederholen würde, bis Sylvie ihr innerhalb von vierundzwanzig Stunden den Kopf verdreht hatte. Sylvie war alles, was man sich von einer Partnerin nur wünschen konnte. Sie war mitfühlend und empathisch, wobei sie nach außen kompromisslos ihre Meinung vertrat. Und – das war das Allerwichtigste –

sie liebte Lene ohne Wenn und Aber. Seit dem Abend in Winterthur waren sie ein Paar. Lene gab für ihre Freundin die Stelle in Zürich auf, suchte sich eine Arbeit in Luzern und zog mit Sylvie zusammen – eine Entscheidung, die sie bis zum heutigen Tag nicht eine Sekunde bereute.

Im Gehen fischte sie ihr Handy aus der Handtasche, um Sylvie die guten Nachrichten zu überbringen. »Schatz, wann kannst du heute Feierabend machen?«, sagte sie. »Ich lade dich zum Essen ein.«

»Was hat der Arzt gesagt? Alles gut?« Sylvies Stimme klang kratzig.

»Sehr gut!«

Eine Weile hörte sie Sylvie nur atmen, dann rief sie: »Du kannst einen aber auch auf die Folter spannen! O wie mich das freut, meine Süße! Das ist großartig!« Sie schickte unzählige Küsse durchs Telefon, dann lachte sie befreit und sagte: »Gegen halb sieben bin ich fertig. Treffen wir uns um sieben im *Rebstock*?«

»Gute Idee. Um sieben im *Rebstock*.«

Sie legten auf. Lene hatte es nicht eilig, nach Hause zu kommen. Sie steuerte das nächstbeste Café an, gönnte sich ein Stück Rahmkirschtorte zum Schümli, blätterte die *Neue Zürcher Zeitung* durch, dann prüfte sie ihre Mails auf dem Smartphone. Erst als sie schon bezahlt hatte und gehen wollte, warf sie einen flüchtigen Blick auf ihren Facebook-Account. Sie selbst postete nichts, schaute aber hin und wieder, was die anderen so trieben. Die kleine rote Zahl rechts oben in der Ecke zeigte an, dass eine Nachricht eingetroffen war. Nur selten erhielt sie über diesen Kanal Mitteilungen von Belang. Manchmal schickte ihr jemand Grüße oder ein Video, bedankte sich für die Annahme der Freundschaft oder bat darum, eine Seite zu liken.

Lene öffnete die Nachricht, und eine Schockwelle durchfuhr ihren Körper. Judith hatte sich bei ihr gemeldet. Ihre alte Schulfreundin, von der sie so lange nichts gehört hatte. Ihr Puls raste, als sie das Geschriebene überflog, sie bekam vor Aufregung kaum etwas mit und las ein zweites Mal langsamer:

Liebe Lene,
du bist sicher überrascht, von mir zu hören, und fragst dich, wie ich dich gefunden habe. Nein, ich selbst war nicht clever genug, dich im Internet aufzuspüren, aber meine Tochter hat nur ein paar wenige Klicks gebraucht.
Warum ich mich bei dir melde? Offen gestanden, hat die beste Freundin meiner Mutter den Anstoß dazu gegeben. Der Kontakt war seit vielen Jahren abgerissen, worunter diese bis heute leidet. (Meine Mutter ist im letzten Jahr verstorben.)
Ganz ehrlich, Lene, was zwischen uns passiert ist, war nicht schön, aber ich trage es dir nicht mehr nach und du mir hoffentlich auch nicht. Was sollte das auch bringen?
Seit die alte Dame mir geschrieben hat, musste ich immer wieder an dich denken. Ich würde so gerne wissen, wohin es dich verschlagen hat, was du tust, mit wem du zusammen bist … Vielleicht meldest du dich mal bei mir? Damit würdest du mich sehr glücklich machen.
Liebe Grüße
Deine Judith

Lene ließ das Handy sinken, und durch einen Schleier aus Tränen beobachtete sie das Treiben ringsum. Beim Lesen waren so viele Emotionen in ihr aufgestiegen, dass sie einen Moment brauchte, um sich zu sortieren. An erster Stelle war da ein Gefühl unbändiger Freude. Judith lief irgendwo auf der Welt herum, sie hatte an sie gedacht und den Kontakt zu ihr aufgenommen. Bloß einen Augenblick später überkam sie Scham. Scham darüber, dass es ihr nicht gelungen war, über ihren Schatten zu springen und auf Judith zuzugehen. Kurz darauf breitete sich eine tiefe Ruhe in ihr aus. Die Freundin war wie aus dem Nichts aufgetaucht. Jetzt war es an Lene, sie nicht wieder aus ihrem Leben zu lassen.

Lene

Hamburg, Februar 1996

Lene hatte zwei Spiegeleier in die Pfanne geschlagen, als es klingelte. Seltsam. Sie erwartete niemanden. Vielleicht war es die Nachbarin von oben, die sich ab und zu eine Tasse Milch oder ein Päckchen Backpulver auslieh? Lene drehte das Gas runter und war mit einem Satz an der Tür. In ihrer kleinen Studentenbude, in die sie kurz vor Weihnachten gezogen war, war sie überall mit wenigen Schritten. Im Bad, auf dem Sofa, am Kleiderschrank und in der spartanischen Küchenzeile. Fünfunddreißig Quadratmeter in Ohlsdorf, mehr konnte sie sich nicht leisten. Und auch das funktionierte nur, weil sie ab und zu einen Job als Fotomodell an Land zog und ihre Eltern ihr regelmäßig Geld zusteckten. Sie waren so stolz auf ihre blitzgescheite Tochter, die die Schule mit links gemeistert hatte und inzwischen Psychologie studierte. Eine Akademikerin in der Familie! Das hatte es bisher nicht gegeben. Alle waren nach der Haupt- oder Realschule abgegangen und hatten einen soliden Beruf erlernt. Einen Broterwerb, der sie durchs Leben brachte, nicht aber in den Himmel der Besserverdienenden katapultierte.

Judith stand in der Tür. Schniefend und mit zerlaufener Wimperntusche. Statt etwas zu sagen, zog sie sich eilig die Stiefel aus, hängte den Regenmantel an die Garderobe und warf sich mit einem Hechtsprung aufs Sofa. Wieder flossen die Tränen. Lene holte Taschentücher und ein Glas Wasser, und erst, als die Eier auf dem Herd schrumpelig geworden waren, hörte ihre Freundin auf zu weinen. Sie setzte sich kerzengerade hin, schnäuzte sich, stieß dann hervor:

»Die Otto … du weißt schon … Otto-Falckenberg-Schule nimmt mich. Lene, ich bin angenommen!«

Lene starrte ihre Freundin an. Die Otto-Falckenberg-Schule war eine der renommiertesten Schauspielschulen Deutschlands – Judith hatte den Jackpot geknackt. Aber warum weinte sie? Vor Freude?

»Super! Wie toll!« Lene drückte sie an sich. »Ich freu mich ja so für dich!«

Judith machte sich los und rückte ein paar Zentimeter von ihr ab. »Da bist du anscheinend die Einzige.«

»Wieso? Hat Katharina ein Problem damit?«

Es wäre nicht weiter verwunderlich. Seit einem Jahr tourten die beiden durch Deutschland und versuchten, einen der heiß begehrten Plätze an einer staatlichen Schauspielschule zu ergattern – bisher ohne Erfolg. Katharina hatte sich ebenfalls dem Aufnahmeprozedere in München unterzogen und war mit Sicherheit nicht weniger begabt als Judith. Nur anders. Schlug Judith die leisen Töne an und gab den Figuren dadurch Tiefe, war Katharina laut und explosiv wie ein Feuerwerk.

»Sie weiß es noch gar nicht«, sagte Judith. »Bevor du dich jetzt aufregst, ich sag's ihr. Bald. Also, sehr bald. Wahrscheinlich noch heute.«

»Vielleicht hat sie ja auch einen positiven Bescheid. Das wäre doch der Wahnsinn! Ihr beide an der Otto-Falckenberg.«

Judith schüttelte unmerklich den Kopf. »Sie hätte sich längst bei mir gemeldet. Meinst du nicht?«

»Du hast es doch auch nicht getan.«

»Natürlich wäre es toll, wenn wir dort beide studieren könnten. Aber das wäre ja wie zweimal den Jackpot knacken …« Judiths Schultern rutschten nach oben. »Katharina wird's verkraften. Es gibt ja noch ein paar Schauspielschulen. Das Problem ist eher Robert. Er hat so merkwürdig reagiert. Ich fürchte, er gönnt es mir nicht.«

Robert, alles klar. Seit er in der Oberstufe zu ihnen in die Klassenstufe gestoßen war, war er bei Katharina und Judith Dauerthema. Robert hier, Robert da. Er ist ja so intelligent, so unglaublich faszinierend, guck nur, wie lässig er die Krawatte trägt … Lene hatte es manchmal kaum noch hören können. Mit einigem Abstand betrachtet, hatte Robert immer nur für Unruhe gesorgt. Mit seiner Wichtigtuerei, mit seinen Allüren, mit dem unbedingten Wunsch, etwas Besonderes sein zu wollen. Judith und Katharina, aber auch andere Mädchen an der Schule hatten ihn wie Motten das Licht umkreist, umflattert und umworben. Lene hatte bei dem Zirkus nicht mitmachen wollen. Ihr war Roberts männliches Gehabe, das keinen Widerspruch duldete, vom ersten Moment an gegen den Strich gegangen. Ebenso wie das Kokettieren mit seiner angeblichen Brillanz. Als hätte er mit Sartre und Simone de Beauvoir persönlich in verrauchten Cafés abgehangen und den Existenzialismus erfunden. Blickte man hinter die Fassade, stellte man rasch fest, dass sein Geschwafel kaum Substanz hatte. Er war nichts als ein Schaumschläger, der sich ein Schild mit der Aufschrift *Regisseur* auf die Stirn geheftet hatte. Allein das absurde Theaterstück, für das er Katharina, Judith und sie ausgewählt hatte. Robert hatte das verquaste Stück selbst geschrieben, er spielte den männlichen Part und führte überdies Regie. Ziemlich viel auf einmal, aber das war typisch für ihn. Er war das Genie, alle anderen sollten nach seiner Pfeife tanzen. Anfangs hatte er Lene für die Hauptrolle auserwählt. Weil sie in seinen Augen dem psychischen Wrack am nächsten kam. Das war einerseits ein Kompliment, andererseits hatte es einen üblen Beigeschmack. Machte sie wirklich einen so labilen Eindruck auf ihn? Nur, weil sie zurückhaltender war als Judith oder Katharina? Aber sie hatte Ja gesagt. So, wie sie damals zu allem Ja gesagt hatte. Aus Schüchternheit und um nicht anzuecken, so hatte sie das von zu Hause gelernt. Doch allein die Vorstellung, die größte Rolle in dem Stück zu übernehmen, hatte ihr Angst eingeflößt. Ihre Stimme war leise, bisweilen flüsternd, und manchmal, wenn sie in der Schule etwas vortragen musste, versagte sie komplett. Nein, sie war keine Rampensau wie Katharina, und sie wollte es auch gar nicht sein. Umso größer war ihre Erleichterung, als Robert die Rollen im allerletzten Augenblick umverteilte und Katharina die Hauptrolle gab. Ihre Freundin liebte das Schauspielern, und Lene war die Sorge los, dass Robert womöglich eine Gegenleistung einforderte. Für die anderen mochte er ein toller Typ sein, aber sie stand nicht auf ihn. Es tat ihr bloß für Judith leid, die genau wie Katharina fürs Theater brannte und sich alle Mühe gab, ihre Enttäuschung zu verbergen. Sie wollten beide Schauspielerinnen werden, bei der Premiere damals hatten sie einen Schwur geleistet, und Lene hatte aus Freundschaft mitgezogen. Es war auch nicht ganz gelogen, sie hatte ihren Auftritt geliebt und später beim Applaus ein wildes Pochen in der Brust gespürt. Aber für ihre Zukunft hatte sie anderes vor. Sie wollte Menschen helfen. Arme Kinder vorm Hunger retten oder psychisch Kranke auf ihrem Weg zurück ins Leben begleiten.

Auf der Abifeier geschah dann das Ungeheuerliche. Robert eroberte Judith oder Judith Robert. Es war die ganz große Liebe, Romeo und Julia verblassten dagegen wie die Fotos in den alten Alben ihrer Großeltern. Lene freute sich für ihre Freundin. Weil sie wollte, dass sie glücklich war. Doch trotz allem blieb eine Spur Skepsis. Es würde nicht gut gehen, niemals ging es mit einem von Roberts Kaliber gut. Eines Tages, das spürte sie, würde er Judith verletzen.

Dieser Fall schien jetzt eingetreten zu sein, und Lene wunderte es kaum. Denn was hatte Robert seit dem Abi schon auf die Beine gestellt? Er war nach Österreich zu seiner Familie gefahren – Judith hatte wegen eines Jobs zu Hause bleiben müssen – und es nach seiner Rückkehr nach Hamburg krachen lassen. Segeln gehen, Caipirinha im *Café Schöne Aussichten* trinken, das war seine Welt. Obendrein hatte er viel gelesen und sich laut Judith nebulöse Gedanken über seine Zukunft gemacht. Nicht ein einziges Mal war er in die Jobberhöhle gegangen oder hatte sich um einen Studienplatz beworben. Seine Rechtfertigung dafür: Es sei ja so schwer, sich zu entscheiden, wenn man mit so vielen Talenten gesegnet war. Lene fand das lachhaft. Sicher hatte Robert Begabungen, doch was ihm tatsächlich fehlte, war der nötige Biss.

»Hast du was zu trinken da?«, fragte Judith.

»Ja, ziemlich viel Wasser aus der Leitung.« Lene grinste. »Komm, ich weiß was Besseres. Wir holen eine Pulle an der Tanke und fahren zu Katharina. Sie muss es eh erfahren, und je eher, desto besser.« Sie streckte ihr die Hand hin, aber Judith ergriff sie nicht.

»Und Robert?«

»Jetzt vergiss mal für einen Moment Robert«, sagte sie, wohl wissend, wie hart das in den Ohren ihrer Freundin klingen mochte. »Es ist *dein* Leben.«

»Schon, aber irgendwie auch unser Leben.«

»Aber deine Karriere.« Lene schüttelte widerwillig den Kopf. »Wie kann man nur so egoistisch sein! Robert müsste doch Luftsprünge machen, dass seine Liebste an dieser tollen Schule angenommen worden ist! Also, wenn er dich liebt, müsste er das tun.«

»Er liebt mich, okay?« Judith blickte sie verletzt an.

»Ja, natürlich liebt er dich. Was ihn aber nicht davon abhält, neidisch zu sein. Und das soll ich in Ordnung finden?«

Judith vergrub ihr Gesicht in den Händen. »Ich versteh das nicht! Er will doch gar nicht Schauspieler werden. Wenn überhaupt, interessiert er sich für Regie. Also braucht er doch gar nicht neidisch zu sein.«

»Männer«, sagte Lene. Und als Judith fragend die Augenbrauen hob, fuhr sie fort: »Manche können anscheinend nicht damit umgehen, wenn die Freundin ihnen den Rang abläuft. Kein schöner Charakterzug, was?«

Judith erwiderte nichts, zupfte bloß Fussel von der Überdecke.

»Und wenn ihm das so gegen den Strich geht, dass du ihm einen Schritt voraus bist«, fuhr Lene fort, »soll er selbst mal aktiv werden. Statt immer nur Caipi zu trinken und große Reden zu schwingen.«

»Ich weiß.«

Lene sprang vom Sofa auf, warf Judith den Regenmantel zu und stieg in ihre Boots. »Wenn du mich fragst, hat er Angst vor der eigenen Courage. Was, wenn er auf die Nase fliegt? Wenn er eben doch nicht so brillant ist, wie er immer vorgibt? Ganz schön peinlich vor seiner Familie und vor uns, oder?«

»Lene, du bist gemein.«

»Nein, nur ehrlich.«

Judith hockte sich auf den Boden und zwängte sich in ihre Schuhe. »Du magst ihn nicht. Du hast ihn noch nie gemocht.«

»Das stimmt nicht«, entgegnete Lene, um Judith nicht noch mehr zu verletzen. »Wenn er nicht gerade lospoltert, hat er eine sehr liebenswerte Seite. Aber ich kann nicht zulassen, dass er meiner besten Freundin wehtut, verstehst du das?«

Sie ließen das Thema fallen, besorgten die Sektflasche an der Tankstelle und überfielen Katharina kurz darauf in ihrer WG. Sie war erst vor wenigen Wochen ausgezogen; genau wie Judith, die gezwungenermaßen noch zu Hause wohnte, hatte es ihr stets an Geld gemangelt. Nicht, weil ihre Eltern nichts hatten, im Gegenteil. Seit Katharinas Vater zu seiner Geliebten nach Frankreich gezogen war, klammerte sich die Mutter an Katharina und an ihre Schwester Isi. Monatelang hatten die beiden ihr in den Ohren gelegen, doch erst als ihr Vater bei einem Besuch sein Scheckbuch gezückt und ein Machtwort gesprochen hatte, hatte sich auch Katharinas Mutter erweichen lassen.

Judith blieb auf der Schwelle stehen, als Lene den Klingelknopf drückte.

»Jetzt komm schon, stell dich nicht so an. Sie ist deine Freundin!«

Der Summer ging, und als sie keuchend im fünften Stock ankamen, stand Katharina im Schlafanzug in der Tür und rieb sich verwundert die Augen.

»Was macht ihr denn hier?«

»Hast du schon geschlafen?«, entgegnete Judith. »Wir können auch wieder gehen. Also, wenn's nicht passt.«

»Können wir nicht.« Lene schwenkte die Flasche. »Wir haben auch was Prickelndes mitgebracht.«

»Gibt's was zu feiern?«

Lene antwortete mit einem Lächeln und schob Judith wie einen störrischen Esel in die Wohnung.

»Jetzt sagt schon.« Katharinas Blick glitt zwischen den Freundinnen hin und her, dann blieb er an Judith haften. »Aber nicht die Otto-Falckenberg, oder? Sag jetzt bitte nicht, dass dich die Otto-Dings genommen hat.«

»Doch, hat sie«, erwiderte Judith mit gepresster Stimme. Als würde sie einen Mord gestehen, mindestens.

Ein Moment standen sie schweigend im Flur. Katharina zupfte am labberigen Bündchen ihrer Schlafanzughose. Vielleicht begriff sie ja auch gar nicht, was Judith, deren Blicke an der Flurwand auf und ab glitten, soeben gesagt hatte.

»Kommt, Mädels, jetzt wird gefeiert«, durchbrach Lene die Stille. Sie stapfte in die Küche, die seit Tagen nicht aufgeräumt worden war, bediente sich am Küchenschrank, holte drei Gläser raus und entkorkte die Flasche.

Gewimmer drang vom Flur an ihr Ohr, vielleicht war es die Katze der Mitbewohnerin, die greinend durch die Wohnung gehuscht war. Einen Augenblick darauf trat erst Judith, dann Katharina in die Küche. Judith schien von innen zu leuchten, aber auch Katharinas Augen glänzten.

»Das ist ja wohl das Irrste, was passieren konnte!«, rief sie aus.

Lene nickte ihr zu. »Hast du auch schon Bescheid?«

»Heute. Mit der Post gekommen.« Der Glanz in ihren Augen erlosch. »Bin aber abgelehnt.«

»Oh, das tut mir leid.« Lene wollte Katharina umarmen, doch die Freundin entzog sich ihr.

»Das muss es nicht. Es gibt ja noch mehr Schulen. Irgendwann wird es schon klappen. Nur blöd, dass wir jetzt nicht mehr zusammen touren können.«

Und froh, dass Katharina die Nachricht so locker nahm, reichte Lene ihren Freundinnen die Gläser.

Judith

Hamburg, Mai 2019

Vier

Kaum war Judith durch das Drehkreuz der Seniorenresidenz geschlüpft, stieg ihr der Geruch von Putzmitteln, Urin und Essen in die Nase. Schlagartig fühlte sie sich in die Zeit zurückversetzt, als sie ihre Mutter in deren letzten Lebensmonaten alle zwei bis drei Tage im Heim besucht hatte. Noch Stunden danach hatten die Ausdünstungen an ihr gehaftet.

In der Eingangshalle saß eine Frau in einem der weinroten Sessel und winkte aufgeregt, als sie Judith erblickte. Nein, es war nicht Hilde. Selbst wenn sich die Freundin ihrer Mutter extrem verändert hatte, konnte sie es nicht sein. Hilde hatte eine schneeweiße, zum Knoten geschlungene Haarpracht, dunkle Augen und eine Charakternase wie Julius Cäsar. Sie war eine imposante Erscheinung, nicht so ein Häuflein Mensch wie die Dame, die jetzt leise in sich hineinkicherte.

Judith ging weiter zur Anmeldung, dort schickte man sie in die zweite Etage. Zimmer 201. Nichts tat sich, als sie anklopfte. Sie pochte ein weiteres Mal, dann öffnete sie zögerlich Tür.

Hilde war im Sessel eingenickt, und als sie nun hochschreckte, einen Rest Lippenstift auf den Lippen, starrte sie Judith verwirrt an.

»Hallo, Hilde. Ich bin's. Judith.«

Ein Lächeln flog über Hildes Gesicht. »Himmel, Judith, na, das ist ja mal eine Überraschung!« Die alte Dame, die deutlich schlanker war, als Judith sie in Erinnerung hatte, klatschte in die Hände. »Komm her, mein Kind, lass dich ansehen!«

»Also, wenn's gerade nicht passt …«, brach es aus Judith hervor, wohl wissend, wie einfältig die Verlegenheitsfrage klang. Was gab es schon im Heim zu tun? Außer auf Besuch zu warten, der an den meisten Tagen ohnehin nicht erschien.

»Natürlich passt es! Ich hätte mich nur gerne …« Sie strich sich fahrig über den Dutt, aus dem sich eine Strähne gelöst hatte. »Ich hätte doch die Friseurin kommen lassen und mich ein bisschen hübsch für dich gemacht.«

Hilde *war* hübsch. Immer noch. Die Augen samtig braun, die Lippen voll, und statt Sorgenfalten hatten sich unzählige Lachfalten in ihr Gesicht gegraben.

Judith hielt ihr den Blumenstrauß hin, den sie am U-Bahn-Ausgang gekauft hatte. Weiße Rosen und rote Gerbera.

»Oh, wie zauberhaft, vielen Dank! Tust du sie bitte in die Vase?« Sie wies auf einen Krug mit Streublümchen, der sich auf dem Beistelltisch ihres Betts befand.

Judith ließ am Waschbecken Wasser einlaufen und erschrak, als sie ihr bleiches Spiegelbild erblickte.

»Wo soll ich die Blumen hinstellen?«

»Am besten …« Hildes Blick wanderte durchs Zimmer und blieb an einer kleinen antiken Kommode hängen. »Da!«

Judith deponierte die Vase auf einem zarten Spitzendeckchen.

»Setz dich ruhig auf mein Bett«, sagte Hilde. »Mir ist gerade mein Besucherstuhl abhandengekommen.«

Doch Judith fand das zu intim und glitt auf den Sitz des Rollators neben Hildes Sessel.

»Entschuldige bitte, dass ich dich nicht gleich erkannt habe. Ich war eingenickt, und als du so plötzlich vor mir standst, dachte ich im ersten Augenblick ... Also, ich dachte doch wirklich, mein Irmchen ist gekommen, und wir sind wieder jung.« Sie lachte glockenhell auf. »Schöner Trugschluss!«

»Ich sehe meiner Mutter aber gar nicht ähnlich«, widersprach Judith im Brustton der Überzeugung. Anders als ihre kleine, dunkelhaarige Mutter war sie groß und kräftig gebaut und hatte die glatten, blonden Haare ihres Vaters geerbt.

»Wenn du lächelst, bist du ihr wie aus dem Gesicht geschnitten.« Hilde tätschelte ihre Hand. »Na, erzähl mal, mein Mädchen, wie geht es dir? Wann kann man dich denn wieder im Fernsehen bewundern?«

Judith berichtete knapp von ihrem letzten Filmprojekt und dass im Herbst die Dreharbeiten für eine Serie beginnen würden, in der sie die weibliche Hauptrolle spielte. »In meinem Alter ist das wie ein Sechser im Lotto.«

»Das freut mich«, entgegnete Hilde, und auf Judiths Nachfragen fing sie an zu schnattern. Die Betreuung sei ausgezeichnet, die Pflegerinnen und Pfleger durch die

Bank richtig goldig, aber das Essen, herrje …! Heute habe es Bratwurst und matschigen Kartoffelsalat gegeben, kein Salat, nichts Grünes und auch kein Obst. Als bräuchten alte Leute keine Vitamine mehr, weil sie ja ohnehin mit einem Bein im Grab stünden. Dabei wolle sie nicht abtreten. Es bereite ihr noch immer Vergnügen, draußen auf dem Balkon in den Himmel zu schauen, dem Vogelgezwitscher zu lauschen und den Wind im Gesicht zu spüren.

Judith saß still da, nickte ab und zu und kämpfte gegen das flaue Gefühl an, das sie schon beim Betreten des Seniorenstifts beschlichen hatte. Jedes Mal, wenn sie ihre Mutter im Heim besucht hatte, hatte sie diese Beklommenheit gespürt. Die Einrichtung dort war nahezu identisch gewesen. Gelb getünchte Wände, das Pflegebett, der in die Jahre gekommene Einbauschrank mit Hildes wenigen Habseligkeiten, die Kosmetikartikel in der Waschecke, die vertrocknete Zimmerpflanze auf der Fensterbank. Alle Heime schienen sich zu ähneln, und noch jetzt tat es Judith weh, dass sie und ihre Schwester die Mutter dort hatten unterbringen müssen. Wie ein Auslaufmodell, kurz vor der Entsorgung. Aber es hatte keine Alternative gegeben, ihre Mutter war bettlägerig, das hätte weder sie noch ihre Schwester gewuppt.

»Hast du schon mal in den Briefen gelesen?«, fragte Hilde, als der Nachmittagskaffee serviert wurde. Auch Judith bekam ein Tässchen und einen Mandelkeks.

Sie schüttelte den Kopf.

»Warum nicht?«

Judith rutschte unwohl auf der Sitzfläche hin und her. »Weil … weil es mich eigentlich nichts angeht.«

»Alles, was mit deiner Mutter zu tun hatte, geht dich etwas an, mein Herz.«

Judith sah das anders – ihre Mutter war eine eigenständige Persönlichkeit, und auch nach ihrem Tod hatte sie das Recht auf ihre Privatsphäre. Doch sie schwieg. Erst ein paar stille Minuten später rückte sie mit dem eigentlichen Grund ihres Besuchs raus. »Was ich dir noch sagen wollte«, hob sie an, um gleich darauf wieder zu verstummen.

»Ja, Judith?«

»Ich fahre in die Schweiz.«

»Schön. In die Ferien?«

»Nein, ich treffe meine Schulfreundin. Wir haben uns jahrelang nicht gesehen. Irgendwie ist der Kontakt damals abgerissen. Und als ich diese Briefe und Fotos von dir bekommen habe, dachte ich …« Ihr ging die Puste aus.

»Was dachtest du?«

»Ich wollte nicht denselben Fehler wie meine Mutter machen.«

Ein Lächeln glitt über Hildes Gesicht, und Judith fuhr fort: »Sie hat in ihren letzten Lebensmonaten oft von dir gesprochen. Ich glaube, sie hat es sehr bedauert, dass sie dich nicht noch einmal angerufen hat.«

»Ich doch auch, Schatz, ich doch auch. Wir haben unsere Freundschaft einfach einschlafen lassen, das ist unverzeihlich. Aber du …« Ein Ruck ging durch ihren Körper. »Du kannst das Ruder noch herumreißen.« Sie griff nach der Kaffeetasse, die aber schon leer war. Dann blickte sie Judith in einer Mischung aus Wehmut und Freude an. »Nutz deine Chance. Bevor es wie bei mir und Irmchen zu spät ist.«

Judith hatte nur auf ein knappes Stündchen vorbeischauen wollen, doch Hilde Begeisterung über den unverhofften Besuch ließ sie wie eine verdorrte Pflanze nach dem Sommerregen aufblühen. Ihr fielen unzählige Anekdoten von früher ein. Wie sie und Irmgard beim Schulausflug im Hamburger Hafen ausgebüxt waren und sich auf einem Kutter versteckt hatten, der prompt abgelegt war. Wie Judiths Mutter ihr beigestanden hatte, als ihre Eltern sie kurz vor der Hochschulreife rausschmeißen wollten, weil sie es gewagt hatte, einen dunkelhäutigen Freund mit nach Hause zu bringen. Und dass Irmchen sie als Judiths Patentante auserkoren hatte, die Kirche jedoch ihr Veto eingelegt hatte, weil Hilde keiner Religionsgemeinschaft angehörte.

Die Geschichte war für Judith vollkommen neu. Tränen der Rührung stiegen in ihr auf, als Hilde ihre Hand nahm, sie drückte und sagte: »Im Herzen warst du sowieso immer mein Patenkind, das kannst du mir glauben.«

Judith revanchierte sich, indem sie erzählte, wie sehr sie es als kleines Mädchen genossen hatte, wenn Hilde mit ihr Federball gespielt hatte. Und auch an ihre Geburtstage, bei denen sie mal gezaubert, mal Schlager geträllert hatte, erinnerte sie sich mit warmen Gefühlen.

Eine Pflegerin brachte bereits das Abendbrot, als sich Judith endlich losriss und in ihre Jacke schlüpfte.

»Gute Reise, mein Mädchen.« Hilde breitete die Arme aus und drückte sie an sich. »Ich wünsche dir viele schöne Stunden mit deiner Freundin.«

Hoffentlich, sagte sich Judith im Stillen und versprach Hilde, beim nächsten Mal etwas Obst oder Schokolade mitzubringen.

»Du musst mir nichts mitbringen. Ich freue mich einfach, wenn du mal wieder vorbeischaust.«

»Versprochen, Hilde.« Sie beugte sich zu der alten Dame hinunter, erschnupperte ein aufregendes Parfüm, das sie vielleicht an die niemals wiederkehrenden Tage ihrer Jugend erinnerte, dann schulterte sie ihre Tasche und huschte hinaus.

*

Am Abend – der Koffer war gepackt, und Tom lag mit einem Krimi im Bett – goss sie sich ein Glas Rotwein ein, nahm den Umschlag aus ihrem Schreibtisch und verteilte die Briefe, Postkarten und Fotos auf dem Wohnzimmertisch. Durch Hildes Worte ermutigt, erschien ihr plötzlich nichts wichtiger, als in die Vergangenheit ihrer Mutter einzutauchen. Hilde und Irmgard hatten einander oft geschrieben. All die Jahre, in denen Hilde mit ihrem Gatten in Lüneburg gelebt und eine kleine Buchhandlung geführt hatte. Ihre Mutter hatte in dieser Zeit sie und Anna großgezogen, die Buchhaltung für die Dachdeckerfirma ihres Mannes erledigt und bei Kaffeerunden mit den Damen aus der Nachbarschaft, wenn ein Likörchen ihre Zunge gelockert hatte, zur Bewunderung aller das Gretchen oder die Julia vorgespielt.

Das wusste Judith – sie hatte oft genug im Wohnzimmer gesessen und sich köstlich amüsiert –, nicht jedoch, wie freudlos sie gewesen sein musste. Nein, ihre Mutter beklagte sich nicht in den Briefen, doch Judith spürte ihre Unzufriedenheit zwischen den Zeilen. Früher hatte sie Schauspielerin werden wollen, das war ihr großer Traum, den Judiths Vater immer nur als Spinnerei abgetan hatte. Stattdessen hatte er seine Frau zur unterbezahlten Bürokraft im hauseigenen Betrieb degradiert. Und ihre Mutter hatte sich gefügt. Ohne jemals einen Funken Anerkennung, geschweige denn Applaus zu bekommen.

Meine Mädchen sind doch das Beste, was mir im Leben passiert ist, hieß es in dem letzten Brief, den Judith für heute las. *Sie sollen sich entfalten und ihre Talente ausleben dürfen. Hilde, es kommen auch wieder sonnigere Tage. Ich weiß das. Und sowieso – das Beste kommt immer zum Schluss.*

Judith schluckte schwer. Das Beste war nicht zum Schluss gekommen. Solange sie zurückdenken konnte, hatten sich ihre Eltern gestritten. Ihre Mutter war schwach und in Tränen aufgelöst gewesen, ihr Vater laut und jähzornig. Selbst beim Lesen wäre Judith am liebsten zu ihrer Mutter gelaufen und hätte sie schützend an sich gedrückt. Aber sie war nicht mehr da, bloß diese ungeordneten Briefe und Fotos.

*

Der Wind wirbelte Judiths Haare durcheinander, als sie aus dem Taxi stieg. Tom, der nur sechzig Minuten später zu einer Möbelmesse nach Mailand flog, war trotz der frühen Uhrzeit mitgekommen. Um Judith direkt am Gate zu verabschieden, hielt er sich gern etwas länger am Flughafen auf. Lisbeth war fast zwei Wochen in Hamburg geblieben, das hatte sie nicht nur als Familie, sondern auch sie beide als Paar wieder mehr zusammengeschweißt.

»Eigentlich schade«, sagte Tom, nachdem sie ihr Gepäck aufgegeben hatten. »Du hättest mit nach Mailand kommen können. Und danach zwei, drei Tage am Lago Maggiore ausspannen.«

»Warum setzt du dich nicht in den Zug und kommst nach Luzern?«

Tom küsste sie flüchtig. »Du sprichst dich mit deiner Freundin aus. Da bin ich doch fehl am Platz.«

Tom hatte recht. Wenn er dabei war, würde sie weder ihm noch Lene gerecht werden. Andererseits feierte Lene in der Zeit ihres Aufenthalts ihren Geburtstag, sicher waren auch weitere Gäste eingeladen. Vielleicht Katharina? Judith wusste es nicht. Sie wusste nicht mal, ob Katharina und Lene in Kontakt standen. Das eine Mal, als sie miteinander telefoniert hatten und Judith bei Lenes so vertrauter Stimme wohlige Schauer über den Rücken gerieselt waren, hatten sie kein Wort über Katharina verloren. Als hätte es die Dritte im Bunde nie gegeben. Das Gespräch war ohnehin kurz gewesen, Lene musste zu einem Termin, also hatten sie ihre Leben in knapp fünfzehn Minuten gepresst. Was schier unmöglich war. Judith war wie eine Kurzstreckenläuferin durch die Jahre gesprintet. Sie erzählte von ihren Filmrollen, von Tom, den sie ganz konventionell beim Kaffeetrinken in der Hamburger Innenstadt kennengelernt hatte. Und natürlich von Lisbeth, die nun schon flügge war und in Bielefeld studierte. Lene hakte interessiert nach, sie wollte dies und das und jenes wissen, und dann blieb kaum noch Zeit, um etwas von sich zu preiszugeben. So erfuhr Judith lediglich, dass Lene im Luzerner Neustadtquartier wohnte und den Wegzug aus Zürich, wo sie ihr Studium zu Ende gebracht und als Therapeutin gearbeitet hatte, keinen Tag bereute.

»Bist du noch mit Peter zusammen?«, erkundigte sich Judith.

Etwa einen Monat nach der gemeinsamen Reise nach Portugal, also auch kurz nach ihrem Zerwürfnis, hatte Lene ihn in der Volleyballgruppe an der Uni kennengelernt.

»Peter?« Lene lachte auf. »Dass du dich noch an ihn erinnerst!«

Natürlich tat Judith das. Peter war Lenes erste große Liebe, sie hatte zu der Zeit, auch wenn sie nur noch sporadisch Kontakt hatten, heftig von ihm geschwärmt.

»Nein, schon seit Ewigkeiten nicht mehr«, fuhr sie fort. »Aber wir haben noch lange in der Schweiz zusammengelebt. Ich habe studiert, und er ...« Sie hüstelte. »Oh, tut mir leid, ich muss jetzt los. Soll ich dich später noch mal anrufen?«

»Wie du magst.«

Anscheinend hatte Lene keine Zeit mehr gehabt oder es vergessen, am Tag darauf kam ihre Bestätigung per Mail, dass sie Judith zur verabredeten Zeit am Luzerner Bahnhof abholen würde.

Tom und Judith durchliefen die Sicherheitskontrolle, und weil Judiths Abflug bereits aufgerufen wurde, brachte Tom sie zum Gate.

»Freu dich auf Luzern. Und auf Lene. Ihr werdet bestimmt eine großartige Zeit haben.«

Judith deutete ein Nicken an. Einerseits war sie optimistisch gestimmt, andererseits in Sorge, dass das Zerwürfnis von damals noch einmal zur Sprache kommen könnte. Was, wenn unausgesprochene Vorwürfe im Raum standen und der Streit erneut eskalieren würde? Darauf hatte sie nicht die geringste Lust.

»Falls ihr euch nicht versteht, setzt du dich in den Zug und fährst nach Mailand, okay?«, sagte Tom, als hätte er ihre Gedanken gelesen.

»Genau das werde ich tun.« Judith lachte. »Und dann gehen wir *risotto alla milanese* essen.«

Sie küssten einander, und in dem wohligen Gefühl, dass das Leben es gut mit ihr meinte, trat sie, den Pass und das Bordticket gezückt, durch die Abfertigung.

Judith

Hamburg, München, 1994–1997

Das Abi lag hinter Judith, sie war heillos verliebt, und jeder Tag erschien ihr wie eine Wundertüte, prall gefüllt mit dem leckersten Naschkram. Da gab es Liebesperlen, süßsaure Drops, Weingummiherzen, Schleckmuscheln und Salmi-Lollies – sie brauchte bloß zuzugreifen und sich nach Herzenslust etwas herauszufischen.

Niemand hatte mehr daran geglaubt. Am allerwenigsten Judith selbst, deren Selbstwertgefühl wegen Robert früher so oft am Boden gelegen hatte. Immer wieder hatte er ihr durch Blicke, durch kaum wahrnehmbare

Gesten zu verstehen gegeben, wie sehr ihn ihre Anhimmelei nervte. Vielleicht war es ihr auch nur so vorgekommen, denn auf dem Abiball hatte sich das Blatt jäh gewendet. Sie waren zum Abkühlen auf den Hof gegangen, hatten Sterne gezählt, den Mond hinter den Wolken gesucht und darüber gesprochen, wie bizarr es war, dass sie womöglich zum letzten Mal hier standen. Alles hatte sich perfekt angefühlt, so hundertprozentig, und als Robert ihren Kopf in seine Hände genommen und sie geküsst hatte, wusste sie, dass es genau der richtige Moment war. Und dass die vielen Monate, in denen der Liebeskummer sie gebeutelt hatte, endlich einen Sinn bekamen. Einfach, um diesen Augenblick mit Robert zu erleben, egal, wie es weiterging.

Und es war weitergegangen. Robert hatte ihr stockend gebeichtet, dass er lange Zeit zu feige gewesen sei, sich seine Gefühle für sie einzugestehen. Er fand große Worte, sprach von Liebe und dass er ein Idiot gewesen sei, sie über Jahre schmoren zu lassen. Ohne es auszusprechen, war klar, dass sie von jetzt an zusammengehörten, und Händchen haltend kehrten sie später zu ihren Mitschülern – die meisten waren inzwischen sturzbetrunken – in die Aula zurück. Katharina staunte nicht schlecht, nur Lene grinste sich eins und sagte, sie habe es immer irgendwie geahnt.

Der Startschuss war gefallen, und wie in einem Achterbahn-Wagen im freien Fall raste Judith in ihre Zukunft. Sie wollte alles und davon hundert Prozent. Liebe, Karriere, Freundschaft.

Im Sommer trampte sie mit Robert durch Frankreich. Von Paris ging es in die Bretagne, von der Bretagne an die Côte d'Azur, erst Anfang September kamen sie sonnengebräunt und abgebrannt nach Hause zurück. Judith hatte nicht gewusst, dass man so viel Liebe geben, aber auch bekommen konnte, und zwischen Roberts Küssen, die wahlweise nach Milchkaffee, Croissants oder Rotwein schmeckten, notierte sie in ihrem Tagebuch: *Je suis tellement heureuse!*

»Warum ich?«, fragte sie Robert an einem ihrer letzten Abende in Montpellier. Statt auf dem Campingplatz im Zelt zu schlafen, wo es entweder zu heiß oder zu kalt war und Mücken sie quälten, hatten sie sich eine schäbige Absteige mit Waschbecken und WC auf dem Flur genommen. Der reinste Luxus nach vielen Wochen auf der Isomatte.

»Frag nicht so doof.« Er stupste ihre Nase an. »Das weißt du doch.«

»Nein, weiß ich nicht.«

Er streckte sich auf dem Bett aus und verschränkte die Arme im Nacken. Eine Weile musterte er sie, dann sagte er:

»Ich fand dich vom ersten Moment an toll. Du bist intelligent und ... na ja, ziemlich sexy.«

»Das ist alles?«

»Und begabt, das auch.«

»Ach so? Das ist ja ganz was Neues.«

»Na hör mal! Ich hab dir so oft gesagt, dass du gut spielst.«

»Nein, Robert, das hast du nicht. Und am Ende Lene und Katharina mir vorgezogen.«

»Ja, kann sein, keine Ahnung.« Er richtete sich auf und küsste den kleinen Leberfleck auf ihrer Schulter. »Das war wahrscheinlich reiner Selbstschutz. Und ich hatte ja auch noch die On-und-off-Beziehung mit Helena in Wien.«

»Was dich nicht davon abgehalten hat, mit uns beiden in Bordighera …« Sie brach ab. Nach wie vor war es ihr unangenehm, darüber zu reden.

»Rumzumachen, sprich's ruhig aus.« Robert lachte schallend. »Süße, wir waren sturzbetrunken. Hallo? Wer trinkt auch literweise Limoncello? Das ist ein ganz gemeines Zeug.«

Judith sprang aus dem Bett, um die Wasserflasche zu holen, die auf der wackeligen Kommode neben der Tür stand. »Im Ernst, bei den Theaterproben hast du uns nicht geschont«, fuhr sie fort. »Schon vergessen?«

»Erbarmen!« Robert griff nach ihrer Hand und zog sie zurück aufs Laken. »Kannst du mir noch mal verzeihen? Ich weiß, ich war einfach ein aufgeblasener Idiot. Total unreif.«

»So, so. Und jetzt bist du erwachsen?« Sie wälzte sich auf den Bauch und ließ Küsse auf seine Brust prasseln. Sie liebte es, an ihm herumzuknabbern und jede erdenkliche Körperstelle zu liebkosen. Seine Haut roch so gut. Nach Sommer und Meer. Nach Lust und ganz viel Liebe. »Und Katharina?«, griff sie den Faden wieder auf.

»Was ist mit Katharina?«

»Du mochtest sie doch auch.«

»Logisch. Jeder mochte Katharina. Sie ist sehr schön, intelligent und …« Er zögerte.

»Und?«

»Was willst du hören, Judith? Sie ist einfach nicht du! Das ist der entscheidende Unterschied.«

Das klang schmeichelhaft, war allerdings alles andere als eine befriedigende Antwort.

Robert streichelte die Sorgenfalte zwischen ihren Augenbrauen weg. »Judith, ich liebe dich. Weil du es bist. Was soll ich dir noch sagen?«

»Nichts. Schon gut.«

Sie streckte sich neben ihm aus und starrte die mit Flecken übersäte Wand an. Unzählige Mücken hatten hier den Tod gefunden. Wenn Judith ehrlich war, ging es ihr um dieses Quäntchen mehr. Um dieses *ich-liebe-dich-heute*, *ich-liebe-dich-morgen*, *ich-liebe-dich-bis-in-alle-Ewigkeit*. Aber das war Kitsch und kam allenfalls in schlechten Romanen vor. Natürlich hätte sie auch gern gehört, dass sie als Schauspielerin etwas ganz Besonderes für ihn war. Seit der Aufführung damals wurmte es sie, dass sie keine Urgewalt wie Katharina war, die aus dem Bauch heraus spielte und Emotionen auf Knopfdruck abrufen konnte. Und dass sie nicht so schön wie Lene war, apart wie einem Gemälde der alten Meister entstiegen, befeuerte ihren Minderwertigkeitskomplex obendrein.

*

Kaum waren sie aus dem Urlaub zurück, stürzte sich Judith in ihr neues Erwachsenenleben. Sie suchte sich einen Job, fand einen in einer Buchhandlung und steckte jede Mark in Schauspielstunden bei einem ehemaligen Schauspieler, der sie für die Tour an den Schauspielschulen fit machte. Sie studierte drei Rollen ein, die Kriemhild aus *Die Nibelungen* von Hebbel, die Agnès aus *Die Schule der Frauen* von Molière, die May aus *Fool for Love* von Shepard, dazu ein Lied und ein Gedicht, und übte in jeder freien Minute. Mal tat sie es für sich im stillen Kämmerlein, mal klingelte sie bei Onkel Hans und trug ihm ihre Rollen vor. Im Gegensatz zu ihrem Vater freute er sich über ihren Berufswunsch und machte ihr Mut. Sie sei begabt, habe das gewisse Etwas, und wer das nicht auf Anhieb bemerke, sei ein Volltrottel. Onkel Hans' schmeichelnde Worte schienen von Herzen zu kommen, und obwohl Judith sie ihm nicht ganz abkaufte, tat ihr sein Zuspruch gut. Hin und wieder probte sie mit Katharina, die wie sie an den staatlichen Schauspielschulen vorsprechen wollte, die Sache jedoch entspannter anging. Sie vertraute auf ihr Talent und glaubte, dass es schon irgendwie klappen würde, sobald sie vor der Prüfungskommission stand. Manchmal suchten sie auch Roberts Rat – besonders Katharina war an seiner Kritik interessiert –, aber Judith fürchtete sich jedes Mal so sehr davor, sich in seiner Anwesenheit mit ihrer Freundin messen zu müssen, dass sie das Terrain Katharina überließ.

Zu Beginn des neuen Jahres starteten sie ihre Vorsprechtour. Hamburg, Berlin, Wien, Zürich, Potsdam, Stuttgart, Frankfurt und München waren ihre ersten Anlaufstellen – ein straffes und kostspieliges Programm. Fahrkarten mussten gekauft, Übernachtungen organisiert werden, bisweilen wurde noch ein Prüfungsentgelt fällig. Mal schlüpften sie bei Bekannten unter, mal zeigte sich Katharinas Mutter spendabel und bezahlte das Hostel-Zimmer für beide. Mitunter reisten sie auch an unterschiedlichen Tagen zum Vorsprechen an, und Judith war bald äußerst geschickt darin, sich mit einem Minimum Geld durchzuschlagen.

So aufregend es war, kreuz und quer durch Deutschland, die Schweiz und Österreich zu jetten und neue Leute kennenzulernen, die von ihren Erfahrungen berichteten, so groß war die Enttäuschung, gleich nach der ersten Runde rauszufliegen. Und das war meistens der Fall. Auf acht bis zehn Plätze kamen locker neunhundert Bewerber und Bewerberinnen, die Frauen in der Überzahl. Also waren ihre Erfolgschancen, wie Katharina messerscharf schlussfolgerte, von vornherein schlechter. Manchmal wurde ein Mann allein wegen seines guten Aussehens genommen und nicht, weil er besonders begabt war.

Katharina schaffte es in Wien in die zweite Runde, scheiterte jedoch, als sie im Team eine Szene erarbeiten und vorspielen musste. Judith kam in Frankfurt weiter, wurde aber wie Katharina in Runde zwei ausgemustert.

Nach der sechsten Ablehnung beschlich Judith eine dumpfe Verzweiflung. Vielleicht hatte Onkel Hans etwas in ihr gesehen, das gar nicht vorhanden war, und ihr Talent reichte einfach nicht aus. Sie beruhigte sich damit, dass es Katharina nicht anders ergangen war, und immer wieder sprachen sie sich gegenseitig Mut zu. Es wäre dumm, die Flinte übereilt ins Korn zu werfen. Sie waren talentiert, außerdem lernten sie mit jedem neuen Vorsprechen dazu. Judith glaubte, mehr und mehr ein Gespür dafür zu bekommen, was die Dozenten von ihnen erwarteten. Sie mussten durch Originalität bestechen, ganz mit der Rolle verschmelzen, nicht nur so tun als ob. Im Gegensatz zu Katharina, die neuerdings tausend neue Ideen im Kopf hatte, falls es mit der Schauspielerei nicht klappen sollte, gab es für Judith keinen Plan B. Sie wollte nur spielen, sonst nichts.

»Notfalls kannst du es immer noch an einer privaten Schule probieren«, munterte Robert sie auf, wenn sie mal wieder frustriert von einem Vorsprechen zurückkam.

Das war lieb gemeint, aber wie sollte sie neben ihrem Lebensunterhalt auch noch das horrende Schulgeld berappen? Und hieß es nicht, dass die wirklichen Talente von den staatlichen Schulen kamen? Ihr Vater stellte schon seit einiger Zeit bohrende Fragen. *Wird das jetzt bald mal was mit dir? Wie lange willst du uns noch auf der Tasche liegen? Warum schreibst du dich nicht wenigstens an der Uni ein?*

»Mach ich demnächst«, entgegnete Judith, wohl wissend, dass sie es nicht tun würde, solange sie nicht alle Möglichkeiten ausgeschöpft hatte. Zum Glück gab es Onkel Hans. Wann immer ihr Vater sie mal wieder nervte, klingelte sie an der Nachbarstür. Onkel Hans verströmte die Wärme eines Bollerofens an einem kalten Wintertag. Er spendete Trost wie ein Honigbrot mit einem Glas Milch, wenn man krank war. Und er baute sie auf, wenn ihr Selbstbewusstsein im Keller war.

»Du musst dir nur vertrauen, dann wird das schon«, sagte er und wurde nicht müde, sich ihre Monologe wieder und wieder anzuhören.

Während all der anstrengenden Monate tat Robert nichts, das ihn in seinem beruflichen Werdegang weiterbrachte. Nach wie vor ruhte er sich auf seinem hervorragenden Abschluss aus, hieß, er lag bequem auf dem Lederzweisitzer in der Anliegerwohnung seiner Eltern und fraß sich durch unzählige Bände der Weltliteratur. Er verschlang Proust auf Französisch wie andere Leute Gummibärchen. Er las Joyce und Shakespeare auf Englisch, Cervantes, Ibsen, Tolstoi, Dostojewski und Alighieri in deutschen Übersetzungen, zwischendurch Thomas Mann und Günter Grass. Das war sehr ehrenwert und machte ihn ganz sicher nicht dümmer, nur wollte Robert im Gegensatz zu Friedrich weder Literatur noch Theaterwissenschaften studieren, sondern einfach nur lesen. Um zu lesen. Was niemand in seinem Umfeld verstand.

»Was willst du denn damit anfangen?«, erkundigte sich Judith in regelmäßigen Abständen. Als wäre sie die Mutter und er der Sohn. »Ich meine, um später Geld zu verdienen?«

Robert reagierte nie genervt, immer bloß amüsiert. Was nur mit ihr los sei und ob sie ihn bereits jetzt in die Ernährerrolle ihrer Kinder drängen wolle.

»Knalltüte«, erwiderte sie dann. »Von dir will ich ganz bestimmt kein Kind.«

»Ach nein? Warum denn nicht?«

»Weil du ein Knallkopf bist. Sagte ich doch schon. Du hängst ja eh nur rum und tust so, als würdest du Bücher lesen.«

So kabbelten sie sich öfter spaßeshalber, doch nie gerieten sie ernsthaft aneinander, und sobald sich auch nur ein leiser Streit anbahnte, landeten sie im Bett. Das war ihre erprobte Art der Versöhnung.

Um Judith zu beweisen, dass er ein ernst zu nehmender Partner war, breitete er ein Sammelsurium an Ideen vor ihr aus. Mal wollte er an der Filmhochschule Regie studieren, mal Jura, dann wieder fand er Archäologie, Sinologie oder Architektur spannend. Bisweilen zuckte er auch einfach nur mit den Schultern und meinte, sie sollte sich locker machen, das Leben sei lang und er jung genug, um sich auch noch später zu entscheiden. Für ihn mochte das der richtige Weg sein, für Judith nicht. Sie war ungeduldig und voller Tatendrang. Und dann, ein Jahr darauf im Februar 1996, geschah das Wunder: Eine der besten Schauspielschulen Deutschlands nahm sie in ihren Reihen auf.

*

Die Otto-Falckenberg-Schule war wie eine Offenbarung. Hatte Judith ihr Leben lang mit Minderwertigkeitskomplexen zu kämpfen gehabt, blühte sie von der ersten Stunde an auf. Endlich dämmerte es ihr, dass ihr Onkel Hans nicht nur Honig um den Bart geschmiert hatte. Es schlummerte offenbar tatsächlich ein bescheidenes oder auch größeres Talent in ihr. Phonetik und Sprecherziehung, Improvisation und Körperarbeit, Gesangsunterricht, Fechten und Rollenarbeit standen auf dem Stundenplan. War sie anfangs noch scheu, gewann sie mehr und mehr an Selbstvertrauen und schaffte es, die unterschiedlichsten Facetten einer Figur aus sich herauszukitzeln. Sie spielte nicht nur die Elisabeth aus *Maria Stuart*, sie *war* Elisabeth. Sie war Lady Milford in *Kabale und Liebe*, Mephisto aus *Faust I*, Helena aus dem *Sommernachtstraum*, manchmal ein Tisch, eine Kaffeetasse oder auch ein Murmeltier.

Jedes zweites Wochenende fuhr sie nach Hause und versuchte nachzuholen, was sie die Woche über versäumt hatte. Sie wusch bei ihren Eltern die Wäsche, brachte Onkel Hans DVDs neuer Theaterinszenierungen vorbei, sie liebte Robert und traf sich mit ihren Freundinnen. Es war kurios. Wie konnte es sein, dass in Hamburg alles in alten Bahnen verlief, wo ihr Leben kopfstand? Katharina hatte es aufgegeben, sich an den Schauspielschulen zu bewerben, und studierte wie Friedrich Romanistik. Spaß hatte sie nicht daran, aber es schien ihr egal zu sein, womit sie die Zeit totschlug. Robert hatte sich für Germanistik eingeschrieben, besuchte jedoch, ganz der Snob, lediglich die Vorlesungen der Koryphäen und war sich überdies zu fein, um Scheine zu machen.

Nur Lene ging in ihrem Psychologiestudium auf. Lernen hatte oberste Priorität; ihre Verehrer – und davon gab es unzählige – ließ sie am ausgestreckten Arm verhungern. Judith wollte hingegen alles. Das Leben und die große Liebe, die für sie nach wie vor Robert war.

In der Anfangszeit funktionierte die Fernbeziehung, mehr, ihre Zuneigung wuchs von Mal zu Mal, und wenn sie sich an den Wochenenden sahen, schwebten sie auf Wolke achteinhalb. Erst im Jahr darauf begann Robert sich zu beklagen. Er würde bei Judith immer nur an zweiter Stelle stehen, nicht mal eine gemeinsame Reise sei drin, und wie sie sich das eigentlich auf Dauer vorstelle. Judith verstand ihn ja, natürlich hätte sie gern mehr Zeit mit ihm verbracht, aber solange er nicht bereit war, für einen längeren Zeitraum zu ihr nach München zu kommen, ging es eben nicht anders.

»Warum wechselt er nicht einfach die Uni?«, wollte

Lene, pragmatisch wie immer, wissen. »Mit seinem Einser-Abi müsste er doch überall einen Studienplatz bekommen.«

Judith wusste darauf keine Antwort. Am Geld lag es nicht – Roberts Eltern hatten zu viel, um es jemals ausgeben zu können –, vielmehr an seiner Bequemlichkeit. Laut Lene passte es ihm nicht, dass er, der Macher, seinem Liebchen hinterherreiste.

»He, he, ich bin nicht sein Liebchen«, widersprach Judith. »Ich bin immer noch seine gleichberechtigte Freundin.«

»Sicher?« Lene hob die Augenbrauen.

»Aber klar!«, erwiderte Judith im Brustton der Überzeugung, weil sie es selbst glauben wollte.

In den letzten Monaten hatte sie alles darangesetzt, so oft wie möglich nach Hamburg zu fahren. Robert hatte sich im Gegenzug nur zweimal bei ihr blicken lassen. Das verletzte sie, aber sie nahm es so hin. Weil sie Robert liebte und sich die weite Fahrt selbst dann für sie lohnte, wenn sie nur einen halben Tag miteinander verbringen konnten.

Trotz ihrer häufigen Besuche, die sie sich finanziell kaum leisten konnte, wurde die Stimmung von Mal zu Mal schlechter. Einmal musste Judith im letzten Augenblick absagen, weil ihr ein Workshop dazwischengekommen war. Robert, der schon seit geraumer Zeit kaum noch mit seiner Eifersucht hinterm Berg halten konnte, unterstellte ihr eine Affäre mit einem Mitschüler. Seine Worte empörten Judith. Sie war so sauer, dass sie ein ganzes Wochenende lang nicht ans Telefon ging. Was fiel ihm überhaupt ein, sie so respektlos zu behandeln?

Sie hatte immer nur ihn gewollt, daran hatte sich nichts geändert! Andere Männer interessierten sie nicht, und wenn er das nicht begriff, war ihm auch nicht mehr zu helfen.

*

Im Sommer reisten sie nach Triest und Venedig. Ihre Liebe flammte erneut auf, und alles war in bester Ordnung. Doch kaum ging das neue Semester los, setzte Robert ihr gleich wieder mit seiner Eifersucht zu. Auf wen sie es eigentlich abgesehen habe, auf diesen Henrik, von dem sie so schwärmen würde, oder vielleicht auf ihren Gesangslehrer? Der müsse ja ein ganz heißer Typ sein, dass sie so oft von ihm erzählte.

»Es ist nicht heiß«, wetterte Judith. »Er ist bloß ein fantastischer Lehrer. Verstehst du?«

Meistens versuchte sie, sein Geschwätz zu ignorieren. Nur leider schien ihn das umso mehr anzustacheln, und neue bissige Bemerkungen fluteten ihre Gehörgänge. Es tat weh, aber sie konnte nicht länger die Augen vor der Tatsache verschließen, dass er ihr den Erfolg nicht gönnte. Ebenso wie Katharina, die sich merklich aus ihrer Dreier-Freundschaft zurückgezogen hatte. Zwar trafen sie sich immer noch in regelmäßigen Abständen, und Lene bemühte sich, mit aufgesetzter Fröhlichkeit an früher anzuknüpfen, doch sie brauchten sich nichts vorzumachen: Die Zeiten hatten sich geändert. Sosehr Judith in ihrer Ausbildung aufging, so traurig stimmte es sie, dass sich in Hamburg alle gegen sie verschworen zu haben schienen. Sie wollte die Freundinnen nicht verlieren und schon gar nicht Robert. Er war ihre große Liebe, natürlich war er das! Doch während sie sich mit langen Schritten weiterentwickelte, war er auf der Stufe des blasierten Oberstufenschülers stehen geblieben. Als er ihr nach einem weinseligen Abend in einer Kneipe in Eppendorf erneut eine Szene machte – angeblich hatte sie mit dem attraktiven Barkeeper geflirtet –, reichte es Judith.

»Weißt du was?«, sagte sie später auf der Straße. »Ich glaube, es ist besser, wenn wir uns eine Weile nicht sehen.«

Robert schaute verdutzt – damit schien er nicht gerechnet zu haben –, im nächsten Moment verengten sich seine Augen, er lächelte herablassend und sagte: »Wie du meinst, Schatz.« Dann schloss er sein Rad auf und radelte davon. Beleidigt, verletzt, vielleicht mit den Tränen kämpfend.

Judith kämpfte ebenfalls mit den Tränen. Weil sie Robert immer noch liebte und sich kaum vorstellen konnte, wie sie es ohne ihn aushalten sollte.

Die erste Zeit wurde zur Tortur. Sie war so unkonzentriert, dass ihr Gesangslehrer sie bald darauf ansprach. Judith redete sich heraus, sie habe einen verschleppten Infekt, und versuchte von nun an, ihr inneres Gefühlschaos im Unterricht zu verbergen. Jeden Tag hoffte sie auf eine Nachricht von Robert. Auf einen Brief, in dem er sich entschuldigte, sie verletzt zu haben, und ihr versprach, sich zu ändern. Ihr zu vertrauen, weil Liebe ja genau das bedeute. Aber die ersehnte Post kam nicht. Es meldete sich überhaupt nicht bei ihr, und als Judith sich bei Lene am Telefon darüber beschwerte, meinte diese in ihrer nüchternen Art: »Und? Worauf wartest du? Ruf ihn an! Bestimmt sehnt er sich wie verrückt nach dir.«

Klopfenden Herzens griff Judith zum Hörer. Beim ersten Versuch nahm er nicht ab, beim zweiten Mal meldete er sich außer Atem und reagierte verstört, als hätte er jemand anderes erwartet. Doch dann fragte er mit so sanfter Stimme, dass ihr ein wohliger Schauer über den Rücken rieselte: »Wie geht's dir denn, Judi?«

Judi. Den Kosenamen hatte er nur in ganz besonderen Momenten in den Mund genommen.

»Mies«, entgegnete sie. »Ich habe keinen Hunger, ich liege jede Nacht wach, und im Unterricht bin ich überhaupt nicht richtig da.« Sie holte tief Luft, dann stieß sie hervor: »Robert, du fehlst mir so!«

Einen Moment war es still in der Leitung. Judiths Herz fiel in einen rasanten Galopp. Die Sekunden dehnten sich zu Minuten aus.

Endlich räusperte er sich und sagte: »Du mir doch auch. Was glaubst denn du, Judi?«

Noch am selben Abend setzte sich Judith in den Zug nach Hamburg. Roberts Wohnung war unaufgeräumt, überall flogen Schmutzwäsche, Schuhe und Bücher herum. Aber es war ihr egal. Weil sie sofort im Bett landeten und sich liebten, als hätten sie nicht nur einen Monat, sondern mehrere Jahre nachzuholen. Robert entschuldigte sich wieder und wieder und sagte, er wisse auch nicht, warum er seine Eifersucht nicht im Griff gehabt habe. Aber er würde es in Zukunft besser machen.

Am Abend darauf gingen sie bei einem Portugiesen

am Hafen essen. Zwischen Salat und gegrillten Scampi schob Robert ihr einen Umschlag rüber.

»Was ist das?«

»Mach's auf.«

Sie steckte ihren Finger in die Lasche und lugte kurz hinein.

»Nun mach schon!« Er lachte, und sie verliebte sich zum tausendsten Mal in seine irisierenden, karamellfarbenen Augen.

»Also gut, dann guck ich jetzt nach.«

Nur einen Pulsschlag darauf hielt sie zwei Flugtickets in den Händen. Hamburg – Lissabon, Lissabon – Hamburg. Obendrein eine Hotelbuchung.

»Oh, Robert«, sagte Judith. Ihr fiel beim besten Willen nichts Originelleres ein. Sie war einfach nur verblüfft. »Hast du das heute gebucht?«

Er nickte stolz, dann beugte er sich über den Tisch, nahm ihre Hand und küsste jeden Finger einzeln.

»Ich dachte, das ist nur angemessen für eine stilechte Versöhnung, nicht wahr?«

»Aber die Flüge sind viel zu teuer, Robert!«

»Na und? Das bist du mir eben wert.« Er blinzelte ihr zu. »Am 3. Oktober geht's los. Also, falls du noch nichts anderes vorhast. Falls doch, frag ich eben Friedrich oder …«

»Du bist so doof!« Zum Scherz schlug sie mit den Tickets auf ihn ein. »Natürlich habe ich nichts anderes vor.«

Portugal … faule Stunden am Strand … Liebe bei offen stehendem Fenster … *pastéis de nata* und fangfrischer Fisch … So malte Judith sich das aus. Und nach allem, was hinter ihnen lag, eine Zeit, die sie ebenso psychisch wie physisch ausgelaugt hatte, konnte sie sich kaum etwas Schöneres vorstellen.

*

Die letzte Woche vor der Reise wurde zum Heimspiel. Die Versöhnung mit Robert, die Aussicht auf Lissabon – das allein gab ihr so viel Energie, dass nicht nur ihre Lehrer, sondern auch ihre Mitschüler von einer Improvisation hingerissen waren.

»Judith, aus dir wird noch mal eine richtig große Schauspielerin«, sagte Bernadette, mit der sie sich im Lauf der Zeit angefreundet hatte.

»Aus dir auch, wetten?«, gab Judith zurück. Sie wollte nicht nur nett sein, sie meinte es so. Bernadette hatte ein Handicap, sie schielte, aber sie riss alles mit ihrer temperamentvollen Art heraus.

Erschöpft, aber mit sich im Reinen, pfefferte Judith nach der letzten Unterrichtsstunde ihre Sachen in die Reisetasche und spurtete zum Bahnhof. Sie erwischte einen frühen Zug, und während sie durch die Landschaft fuhr, freute sie sich schon darauf, Robert später anzurufen und ihm zu sagen, dass sie gleich bei ihm sein würde. Gerade mal einen Tag hatten sie Zeit, um sich auf die Reise vorzubereiten. Judith wollte einen Reiseführer kaufen sowie ein Lexikon zum Nachschlagen der wichtigsten portugiesischen Redewendungen und Vokabeln, obendrein einen Bikini oder Badeanzug, Sonnencreme und was ihr noch so alles einfallen würde.

Zu Hause öffnete ihr Onkel Hans die Tür. Er leistete

ihrer Mutter, da der Vater bei einem St.-Pauli-Spiel war, ein wenig Gesellschaft. Judith schob ihre Tasche in ihr Zimmer und wollte gleich Robert anrufen, aber Hans bestand darauf, dass sie sich kurz zu ihnen in die Küche setzte und die Buttercremetorte ihrer Mutter probierte.

Sie schmeckte wirklich ausgezeichnet, und Hans hatte so viele Fragen, dass Judith sich erst eine Stunde später vom Tisch losreißen konnte. Es war genau die Stunde, die sie mit dem früheren Zug gewonnen und nun wieder verloren hatte.

»Ach, Judith, da ist Post für dich«, sagte ihre Mutter. »Liegt auf der Kommode im Flur.«

»Danke, Mama.«

Sie ging hinaus und schnappte sich die Foto-Postkarte, das ein Paar in einem Pariser Café zeigte. Schwarz-weiß, sehr künstlerisch. Während sie ihr Zimmer ansteuerte, drehte sie sie um. Ihr Herz hüpfte voller Vorfreude, Robert hatte ihr geschrieben.

Hamburg, den 30.09.1997

Liebe Judith,
es tut mir so leid, ich kann nicht mit dir verreisen. Ich wünschte, ich könnte dir etwas anderes schreiben, aber es geht nicht. Nimm die Tickets, und flieg mit einer Freundin oder mit egal wem nach Portugal. Tu es für mich. Bitte stell keine Fragen.
Robert

Übelkeit stieg in Judith auf, ihr wurde schwindelig, und ihr Herz raste. Sie schaffte es gerade noch bis zum Bett, dort sackte sie wie leblos zusammen.

Judith

Luzern, Mai 2019

Der Flieger landete pünktlich in Zürich. Doch weil Judiths Koffer als einer der letzten auf dem Gepäckband aufgetaucht war, musste sie sich beeilen. Ihr Zug ging in knapp zwanzig Minuten, und sie hatte weder Schweizer Franken noch eine Fahrkarte.

Auf den letzten Drücker fuhr sie die Rolltreppe hinunter zum Bahnsteig und hievte den Koffer einen Augenblick, bevor der Pfiff ertönte, in den Zug. Gleich im ersten Abteil war ein Fensterplatz frei. Dort saß sie dann, das Gepäckstück zwischen die Beine geklemmt, und schaute in die frühsommerliche Landschaft. Die Wiesen, die mit roten Mohnblumen betupft waren, leuchteten in einem satten Grün. Als hätte jemand mit Tusche ein paar extra Farbkleckse hinzugefügt. Gab es auch in Deutschland so tiefgrüne Wiesen? Oder war dies nur der verklärte Blick einer Touristin im Ausland?

Judith nahm ihr Handy aus der Tasche und rief Tom an, aber zu ihrem Bedauern sprang die Mailbox an.

»Bin gut, gelandet, mein Schatz«, sagte sie. »Ich vermisse dich. Hoffentlich geht's dir genauso gut wie mir.«

Das entsprach nicht der Wahrheit. Es ging ihr nicht gut. Bereits im Flieger hatten die Erinnerungen an früher sie wie eine Lawine überrollt. Die Reise mit Lene nach Portugal, die unter keinem guten Stern gestanden hatte, von Anfang an nicht. Damals, nachdem Robert sie abserviert hatte. Ohne irgendeine Erklärung. Die läppische Postkarte, die er ihr geschrieben hatte, hatte sich wie eine schallende Ohrfeige angefühlt.

Lene war an dem Abend sofort vorbeigekommen und hatte Judith getröstet. Sie blieb sogar über Nacht, weil sie es nicht verantworten konnte, ihre beste Freundin allein zu lassen. Katharina war weder in Hamburg noch in Bordighera zu erreichen, aber am Tag darauf platzte die Bombe. Lene erfuhr es von Friedrich, der hatte die Nachricht von einem entfernten Bekannten erfahren. Dieser wiederum hatte die beiden Arm in Arm auf der Straße gesehen. Katharina und Robert, zwei frisch verliebte Turteltäubchen. Der Boden hatte sich unter Judith aufgetan, und weder sie noch Lene hatte sich erklären können, was passiert war. Hatte Katharina sich während der Auszeit an Robert herangemacht? Oder Robert sich an sie? Aus Enttäuschung und Wut, weil Judith die vorübergehende Trennung vorgeschlagen hatte? Aber was hatte es mit seiner Liebeserklärung auf sich? Was mit seinen Beteuerungen, in Zukunft alles anders machen zu wollen? Es gab keine befriedigende Erklärung, es gab nicht mal eine unbefriedigende. Es gab nur Wut und Tränen und noch mehr Wut und noch mehr Tränen.

Es war Lenes Idee gewesen, die Reise anzutreten. Auf jeden Fall! Unbedingt! Um die Tickets nicht verfallen zu lassen und um Judith auf andere Gedanken zu bringen. Oder wollte sie die Reiseunterlagen etwa Robert zurückgeben, damit er womöglich mit Katharina fuhr?

Katharina …

Für Judith gab es die Freundin nicht mehr, und sie wünschte, sie könnte die Erinnerungen an sie wie mit einem Mausklick löschen. Die Enttäuschung darüber, dass sich die beiden hinter ihrem Rücken zusammengetan hatten, war kaum zu ertragen.

»Was hast du denn erwartet?«, erkundigte sich Lene. »Du hast die Auszeit ausgesprochen. Oder habt ihr einen Vertrag unterschrieben, dass keiner von euch in der Zeit nach links und rechts gucken darf?«

Das hatten sie nicht, aber für Judith war es selbstverständlich gewesen, die Wochen zum Nachdenken zu nutzen und nicht, um mit anderen Kerlen herumzuvögeln.

Lene machte Nägel mit Köpfen. Sie buchte Roberts Ticket auf ihren Namen um, packte Judiths Tasche und schleifte sie am nächsten Tag zum Flughafen. Sie hatte es nur gut gemeint, und doch war es, das stellte sich später heraus, eine dumme Idee gewesen. Weil Judith litt. Vom ersten Ferientag bis zum letzten. Sie litt, während sie durch die Gassen von Alfama streiften. Sie litt beim Leutegucken im Café. Sie litt, wenn junge Portugiesen ihnen nachpfiffen. Sie litt beim Fischessen, beim Dösen in der Herbstsonne, beim Postkartenschreiben, und Nacht für Nacht quälten sie die schlimmsten Albträume.

Judith war sich darüber im Klaren, dass sie alles andere als eine angenehme Reisebegleitung war. Weil sie nur an Robert und Katharina denken konnte und nicht müde wurde, über die beiden zu reden. Lene verstand das. Sie hatte immer Verständnis. Aber nach vielen Stunden Weinen, Jammern und Schwarzmalen hatte selbst sie genug und bat Judith bei einem *galão* in einem Straßencafé, nur ein einziges Mal über etwas anderes zu sprechen.

»Und worüber?«, entgegnete Judith verletzt.

»Über das hier alles!« Lene, die mit dem riesigen Sonnenhut und der weißen Haut wie eine Diva aus einem früheren Jahrhundert aussah, ließ ihre Hand in die Luft fliegen. »Von mir aus auch übers Wetter …«

»Langweilig.«

»Nein, du bist langweilig«, entgegnete Lene in ungewohnt scharfem Ton.

»Danke, du kannst mich auch mal.«

Lene griff nach ihrer Hand. »Ich weiß, dass es wehtut. Es tut sogar ganz schrecklich weh, aber meinst du, die beiden sind es wirklich wert?«

»Wie kannst du so was nur sagen? Robert und Katharina waren immer die wichtigsten Menschen in meinem Leben.«

»Gut zu wissen«, knurrte Lene und schob sich den Hut tiefer ins Gesicht.

»He! So hab ich das doch nicht gemeint! Du gehörst natürlich auch zu den wichtigsten Menschen in meinem Leben. Und das weißt du auch.«

Aber Judiths Worte schienen nicht zu Lene durchzudringen. Im Gegenteil blitzte Feindseligkeit in ihren Augen auf, als sie sagte: »Ganz ehrlich, Judith? Dir war Katharina doch immer wichtiger als ich. Gib's doch wenigstens zu.«

Judith war viel zu verdutzt, um etwas entgegnen zu können. Vermutlich hatte Lene sogar ein klein bisschen recht. So lange sie sich zurückerinnern konnte, hatte Katharina den Ton in ihrer Clique angegeben. Sie hatte bestimmt, was man toll zu finden hatte, einerlei, ob es sich um Bücher, Musik, Klamotten oder Jungs handelte. Und Judith hatte sich an ihr orientiert. Wie viele andere auch.

Am Abend beim Essen in Alfama schaukelte sich der Streit weiter hoch. Lene warf Judith vor, keine eigene Meinung zu haben, schon zu Schulzeiten sei das so gewesen, immer habe sie Katharina nach dem Mund geredet.

»Jetzt mach aber mal einen Punkt. Das ist überhaupt nicht wahr!« Judith kippte ihren Rotwein auf ex weg.

»Und warum musstest du unbedingt Schauspielerin werden?«

»Weil ich es wollte?«

»Nein, Judith! Weil Katharina wollte, dass wir es wollten.« Lene hob den Blick und starrte sie so frostig an, dass sie erschauderte. »Du warst doch nicht mal richtig talentiert.«

»Wie bitte?« Judith stellte das leere Weinglas mit einem Knall ab.

»Na, komm. Du weißt selbst, dass Katharina die Begabteste von uns dreien war. Das hat doch jeder gemerkt.«

»Alles klar. Deswegen bin ich ja auch an der Schauspielschule und nicht Katharina.«

Ein Lächeln huschte über Lenes Gesicht. Vielleicht hatte es auch nur um ihre Mundwinkel gezuckt. »Du bist fleißig. Und hast den nötigen Biss. Katharina würde auch eine Schauspielschule finden, wenn sie wirklich wollte. Aber sie fährt ja lieber nach Bordighera oder hängt in irgendwelchen Cafés ab.«

Judith stemmte sich an der Tischkante hoch. Die Essig- und Ölbehälter klirrten aneinander. »Weißt du was, Lene? Den Quatsch muss ich mir nicht länger anhören.«

Sie fischte einen Geldschein aus der Hosentasche,

legte ihn auf den Tisch und verließ das Lokal. Blind vor Tränen stolperte sie ins Hotel zurück. Dort streifte sie die qualmenden Turnschuhe von den Füßen und verkroch sich im Bett. Mit einem Schlag war die alte Unsicherheit, die sie die ganze Schulzeit über begleitet hatte, wieder da. Lene hatte ihr die Wahrheit ins Gesicht gesagt, nein, geschleudert. Mit der Folge, dass das frisch gewonnene Selbstbewusstsein wie ein kariöser Zahn zu bröseln begann. Es traf sie ins Mark, dass ausgerechnet ihre Freundin, die ihr immer loyal zur Seite gestanden hatte, so über sie dachte.

Als Lene sehr viel später mit einer Weinfahne ins Zimmer kam und Judith über den Arm strich, stellte sie sich schlafend. Lene konnte sie mal! Für heute hatte sie genug von ihr.

Am nächsten Morgen verlor keine von ihnen ein Wort über die Sache, und auch während der verbleibenden Zeit schwiegen sie sich darüber aus. Doch der Stachel saß tief. Daran änderten weder Lenes aufgekratzte Art noch ihre Einladungen zum Eisessen oder ins Museum etwas. Ihre Freundschaft hatte empfindliche Kratzer, wenn nicht sogar Risse bekommen. Und auch später ließen sich diese nicht mehr kitten.

Zurück in München, stürzte sich Judith voller Elan in ihr Studium an der Schauspielschule und versuchte das Geschehene auszublenden. Nach Hause fuhr sie nur noch selten. Zum Geburtstag der Mutter, zu einer wichtigen Familienfeier, und einmal lud Onkel Hans sie wie zu Kindertagen zu einer Theaterpremiere ins Schauspielhaus ein. Sie mochte keine begnadete Schauspielerin sein, aber sie war eine Meisterin im Verdrängen der Tatsache, dass sie in ihrer Heimat fast alle Menschen verloren hatte, die ihr jemals etwas bedeutet hatten. Zwar suchte Lene immer wieder den Kontakt zu ihr, aber es gelang ihnen nicht, an die Freundschaft von früher anzuknüpfen.

Als Lene kurz darauf Peter beim Unisport kennenlernte und zum ersten Mal eine Beziehung einging, riss die Verbindung ganz ab. Im Sommersemester darauf, das hatte Judith später über drei Ecken von Friedrichs Mutter erfahren, waren die beiden an die Uni Zürich gegangen.

Viel Zeit war seitdem verstrichen, doch jetzt, wo der Zug durch die Schweizer Landschaft brauste, als könnte er Judith nicht schnell genug an ihr Ziel bringen, überkam sie ein mulmiges Gefühl. Was, wenn sie sich nicht verstehen würden? Weil sie über die Jahre so weit auseinandergedriftet waren, dass es keine wirklichen Berührungspunkte mehr zwischen ihnen gab. Der Zwist in Portugal war unschön gewesen, aber Judith nahm es Lene nicht mehr übel. Bei Katharina lagen die Dinge anders. Sie und Robert hatten sie damals sehr verletzt, indem sie sang- und klanglos aus ihrem Leben verschwunden waren. Und auch wenn sie glücklich mit Tom und ihrem Leben war, blieb da ein leiser, ziehender Schmerz.

Die Fahrt dauerte etwa eine Stunde, dann lief der Zug im Luzerner Bahnhof ein. Judith schaffte es nicht mal mehr, Lippenstift aufzutragen, so plötzlich ging er in die Bremsen. Eilig schnappte sie sich ihr Gepäck und stieg in einem Pulk Menschen aus. Ihr Mund fühlte sich wie ausgedörrt an, und mit jedem Schritt beschleunigte sich ihr Pulsschlag. Fieberhaft flogen ihre Blicke hin und her, während sie den Koffer über den Bahnsteig rollte, sie reckte sich ungeduldig auf die Zehenspitzen, da erspähte sie sie endlich. Diese zarte, rotblonde Frau, die am Kopf des Gleises stand und winkte.

Judith lief schneller, und bloß Sekunden darauf fielen sie sich in die Arme. Ein vertrauter Duft von Zitrone mit einem Hauch Bergamotte wehte Judith in die Nase, und in diesem Augenblick wusste sie, dass es die richtige Entscheidung gewesen war, herzukommen. Wenn auch nur, um Lene ein einziges Mal zu drücken und sich daran zu erinnern, was für eine wunderbare Freundin sie ihr seit frühester Kindheit gewesen war.

»Du benutzt es immer noch?« Sie löste sich und scannte Lene im Sekundenbruchteil. Sie war gertenschlank wie eh und je, bloß ihre Wangen erschienen Judith voller. Fältchen fächerten sich rund um die wasserblauen Augen auf, die nicht wie früher mit Kajal umrandet waren. Lene war ungeschminkt, nur auf ihren Lippen vermutete Judith einen Hauch Lippenstift. Der natürliche Look stand ihr. Die Sommersprossen, die wie mit dem Pinsel aufgetragen aussahen, waren Zierde genug in ihrem schönen Gesicht.

»Was meinst du?« Lene lächelte sie warm an.

»Deinen Duft von damals?«

»O ja! Acqua di Parma. Dass du dich daran noch erinnerst!«

»Du weißt doch, unser Geruchsgedächtnis ist einzigartig. Und unbestechlich.«

Lene hakte sich bei ihr unter. »Du siehst toll aus, Judith. Ich meine, ich wusste das ja, ich hab dich hin und wieder im Fernsehen gesehen …«

»Wirklich? Hast du?«

»Aber natürlich!«

Während sie untergehakt den Bahnhof verließen, ratterte Lene eine lange Liste an Filmtiteln herunter. Judith freute das, mehr noch, sie fühlte sich geschmeichelt. Für Lene war sie also all die Jahre präsent gewesen – wenn auch bloß auf dem Bildschirm.

Judith staunte nicht schlecht, als sie aus dem Bahnhofsgebäude traten: Der tiefblaue Vierwaldstätter See war zum Greifen nah.

»Wie schön!«, rief sie aus. »Und hier lebst du?«

»Ich denke schon.« Lene lachte ihr perlendes Lachen, mit dem sie zu Schulzeiten alle Lehrer für sich eingenommen hatte. »Nach Hamburg könnte ich mir auch keinen schöneren Ort vorstellen. So viel Wasser mitten in der Stadt. Und die Berge ringsum. Komm, Judith, Sylvie wartet im Auto auf uns.«

»Sylvie? Eine Freundin?«

Lene griff sich in die kinnlangen Haare, die nicht mehr ganz so voll wie früher wirkten. »Meine Lebensgefährtin.« Und weil Judith wohl erstaunt aussah, fuhr sie fort: »Ich wollte es dir nicht am Telefon sagen.«

»Und warum nicht?«

»Ich weiß nicht. Ich dachte, du könntest es vielleicht komisch finden.«

»Unsinn, warum denn? Ich bin nur überrascht. Warst du denn seit Peter gar nicht mehr mit Männern …?«

Lene verneinte. »Nach Peter kam gleich Sylvie. Und seitdem sind wir ein Herz und eine Seele.«

»Klingt doch großartig! Das freut mich ja so für dich.«

»Ich wollte es nie wahrhaben, aber wahrscheinlich war ich schon immer lesbisch.« Sie lachte leise auf. »Weißt du eigentlich, dass ich zu Beginn meines Studiums mal eine Affäre mit einer Frau hatte?«

Judith schüttelte den Kopf.

»Woher auch? Es war mir peinlich, es euch zu sagen. Ziemlich blöd, oder?«

»Allerdings!«

»Mein richtiges Outing kam dann ja auch erst später.«

»Seit wann bist du mit Sylvie zusammen?«

»Da war ich siebenundzwanzig.« Lene legte die Stirn in Falten. »Also … Moment … seit siebzehn Jahren.«

»Wahnsinn, wie schnell die Zeit vergeht. Bei Tom und mir sind es sogar schon zwanzig Jahre.«

Lene nickte ihr zu. »Es ist ein großes Glück, wenn man jemanden findet, mit dem man es das ganze Leben aushält.« Lene erzählte, dass sie Sylvie bei einer Vernissage kennengelernt habe und damals der Blitz bei ihnen beiden eingeschlagen sei.

Das klang wie aus einem der Kitschromane, die sie als junge Mädchen verschlungen hatten. Bei Judith und Tom hatte es nicht sofort gefunkt. Sie hatte ihn als Kundin in seinem Möbelgeschäft kennengelernt und ihn später per Zufall auf einer Party von Freunden wiedergetroffen, wo sie sich angeregt über Filme und Bücher ausgetauscht hatten. Erst ein paar Monate darauf war aus Freundschaft Liebe geworden.

»Und du arbeitest als Therapeutin?«, erkundigte Judith.

Es war als rhetorische Frage gemeint. Sicher tat sie

das. So viele Jahre, wie sie engagiert, bisweilen verbissen, darauf hingearbeitet hatte, aber zu ihrer Verwunderung verneinte Lene.

»Nein? Warum nicht? Es war doch immer dein Traum.«

»Ich habe auch einige Zeit in einer Praxis in Zürich gearbeitet und später in Luzern.«

»Warum hast du aufgehört?«

Sie winkte ab. »Das hat viele Gründe. Reden wir später drüber, okay?«

Lene hakte sich wieder bei ihr ein, und kurz darauf klopfte sie an die Scheibe eines beigen Fiats. »Da sind wir!«

Die Tür wurde aufgestoßen, und eine groß gewachsene dunkelhaarige Frau mit hellen, freundlichen Augen stieg aus. »Hallo, ich bin Sylvie«, sagte sie mit schweizerischem Zungenschlag.

Judith mochte die Sprachmelodie, und sie mochte auch die Frau, die mit ihrer Körperfülle und der klangvollen Stimme Ruhe und Gelassenheit ausstrahlte.

»Ah, du bist also die Judith.« Sylvie streckte ihr die Hand hin. »Lene hat so viel von dir erzählt.«

»Ich hoffe, nichts allzu Schlechtes.« Es war Judith so herausgerutscht. Erst einen Sekundenbruchteil darauf fiel ihr der dumme Streit in Portugal ein, den Lene sicher mal erwähnt hatte.

»Nein, nein, nur das Allerbeste!« Gelächter sprudelte aus ihr hervor. »Ich glaube, sie hat dich und die alten Zeiten einfach sehr vermisst.«

»Das habe ich auch«, entgegnete Judith leise.

Sylvie verstaute den Koffer im Gepäckraum, Judith

wollte sich auf die schmale Rückbank des Zweitürers quetschen, aber Lene war bereits hinten eingestiegen, und Sylvie setzte sich ans Steuer. »Anschnallen, die Damen. Auf geht's.«

Sylvie drosselte absichtlich das Tempo, damit Judith Zeit blieb, ihren Blick schweifen zu lassen. Es lohnte sich, sie war geradezu überwältigt. Zur Rechten lag der See, über dem sich die Berge im Nachmittagsdunst majestätisch erhoben, zur Linken entdeckte sie das Wahrzeichen der Stadt, die hölzerne Kapellbrücke aus dem 14. Jahrhundert, wie Sylvie erläuterte. Ein paar Meter weiter erstreckte sich die von prächtigen Belle-Époque-Hotels gesäumte Seepromenade.

»Na, was sagst du?« Lene hatte sich vorgebeugt, und ihr feiner Acqua di Parma-Duft stieg Judith wieder in die Nase.

»Was soll ich sagen? Es ist einfach traumhaft.«

»Schau nur!« Sylvie deutete auf eine Gruppe Chinesen, die auf einer Bank saßen und Suppe aus Bechern schlürften. »Ich verstehe ja, dass es manchen Touristen zu teuer ist, ins Restaurant zu gehen. Aber Fertiggerichte aus China einfliegen und im Bus aufwärmen?« Sie schüttelte missbilligend den Kopf. »Ich finde, das geht zu weit. Zumal meistens Geld genug da ist, um die Uhren- und Schoggiläden leer zu kaufen.«

Judith kannte das Phänomen auch aus anderen europäischen Städten – Luxusartikel kosteten hier weitaus weniger als in China, wo eine Luxussteuer anfiel –, allerdings hatte sie noch nie Chinesen von zu Hause mitgebrachte Speisen essen sehen.

Ein paar Sightseeing-Minuten darauf bog Sylvie in eine

Gasse mit pastellfarbenen Altbauten ein und bremste vor einem ockergelben Haus. Geschickt bugsierte sie den Wagen in eine winzige Parklücke.

»Glück gehabt.« Sylvie schnallte sich ab. »Manchmal kurven wir stundenlang herum und müssen am Ende doch ziemlich weit laufen. Lene ist ja nicht immer so gut zu Fuß.«

»Warum nicht?«, wollte Judith wissen, aber Lene überging ihre Frage.

»Dachgeschoss«, sagte sie stattdessen. »Ich hoffe, das macht dir nichts aus.«

»Nein, natürlich nicht.« Judith war es gewohnt, die vielen Treppen zu ihrer Altbauwohnung nach oben zu kraxeln.

Sie stiegen aus, Sylvie lud das Gepäck aus und schleppte es beherzt zur Tür.

»Lass doch, ich mach das schon«, protestierte Judith, aber Sylvie duldete keinen Widerspruch.

»Du bist unser Gast«, erwiderte sie und trug den Koffer leichtfüßig nach oben.

Judith folgte ihr auf dem Fuß, doch als sie in der dritten Etage angelangt war, bemerkte sie, dass Lene zurückgeblieben war.

»Lene?«, rief Judith. »Kommst du dann?«

»Geht schon vor! Ich hab's nicht eilig!«

Es dauerte eine ganze Weile, bis Lene endlich auf dem oberen Treppenabsatz erschien. Sie war hochrot, und Judith wunderte sich, weil die paar Stockwerke doch nicht der Rede wert waren.

Sylvie hatte die Tür aufgeschlossen, und Judith trat ein. Bereits der Eingangsbereich ließ erahnen, dass das Paar Sinn für Stil hatte. Das Apartment maß an die hundert Quadratmeter, bestand jedoch aus lediglich zwei Räumen: einem offenen Wohn- und Küchenbereich sowie einem Schlafzimmer. Lene musste zu Geld gekommen sein, oder aber ihre Lebensgefährtin verdiente außerordentlich gut. Die Wohnküche mit der gebürsteten Edelstahlküche, dem milchkaffeefarbenen Ledersofa und den weißen Einbauschränken verströmte Eleganz, aber auch einen Hauch Kühle. Es stand weder eine benutzte Tasse noch ein Salzstreuer oder gar ein nutzloser Dekogegenstand herum. Alltagsdinge, die man zum Leben brauchte, waren vermutlich in der Kochinsel oder in den Schränken verstaut, und sogar die Spüle blitzte, als würde niemals Wasser aus dem Hahn laufen. Bei Judith zu Hause sah es dagegen chaotisch aus, selbst jetzt, wo Lisbeth ausgezogen war. Oft fehlte einfach die Zeit zum Aufräumen, und sie waren nicht pingelig.

»Gefällt's dir nicht?«, fragte Lene.

»Doch, doch, ich bin nur baff. So eine edle Wohnung habe ich noch nie gesehen! Und alles ist so ordentlich. Wie macht ihr das nur?«

»Alles eine Frage der Organisation«, entgegnete Sylvie schmunzelnd und verschwand im Schlafzimmer. Judith hatte nur einen knappen Blick hineingeworfen. Dort sah es ebenso aufgeräumt aus. Mittig stand wie in einem Luxushotel ein breites Bett mit weißer, gebügelter Wäsche, die Rückwand zierte eine Tapete mit Jugendstilmuster, und die Bücher waren in einer Vitrine hinter Glas verstaut. Einen Moment darauf kam Sylvie mit einer ledernen Aktentasche unter dem Arm zurück.

»Ich bin dann in der Kanzlei. Gehen wir heute Abend zusammen essen?«

Lene sah Judith fragend an.

»Aber sicher!« Sie nickte erst Lene, dann Sylvie zu. In dieser Edelküche schien ohnehin selten, vielleicht auch gar nicht, gekocht zu werden.

»Deine Freundin ist Anwältin?«, fragte Judith, nachdem die Tür ins Schloss gefallen war.

»Ja, mit Leib und Seele. Sie konnte nie verstehen, warum ich meinen Beruf aufgegeben habe. Kaffee?«

»Sehr gern.« Judith war früh aufgestanden. Allein die Aufregung, Lene nach so langer Zeit wieder gegenüberzustehen, sorgte dafür, dass sie noch so munter war.

»Ich habe frisches Brot und Käse, du bist sicher hungrig, nicht wahr?«

Ohne ihre Antwort abzuwarten, deckte Lene den Tisch auf der Dachterrasse. Hin und wieder rieb sie sich das Bein und verzog dabei schmerzhaft das Gesicht, doch gleich darauf machte sie beflissen weiter und ließ sich auch nicht helfen, die vielen Leckereien, die der gigantische Kühlschrank barg, hinauszutragen. Als Letztes nahm sie eine Flasche Sekt heraus.

»Wir müssen doch auf unser Wiedersehen anstoßen. Magst du einen Schluck?«

»Na klar! Sehr gern.«

Bis vor zwei Monaten hätte sie es nicht mal für möglich gehalten, mit Lene zu telefonieren. Jetzt saß sie hier mit ihr unter einem Sonnenschirm, aß den köstlichsten Bündner Bergkäse, den sie je gekostet hatte, und erfreute sich daran, in ihre wasserblauen Augen zu schauen. All das Unschöne, das zwischen ihnen vorgefallen war, schien keine Rolle mehr zu spielen. Vielleicht war es ja auch nie geschehen, vielleicht waren sie immer noch Anfang zwanzig und sich so nah, wie sich beste Freundinnen nur sein konnten.

»Hast du dich beim Sport verletzt?«, fragte Judith. Um wieder miteinander warm zu werden, hatten sie über dies und das und zumeist Belangloses geplaudert.

Sie schüttelte den Kopf. »Ich bin nicht verletzt. Ich gehe immer so. Also, schon seit vielen Jahren.«

»Was ist passiert? Ein Unfall«?

Lenes Lachen vermischte sich mit dem Vogelgezwitscher in der üppigen Kastanie im Innenhof. »Nein, meine liebe Judi.« Ihr Gelächter verstummte, und sie blickte sie ernst an. »Ich habe MS.«

Judith erstarrte. »Wirklich wahr?«

»Ich hätte keinen Grund, dich auf den Arm zu nehmen, oder?«

»Aber warum hast du nie einen Ton gesagt?«

»Wie denn? Wann denn? Wir hatten doch keinen Kontakt.«

Das stimmte, und Judith bedauerte es in diesem Moment so sehr, nicht eher die Initiative ergriffen zu haben.

»Mach dir keine Gedanken. Ich hab die Krankheit im Griff. Mein letzter Schub ist schon eine ganze Weile her.« Lene fuhr sich über den Kopf. »Okay, ich muss Medikamente schlucken, und ich verliere ziemlich viele Haare, aber wenn's weiter nichts ist …«

»Hast du deswegen mit deinem Job aufgehört?«

»Nein. Mit der Krankheit konnte ich größtenteils

ganz normal arbeiten. Ich hab auch erst vor vier Jahren aufgehört.«

Sie erzählte, dass es ihr im Lauf der Zeit zusehends schwerer gefallen sei, sich auf die Probleme ihrer Patienten einzulassen. »Dieses ganze Elend hat mich irgendwann bloß noch runtergezogen. Ich war einfach nicht mehr in der Lage, den Leuten zu helfen, verstehst du?«

Judith konnte das sehr gut nachvollziehen. Es musste belastend sein, tagtäglich mit den schwersten Schicksalen konfrontiert zu werden.

»Außerdem wollte ich mir immer einen Jugendtraum erfüllen«, fuhr Lene fort.

»Jugendtraum? Ach, wirklich? Spielst du doch Theater? Oder bist du beim Film?«

»Das war doch nie mein Traum, weißt du das denn nicht? Wir haben uns da alle in etwas reingesteigert. Wozu Robert nicht unwesentlich beigetragen hat.«

Robert. Es war so lange her, dennoch legte sich ein unangenehmer Druck auf Judiths Brust. Sie hatte gehofft, weder über ihn noch über Katharina reden zu müssen. Wobei sie wusste, dass dies nur Wunschdenken war. Die beiden gehörten zu ihrer Vergangenheit. Ebenso wie ihre verständnisvolle Mutter, der sie stets kritisierende Vater, die Lehrer an der Schule, die es mal gut, mal weniger gut mit ihr gemeint hatten, der Stress, ein super Abi hinzulegen, und ihr ewiger Minderwertigkeitskomplex.

»Das ist richtig«, sagte sie mit belegter Stimme. »Wir haben uns da alle reingesteigert.«

»Und nur du hast was draus gemacht.« Lene lächelte

sie über den Rand der Kaffeetasse hinweg an. »Ich bin immer fast vor Stolz geplatzt, wenn ich dich im Fernsehen gesehen habe, das kannst du mir glauben. Ich hab manchmal richtig mit dir angegeben. Mit meiner Superschulfreundin!«

»Wirklich wahr?« Es tat so gut, das nach so langer Zeit aus ihrem Mund zu hören. Weil es ehrlich klang und wohl auch so gemeint war.

»Als Alkoholikerin in … na, wie hieß der Film noch gleich?«

»*13 Jahre und ein Tag.*«

»Genau. Du warst großartig, Judith! Die Verzweiflung der Frau, als ihr Mann gestorben ist, ich konnte das so gut nachempfinden. Und als du betrunken am Straßenrand lagst und die Leute an dir vorbeigegangen sind …« Lenes Augen glänzten wie aufs Stichwort. »Das war so authentisch, dass ich einen Moment wirklich dachte, ich müsste kommen und dich retten.«

Judith lud sich eine weitere Scheibe Brot auf den Teller, schnitt ein Stück Käse ab, dabei fühlte sich ihr Magen trotz Hungergefühl wie ausbetoniert an. Sie mussten drüber reden. Jetzt. Sonst war die ganze Reise umsonst.

»Lene, ich wollte …«, begann Judith, aber da Lene gleichzeitig »Es tut mir leid« sagte, brachen sie ab und lachten verlegen.

»Was tut dir leid?«, fragte Judith nach endlosen Sekunden. Ihr Puls ging schneller, ihr Mund war trocken.

»Wie es zwischen uns damals in Portugal gelaufen ist. Was ich alles zu dir gesagt habe.«

Judith deutete ein Nicken an. Insgeheim hatte sie gehofft, Lene würde das Thema von sich aus ansprechen.

»Ich hab immer an dich und dein Talent geglaubt«, fuhr sie fort. »Das meine ich ganz ernst.« Sie wandte den Blick ab. »Ich war damals nur so genervt, verstehst du das? Weil wir die ganze Zeit nur über dich und deinen Liebeskummer geredet haben. Da ist es irgendwann mit mir durchgegangen.«

»Das verstehe ich«, sagte Judith leise. »Ich war auch nervig. Kaum zu ertragen.«

»Richtig blöde warst du. Liebeskummerblöde.« Lene zog eine alberne Grimasse. »Aber ich bedauere es aufrichtig, dass ich dich später nie angerufen habe, um das Problem aus der Welt zu schaffen.«

Judith schaute auf ihre Finger, die über dem Tellerrand schwebten und zitterten.

»Judith?«

Sie sah auf. »Dann fandst du mich also gar nicht schlecht?«

»Nein! Niemals! Katharina war immer nur laut, aber du… du hast es irgendwie schon damals geschafft, alle in deinen Bann zu ziehen.« Sie schlängelte sich um den Tisch herum, kauerte sich vor Judith hin und umklammerte ihre Knie. »Es tut mir so unsagbar leid. Meine Güte! Wie viele Jahre haben wir dadurch verloren! Das ist das eigentlich Tragische an der Sache.«

»Wir waren jung. Wir haben beide Fehler gemacht.«

Lene stemmte sich hoch und trat in die Terrassentür. »Komm mal mit. Ich zeig dir was.«

Im Schlafzimmer nahm Lene einen Stapel Heftromane aus ihrem Nachttisch und fächerte sie auf dem Bett auf. Fürstenromane, Liebesromane, Schicksalsromane.

»Liest du so was jetzt?«

»Nein, Judith, ich schreibe *so was*. Und nicht erst jetzt, sondern schon seit ein paar Jahren. Das ist der Traum, den ich mir erfüllt habe.«

Judith starrte ungläubig auf die Hefte. Seit ihrer Kindheit begleitete sie diese Art von Romanen. Ihre Oma hatte sie rauf und runter gelesen, sie hatten ganz selbstverständlich neben der Zigarettenschachtel und dem Aschenbecher auf dem Wohnzimmertisch gelegen. Heftromane waren Heftromane, nicht einmal hatte Judith darüber nachgedacht, dass es Autoren gab, die sich die Geschichten ausdachten und aufschrieben.

Sie griff nach einem Heft und schlug es auf. »Liliane von Dröstendorf. Du bist tatsächlich Liliane von Dröstendorf?«

»Klingt gut, oder?« Lene lachte. »Du musst nicht so erschrocken gucken, Judi, ich weiß sehr genau, was ich da tue. Außerdem … du wirst es nicht glauben, das Heftschreiben ist ziemlich anstrengend. Meistens habe ich nur eine Woche Zeit, und es gehört jede Menge Handwerk dazu, um den Vorgaben gerecht zu werden.«

»Das glaube ich dir aufs Wort.« Judith überflog eine Seite. »Ich könnte das überhaupt nicht. Und davon hast du schon als junges Mädchen geträumt?«

»Ich habe davon geträumt zu schreiben, ja. Inzwischen weiß ich, dass die Heftromane genau mein Ding sind. Heile Welt und große Gefühle, kein literarischer Anspruch. Mit Problemen habe ich mich in meinem Leben genug beschäftigt.«

Judith nickte ihr zustimmend zu. Natürlich fand sie es nicht verwerflich, wie könnte sie sich das nur anmaßen? Im Gegenteil, es freute sie, dass Lene etwas gefunden hatte, das sie erfüllte.

»Jetzt hat mich der Verlag gefragt, ob ich auch Arztromane schreiben möchte.«

»Und? Willst du?«

»Eher nicht.« Sie ließ sich auf die Matratze sinken. »Mir reicht meine eigene Krankheit. Keine Lust, mich jeden Tag mit gesundheitlichen Problemen und Tod zu beschäftigen.«

»Das würde ich auch nicht wollen.« Judith setzte sich neben sie und legte den Arm um Lene. Worte brauchten sie nicht. Das vertraute Gefühl wieder so deutlich zu spüren war mehr, als Judith sich erhofft hatte.

Die Sonne kam zwischen den Wolken hervor, und Lene schlug Judith einen Spaziergang vor.

»Geht das denn für dich?«

»Na klar. Ich muss mich nur ab und zu mal hinsetzen.«

Nachdem sie die Lebensmittel in den Kühlschrank geräumt hatten, zogen sie los. Sie flanierten durch die Altstadt, schoben sich mit einer Touristengruppe über die Kapellbrücke, und Judith genoss einmal mehr den Blick auf den See und die Berge. Weiter ging es bis zur Seepromenade, wo Lene unweit vom Casino eine Bank unter einer knorrigen Platane ansteuerte.

»Sehr schlimm?«, erkundigte sich Judith, als Lene sich das Bein rieb.

»Mach dir keine Sorgen. Gleich ist es wieder besser.« Sie setzte ein munteres Lächeln auf, dann kramte sie in ihrer Handtasche und bot Judith Schokolade an.

»Die musst du probieren, die ist fantastisch.«

Judith war noch vom Käse satt, griff aber Lene zuliebe zu. Ihre Freundin nahm die schwere Krankheit so tapfer hin, das beeindruckte sie.

»Hm, lecker.«

»Lecker? Sie ist ein Traum, Judi! Die beste Schoggi in der ganzen Schweiz.«

Sie lächelten einander an, und Lene sagte: »Es ist so schön, dass du da bist.«

»Finde ich auch.«

»Erzähl mal. Wie war das mit deiner Mutter?«

Immer wenn sie über ihren Tod sprach, fühlte es sich an, als würde die frisch verheilte Wunde erneut aufreißen. Es tat weh, sich die leidvolle Zeit im Krankenhaus sowie ihre letzten Lebenstage in allen Einzelheiten in Erinnerung zu rufen, und Judith versuchte, sich kurzzufassen. Aber aus *kurz* wurde *länger* und aus *länger* eine ganze Stunde.

»Wie traurig«, sagte Lene und sprach Judith ihr tiefes Beileid aus. »Ich wäre wirklich gern zur Beerdigung gekommen. Ich habe deine Mutter sehr gemocht.«

»Das tut mir so leid.« Judith traten Tränen in die Augen. »Ich hätte dich und wohl auch Katharina informieren müssen. Unsere Eltern haben zu uns und unserer Kindheit dazugehört.«

»Mach dir bitte keine Vorwürfe. Wir hätten uns ja auch mal bei dir melden können.«

Judith erkundigte sich im Gegenzug nach Lenes Eltern. Die beiden hatten ihre Wehwehchen, kamen aber alleine zurecht. Eine Nachbarin sah regelmäßig nach ihnen, und sie ließen sich die schweren Getränkekisten liefern, doch Lene wusste, dass es nicht ewig gut gehen würde. Bisher hatte sie sich noch nicht mal damit beschäftigt, was im Notfall zu tun wäre. Judith versprach ihr, ihr mit ihren Erfahrungen zur Seite zu stehen. Jetzt, später, wann immer sie sie brauchte.

Eine Weile schwiegen sie. Hinter den Bergen boxte sich die Sonne durch die Wolken und brachte den See zum Glitzern.

»Dann hast du also auch nichts mehr von Katharina gehört?«, erkundigte sich Lene.

Die Frage hatte die ganze Zeit unausgesprochen in der Luft gehangen. Sie nun aus Lenes Mund zu hören ging Judith durch Mark und Bein.

»Nein, hab ich nicht. Ich dachte, sie hätte sich vielleicht mal bei dir gemeldet.«

Lene verneinte. »Ich muss dir was sagen, Judith.«

»Und was?«

»Ich hab Katharina auch zu meinem Geburtstag eingeladen.« Sie knetete nervös ihre Hände. »Es war nur so … nachdem du gesagt hast, du würdest kommen, dachte ich, dass ich Katharina zumindest die Chance geben muss.«

»Hm«, machte Judith und spürte dem flauen Gefühl in ihrem Magen nach.

»Keine Sorge, sie kommt sowieso nicht.«

Judith wusste nicht, ob sie erleichtert oder enttäuscht sein sollte. Vermutlich war es von beidem etwas.

»Sie hat nicht mal auf meine Einladung reagiert«, fuhr Lene fort. »Typisch, oder?«

»Wo hast du die Einladung denn hingeschickt?«

»Zu ihrer Mutter. Meine Eltern meinten, sie würde den Brief nach Bordighera weiterleiten.«

»Katharina lebt in Bordighera?«

»Ja. Also, zumindest ist das meine letzte Info. Sie ist damals mit Robert in die Wohnung ihrer Eltern gezogen. Die stand ja eh die meiste Zeit im Jahr leer.«

Bordighera. Auch Judith hatte so etwas läuten hören, war den Gerüchten aber nicht weiter nachgegangen. Weil es sie nicht interessiert hatte. Oder weil sie sich nicht dafür hatte interessieren wollen.

»Kurze Zeit später ist unser Kontakt dann aber abgerissen«, fuhr Lene fort.

»Warum eigentlich? Habt ihr euch gestritten?«

»Nein, gar nicht. Es ist einfach so passiert. Ich hatte mein Leben in der Schweiz, Katharinas ihres in Italien. Wir haben noch ein paarmal miteinander telefoniert, ich habe sie in die Schweiz eingeladen, aber sie hat nie eine Gegeneinladung ausgesprochen. Und gekommen ist sie sowieso nicht.«

»Wie schade.«

»Katharina wollte es eben nicht. So sehe ich das heute. Und jetzt will sie immer noch nicht. Es ist okay. Ich hab mich damit abgefunden.«

Judith musterte sie prüfend. Vielleicht stimmte es. Vielleicht hatte Katharina aber auch sie nachhaltig verletzt.

»Ist sie eigentlich noch mit Robert zusammen?«

»Keine Ahnung. Ihre Mutter hat nie darüber gesprochen und meine wohl auch nicht nachgehakt.«

»Ich verstehe das nicht. Katharina hat doch oft über ihre neureichen Eltern gelästert. Und dann setzt sie sich einfach ins gemachte Nest? Ich meine, wie geht das zusammen?«

»Katharina hat die Dinge oft so hingedreht, wie sie ihr gerade passten. Sie hatte ja auch nie ein Problem damit, in der Wohnung bis zum Abwinken zu feiern. Danach konnte man sich ja wieder getrost über die Eltern beschweren.«

»Weißt du, was sie beruflich macht?«

Lenes Schultern zuckten auf und ab. »Ich glaub nicht mal, dass sie ihr Studium abgeschlossen hat. Robert und sie sind ja Hals über Kopf aus Deutschland weg.«

Ein Ausflugsboot mit einer Hochzeitsgesellschaft glitt vorüber. Fetzen von *Un gelato al limon* drangen zu ihnen herüber. Judith liebte den Song. Als sie Tom kennengelernt hatte, war Paolo Conte bei ihrem Stammitaliener rauf und runter gelaufen. Und wenn sie italienisch kochten, hörten sie seine Balladen immer noch.

»Katharina und Robert haben es in Italien angeblich ziemlich krachen lassen«, fuhr Lene fort, als Paolos Conte Stimme mehr und mehr von den Bergen verschluckt wurde. »Das hat meine Mutter noch von ihrer Mutter gehört.«

»Inwiefern?«

»Partys feiern, Geld ausgeben, solche Sachen.«

Judith lachte bissig. »Das passt ja hervorragend!«

»Wenn du mich fragst, war dieses Schimpfen auf den Kapitalismus und auf Leute mit Geld immer bloß Show. Luxus hat Katharina doch nie gestört. Erinnerst du dich noch an dieses teure Parfüm, das sie schon zu Schulzeiten benutzt hat? Und die Luxuscremes? Wir haben doch alle nur den Kopf geschüttelt.«

Das stimmte. Hinter der Maske der Systemkritikerin hatte Katharina es genossen, Geld ausgeben zu können.

Aber sie war dabei immer liebenswert und großzügig geblieben, eine Freundin, mit der man vor allem Spaß haben konnte und die immer die verrücktesten Ideen hatte.

Lene legte den Kopf in den Nacken und schaute in die Wolken. »Aber ich will nicht schlecht über sie reden. Sie ist ein Teil meiner Vergangenheit, einer wunderschönen Vergangenheit, dafür bin ich ihr einfach dankbar. Manche Dinge ändern sich eben im Leben. Und wir ändern uns mit den Jahren.«

Lene wandte ihr wieder den Kopf zu, und sie lächelten einander eine Spur wehmütig an. Womöglich dachte ihre Freundin dasselbe wie sie. Wie viel schöner es doch sein könnte, würden sie alle drei zusammensitzen, über alte Zeiten quatschen und sich – egal, was passiert war – gegenseitig verzeihen.

»Vielleicht ist die Einladung ja auch nie bei ihr angekommen«, mutmaßte Judith.

»Kann sein. Hättest du sie denn gern wiedergesehen?«

»Ich weiß nicht«, antwortete Judith ehrlich.

»Wegen der Sache mit Robert?«

»Versteh mich nicht falsch, ich hätte für mein Leben keinen anderen Mann als Tom gewollt, er bedeutet mir alles… Aber eine Erklärung – irgendeine! – wäre ja wohl das Mindeste gewesen.«

Lene nickte zustimmend.

»Stattdessen haben sie sich einfach aus dem Staub gemacht«, fuhr Judith fort.

Ihr Handy klingelte, Lisbeth war dran, und sie vertröstete ihre Tochter auf später.

»Erzähl mir von ihr«, sagte Lene, nachdem sie das Telefonat beendet hatte.

Es war ein erlösendes Gefühl, nicht weiter über Katharina reden zu müssen. Lieber schwärmte sie Lene von ihrer chaotischen, eigenwilligen und manchmal unausstehlichen Tochter vor, die doch das Beste war, was ihr im Leben passiert war.

»Und du?«, fragte Judith. »Wolltest du nie Kinder?«

»Nein.«

Es war ein Nein, aber in Judiths Ohren klang es zögerlich. »Auch nicht mit Sylvie?«, fuhr sie fort.

»Nein, tut mir leid. Mir fehlt komplett das Mutter-Gen. Und Sylvie hätte sowieso nur mitgemacht, wenn ich darauf bestanden hätte.«

»Bei uns war auch Tom die treibende Kraft. Ich hatte Angst, in meinem Beruf weg vom Fenster zu sein. Aber irgendwie hat sich dann alles gefügt. Ich bin ungewollt schwanger geworden, nachdem ich gerade am Ernst Deutsch Theater aufgehört hatte. Und nach einem knappen Jahr, da war Lisbeth aus dem Gröbsten raus, kamen plötzlich die wunderbarsten Filmangebote rein. Meine Mutter ist damals oft als Babysitterin eingesprungen. Manchmal musste ich Lisbeth auch bei Tom im Möbelgeschäft parken. Und wenn niemand Zeit hatte, habe ich sie mit ans Set genommen, wo sich die Leute vom Team um sie gerissen haben.« Sie lächelte Lene an. »Ich glaube, es hat ihr nicht geschadet.«

»Weißt du, was Kindern viel mehr schadet? Wenn Eltern nicht loslassen können, sich unentbehrlich machen. Diese Helikopter-Mütter ... Manchmal würde ich sie am liebsten schütteln.«

Es war Balsam für die Seele, über all diese normalen Themen zu reden, die eine Freundschaft nun mal ausmachten. Sie hatten so viel nachzuholen und erschraken, als Sylvie anrief und fragte, wo sie denn stecken würden oder ob sie vorm Essengehen gar nicht mehr nach Hause kämen.

»Wir sind schon unterwegs«, sagte Lene und stand auf. »Gib uns zwanzig Minuten.«

Sie zogen los, Lene ging langsamer und unsicherer als andere in ihrem Alter, aber Judith, die sich bei ihrer Freundin untergehakt hatte, gewöhnte sich rasch an das gemächliche Tempo. Das Leben war schön an diesem Tag. Und das war alles, was zählte.

Katharina

Bordighera, Mai 2019

Fünf

Emily war erkältet. Mit laufender Nase und Husten und allem, was dazugehörte. Ein Schnupfen war kein Weltuntergang, doch die Kleine quengelte trotz ihrer sieben Jahre wie ein Kleinkind. Den ganzen Morgen über hatte Katharina mit ihr gepuzzelt, ihr vorgelesen, sich verkleidet und Prinzessin mit ihr gespielt.

Während Friedrich gegen ein Uhr mit den Vorbereitungen fürs Mittagessen loslegte und Emily ihm dabei half, machte Katharina sich ans Einräumen der Kommode. Die Farbe war längst getrocknet, aber Friedrich und sein Freund Alessandro waren erst am Vorabend mit den Renovierungsarbeiten fertig geworden.

Bis auf die Küche – nach wie vor stand dort das Siebzigerjahre-Mobiliar, das ihre Eltern und Omimi seinerzeit vom Vorbesitzer übernommen hatten – konnte sich die Wohnung sehen lassen. Das Schlafzimmer war graublau gestrichen, die Kommode weiß, und in der Mitte des Zimmers prangte ihr neues Schmuckstück: das breite Boxspringbett mit dem gepolsterten Wandpaneel. Katharina bereute es keine Sekunde, ein halbes Vermögen dafür ausgegeben zu haben. Emilys Kinderzimmer hatte einen puderrosa Anstrich bekommen, das Wohnzimmer erstrahlte in einem freundlichen Sonnengelb.

Katharina verstaute die wenigen Sachen, die nicht dem Ausmisten zum Opfer gefallen waren, akkurat in den Schubladen der Kommode. Nur mit den Fotos war sie bisher nicht weitergekommen. Nach der Arbeit hatte sie immer mal wieder in den Kartons gestöbert, hatte sich aber weder dazu durchringen können, sie aufzubewahren noch sie wegzuwerfen. In Gedanken war sie mit Lene und Judith durch Hamburgs Kneipen gezogen, sie hatte an verschiedenen Schauspielschulen vorgesprochen und das eigene Versagen wie eine fette, hässliche Kröte schlucken müssen. Sie hatte Robert geliebt, und der Schmerz über die dunkelste Zeit in ihrem Leben war für einen Augenblick wieder aufgeflackert. Friedrich hatte recht. Man durfte nicht die komplette Vergangenheit wegwerfen. Denn alles gehörte zu einem: das Glück, das Leid und auch die Wehmut über die verpassten Momente.

»Mama, kommst du? Nudeln sind fertig.« Emily stand barfuß in der Tür. Diese wunderhübschen karamellbraunen Füße, die Katharina, als Emily noch ein Baby war, so oft geküsst, gekitzelt und angeknabbert hatte, dass die Kleine hoffentlich kein frühkindliches Trauma davongetragen hatte.

»Zieh dir bitte Socken an, ja?«

»Aber es ist so warm!«

»Dann zieh wenigstens deine Sandalen an. Wenn man erkältet ist, muss man die Füße warm halten.«

Als Katharina kurz darauf in die Küche kam, stand eine Schüssel Pasta mit Pesto auf dem Tisch.

»Schmeckt köstlich, Friedrich«, lobte Katharina ihn nach der ersten Gabel, und Emily verlangte gleich eine größere Portion. Es war erstaunlich, wie rasch sich Friedrich vom Fertigpizza-Auftauer zum routinierten Koch gemausert hatte. Er bereitete die klassisch italienischen Gerichte wie ein Profi zu, erschuf aber auch neue Kreationen wie Pasta mit Roter Beete oder Berglinsen mit einem Sugo aus Tomaten, Auberginen und Mozzarella.

»Gehen wir nachher zum Ruckelauto?«, fragte Emily schmatzend.

Ihre Tochter liebte das schaukelnde Plastikauto an der Bar *Milleluci*. Auch wenn sie dafür eigentlich schon zu alt war. Danach gab es meistens ein Eis aus der Eisdiele nebenan. Das liebte sie noch mehr als das Ruckelauto.

»Emily, du bist krank.«

»Gar nicht wahr!«

»Da muss ich Emily aber recht geben«, schaltete sich Friedrich ein. »Das bisschen Schnupfen.«

»Also gut«, sagte Katharina. Sie hatte sich auf einen freien Nachmittag mit einem Buch auf dem Sofa oder Balkon gefreut. Aber ein Espresso auswärts klang ebenso verlockend.

Mit der Aussicht auf das Plastikauto und ein Eis verputzte Emily die große Portion bis auf den letzten Bissen. Beim Essen gab es keine Probleme, das wusste Katharina zu schätzen. Eine Freundin von ihr aus Ventimiglia fütterte ihr Kind mit Vitamintabletten, weil es nur Pommes, Nudeln mit Butter und Parmesan und Pizza Margherita aß.

»Hast du dich eigentlich schon wegen Luzern entschieden?«, erkundigte sich Friedrich, als sie später, herausgeputzt wie die typisch italienische Sonntagsfamilie, aufbrachen. Friedrich trug ein Sakko, Katharina Pumps zum Rock, und Emily hatte darauf bestanden, ihr neues Kleid mit der Schleife im Rücken anzuziehen. Das Mädchen war schon jetzt so eitel, dass Katharina sich fragte, wo das nur hinführen sollte. Lidschatten, Rouge, Concealer – wenn sie nicht aufpasste, schmierte sich die Kleine alles ins Gesicht.

»Ich bleibe hier«, entgegnete Katharina und nahm ihre Tochter beim Überqueren der Straße an die Hand. »Du hast es doch schon gehört. Ich kann Emily nicht allein lassen.«

»Wieso, ich bin doch da. Oder traust du mir nicht zu, dass ich ein erkältetes Kind versorgen kann?«

»Friedrich.« Katharina blieb vor einer der Boutique stehen und tat, als würde sie sich brennend für das Kleid mit dem Plisseerock interessieren. »Ich fahre nicht. So oder so.«

Friedrich legte den Arm um sie. »Wovor hast du eigentlich Angst?«

»Ich hab keine Angst. Und es wäre nett, wenn du damit aufhören würdest, dich in mein Leben einzumischen.«

»Ich dachte, es ist unser Leben. Oder etwa nicht?«

»Doch, natürlich.« Sie schmiegte sich versöhnlich an ihn. »Aber ich hab mit meiner Schulzeit und den Leuten von damals abgeschlossen. Und ich will mich deswegen auch nicht rechtfertigen müssen.«

»Auch mit mir?«

»Idiot!« Sie knuffte ihn. Seit er zu ihr nach Bordighera gezogen war, sah sie immer weniger den Schulkameraden von damals in ihm. Er war einfach Friedrich, der liebevolle und fürsorgliche Mann an ihrer Seite.

»Und warum guckst du dir in letzter Zeit so häufig die Fotos an?«

»Weil es mir Spaß macht?«

»Siehst du! Genau das ist der Punkt.«

»Ich sehe nur, dass du dich da in was verbeißt. Außerdem frage ich mich, was für ein Interesse du daran hast, dass ich nach Luzern fahre. Brauchst du sturmfrei?« Sie knuffte ihn.

»Ja, ganz sicher. Mal überlegen, welche meiner Freundinnen ich zu uns nach Hause einlade.«

»Hast du eine Freundin?«, fragte Emily. »Küsst du die?«

Sie mussten lachen, und Katharina erklärte, der Papa mache nur Spaß.

»Eine kleine Auszeit würde dir guttun«, fuhr Friedrich fort. »Francesca wuppt den Laden schon. Sie kennt doch die Abläufe. Und Luzern ist wunderschön!«

Sie erreichten die Bar, und Emily war im Nu in das Plastikgefährt geklettert. »Darf ich fahren?«

»Aber sicher, mein Schatz«, sagte Katharina und warf eine Münze in den Schlitz.

»*Due caffè*?«, rief ihnen die Tresenkraft Giulia von drinnen zu.

»*Sì*«, antwortete Friedrich.

Das Auto ruckelte los, und Emily juchzte und lachte, dass es eine Freude war, ihr dabei zuzusehen.

Während sich Katharina an einen der freien Tische unter dem Sonnensegel setzte, holte sich Friedrich eine

Zeitung aus der Bar. »Ich wollte mich wirklich nicht einmischen«, sagte er und schlug die erste Seite auf. »Ich dachte nur ... Lene würde sich bestimmt freuen. Sonst hätte sie dich kaum eingeladen.«

»Och, bitte, können wir mal das Thema wechseln?«

»Weißt du eigentlich, ob Judith kommt?«

»Friedrich! Themawechsel. Sonst muss ich dich leider töten.« Sie bohrte ihm den Zeigefinger in die Brust.

»O ja, bitte, mach! Du drohst es mir so oft an, und dann passiert doch nichts. Ich wäre echt gespannt, wie du es anstellst.«

Katharina lachte auf. »Du bist so ein Quatschkopf! Wie konnte ich mich nur in dich verlieben?«

»Irgendwann mache ich eine Therapie dagegen, versprochen.« Er nahm ihren Kopf in beide Hände und küsste sie zärtlich auf die Stirn.

Giulia brachte den Kaffee, wie üblich wechselten sie ein paar Worte mit der Frau, und Katharina versenkte drei volle Löffel Zucker im Espresso. Mehr, als sie mochte, und mehr, als ihr guttat. Warum drängte Friedrich sie eigentlich so? Ja, sie hatte sich die alten Fotos angeschaut, sie war auch wie in einer Zeitmaschine Jahre zurückgereist, aber das bedeutete noch lange nicht, dass sie die Freundschaften von damals wieder aufwärmen wollte. Ihr Leben fand hier und jetzt statt. Mit ihrer Familie, mit ihren Kundinnen, mit ihren italienischen Freundinnen und Freunden. Zugegeben, ihre Bekanntschaften in Italien waren oberflächlicher. Mal traf man sich auf einen Aperitif in einer Bar, mal ging man gemeinsam eine Pizza essen oder lud sich gegenseitig zum Abendessen ein. Man aß und trank, erzählte und lachte, und wenn man spätabends heimkam, wusste man kaum noch, worüber man gesprochen hatte. Aber war das in ihrem Alter nicht normal? Fokussierte sich da nicht alles auf die Familie, anstatt dass man wie früher in aller Ausführlichkeit über die Liebe und das Leben philosophierte?

Katharina leerte die Espressotasse mit zwei kleinen Schlucken. Ihre bescheidene Droge, die sie im Nu belebte.

Das Plastikauto hatte aufgehört zu ruckeln, Emily stieg aus und kam hüpfend auf sie zu.

»Krieg ich ein Eis?«

»Das hättest du wohl gerne«, sagte Friedrich, »du bist doch schon Auto gefahren.«

»Och, bitte, Papa!« Sie zog eine Schnute.

»War nicht ernst gemeint, Emily. Natürlich darfst du dir ein Eis holen.« Er grub in seiner Hosentasche und gab ihr ein paar Euro. »Mama und ich warten hier auf dich.«

Emily nickte und lief schon los.

»Also, wenn du nicht fährst, könnte ich ja vielleicht«, hob Friedrich an, als ihre Tochter in der Eisdiele verschwunden war.

»Was könntest du?«

»Nach Luzern fahren.«

»Untersteh dich!«

»Warum denn nicht?«

Katharina boxte ihn auf den Arm. »Du willst ja bloß mit Lene knutschen.«

»Warum sollte ich das tun? Ich hab doch schon die hinreißendste Frau auf der ganzen Welt.« Er hauchte ihr einen Kuss auf den Mund, der nach Espresso schmeckte. »Und damals ist es auch nur passiert, weil du nichts von mir wissen wolltest. Ich war ja für euch alle nur das pickelige Neutrum.«

»Kein Neutrum. Aber der blöde Klassenkasper.« Grinsend kratzte sie den Zucker aus der Tasse, der sich am Boden gesammelt hatte. »Meinst du das ernst? Würdest du wirklich gern fahren?«

Friedrich nickte. »Ja, sehr gerne sogar.« Sein Blick glitt zum Nebentisch, wo sich eine Gruppe junger Leute in den Zwanzigern niedergelassen hatte. »Was wohl aus ihnen geworden ist?«

»Wieso, was aus Robert geworden ist, weißt du doch.«

Friedrich verzog das Gesicht. »Ehrlich, er ist der Einzige, von dem ich das lieber nicht wissen wollte.«

Robert war nach der Trennung von Katharina in das nur wenige Kilometer entfernte Ventimiglia gezogen. Ab und zu liefen sie sich über den Weg und plauderten ein wenig, aber jedes Mal fühlte sich Katharina unbehaglich und wünschte, sie wären sich nicht begegnet.

»Hör zu«, sagte sie, »von mir aus kannst du hinfahren. Ich hab kein Problem damit. Aber du solltest unbedingt vorher Lene fragen. Vielleicht ist es ihr nicht recht, wenn du da aufkreuzt.«

»Und du willst wirklich nicht mit?«

»Nein, Friedrich, wie oft denn noch? Außerdem hätten wir niemanden für Emily.«

Sie winkte ihre Tochter herbei, die mit einer großen Eiswaffel angetrottet kam, zog sie, als wäre sie noch ein kleines Mädchen, auf ihren Schoß und drückte sie fest an sich.

Katharina

Bordighera, 2000–2001

Der Gucci-Badeanzug mit dem auffälligen Logo zwickte – ganz offensichtlich hatte Katharina in der letzten Zeit zugenommen –, aber vor der Ankunft ihrer Freunde aus Milano war sie nicht mehr dazu gekommen, sich einen neuen zu besorgen. Zumal der schwarze Designerbadeanzug mehr hermachte als irgendein Nullachtfünfzehn-Teil aus einer x-beliebigen Boutique.

Chiara und Maurizio, beide Mitte dreißig, waren anspruchsvoll. Chiara arbeitete als Kardiologin, Maurizio war Anwalt; Geld spielte bei ihnen keine Rolle.

Roberto meinte, Katharina solle sich nicht verrückt machen. Schließlich hätten sie die beiden nicht beim Champagnertrinken in Monte-Carlo kennengelernt, sondern in einer einfachen Pizzeria in Mailand. Und sie wären ihnen damals als Katharina und Robert sympathisch gewesen. Als ein aufgeschlossenes junges Paar, das ihre Heimat aus Liebe zu Italien verlassen und sich in der Provinz Imperia angesiedelt hatte. Zwei Menschen, die sich wie sie für Kunst, Theater und Musik interessierten und sich darauf freuten, sich mit ihnen über Gott und die Welt auszutauschen. Chiara liebte die deutsche Literatur, Maurizio mochte Bach, Brahms und Schubert, und ihnen allen gemeinsam war die Liebe zu Franz Marc und Otto Dix.

Dennoch hatte Katharina darauf bestanden, für die Zeit ihres Aufenthalts eine Jacht zu chartern. Sie hatten im schönsten Hotel am Ort ein Zimmer mit Meerblick reserviert und die besten Restaurants in der Umgebung ausfindig gemacht. Die Ferienwohnung, in der zum Teil noch die alten Möbel von Omimi Gerda standen, war alles andere als repräsentativ. Gegen die Jugendstilvillen, in deren Gärten Palmen und Orangenbäume üppig gediehen, wirkte das Mehrfamilienhaus aus den Fünfzigerjahren wie ein mittelloses Stiefkind. Richtung Meer stand ein einzelner kümmerlicher Limonenbaum, sodass man sich unweigerlich fragte, ob er so unter den vorbeischnaufenden Zügen litt oder was ihn sonst so traurig stimmte.

Am späten Vormittag schipperten Katharina und Robert mit ihren Freunden von Imperia aus aufs Meer hinaus. Es gab Champagner unter freiem Himmel, und irgendwann war Katharina auch der schlecht sitzende Badeanzug egal. Sie fühlte sich so mondän, wie sie ihre gebräunten Beine von sich streckte und an der Krempe des ausladenden Sonnenhuts spielte. Mondän und eloquent. Sie sprach fließend Italienisch, hatte zu jedem Thema etwas beizusteuern, wusste sich aber auch zurückzunehmen, wenn Chiara oder Maurizio das Wort ergriffen. Mittags aßen sie im Hafen von Imperia fangfrischen Fisch vom Grill, dazu bestellte Maurizio den besten Weißwein, den das Lokal zu bieten hatte. Seit Katharina in Italien lebte, hatte sie es sich angewöhnt, bei jeder Gelegenheit ein Gläschen Wein oder einen Aperitif zu trinken. Was war auch schon groß dabei? Das tat man hier eben so. Sie betrank sich ja nicht, das verabscheute sie zutiefst, aber anders als in Hamburg glaubte sie, das Leben hier mit südländischer Lässigkeit zu nehmen. Vielleicht war es manchmal auch ein wenig zu viel des Guten, doch das schlechte Gewissen flog sie immer nur kurz an.

Nach ihrer Rückkehr aus Imperia zogen sich Katharina und Robert zur Siesta in ihre Wohnung zurück, Chiara und Maurizio ins Hotel. Erst am Abend wollten sie sich wieder auf dem Corso Italia zum Essen treffen.

Kaum klappte die Haustür hinter ihnen zu, griff Katharina zum Hörer und rief ihre Mutter in Hamburg an. Vom Wein beschwipst, hatte sie keine Hemmungen, sie anzupumpen. Warum auch? Trotz der Scheidung hatte sie mehr als genug, und Geld war schließlich dazu da, um es auszugeben.

»Wie viel brauchst du?«, fragte ihre Mutter ohne Umschweife.

»Mama! Was soll das?«

»Du rufst immer nur an, wenn du Geld brauchst.«

»Also gut, wenn du schon so fragst … Fünfhundert. Das Doppelte wäre aber auch nicht schlecht.«

»Tausend? Du machst Witze! Ich hab doch gerade erst …«

»Wir haben Besuch, Mama. Von Chiara und Maurizio aus Mailand.«

Ihre Mutter stieß einen heiseren Laut aus. »Ach, Kind! Wie lange soll das denn noch so weitergehen? Warum nimmst du nicht dein Studium wieder auf? Oder suchst dir endlich eine Arbeit? Du kannst auch nach Hamburg zurückkommen. Mit Robert. Dein Vater hat auch schon gemeint, dass es das Beste wäre …«

Katharina stellte auf Autopilot und ließ den Sermon an sich vorüberziehen. Jedes Mal, wenn sie telefonierten, kam ihre Mutter mit denselben Phrasen. Nein, sie wollte nicht an die Uni zurück. Und schon gar nicht nach Hamburg ziehen. Mit sechsundzwanzig fing man nicht wieder bei null an.

»Mach dir keine Sorgen, Mama«, sagte Katharina. »Ich gebe Nachhilfe. Und nächsten Monat fange ich in einem Geschäft mit Designertaschen an.«

»Gut und schön. Aber das ist doch nur ein Job, oder?«

»Ja, aber ich freu mich drauf.«

»Und wovon willst du später mal leben? Du musst doch irgendwann mal auf eigenen Füßen stehen.«

»Keine Sorge, das krieg ich schon hin. Und Robert ist ja auch noch da.«

»Robert.« Ihre Mutter seufzte kaum hörbar. »Was hat dein Robert denn bisher so auf die Beine gestellt?«

»Er fängt gerade als Immobilienmakler an. Es läuft richtig gut, Mama.«

Das war gelogen. Robert hatte kürzlich darüber nachgedacht, irgendwann, eines fernen Tages als Makler durchzustarten. Passiert war seitdem nicht viel. Weil er nicht wusste, wie er es anstellen sollte.

»Und dann brauchst du trotzdem andauernd Geld?«

»Mama!« Katharina schlug einen bettelnden Tonfall an. »Ich will ihm doch nicht auf der Tasche liegen.«

Ihre Mutter lenkte zähneknirschend ein und versprach das Geld zu überweisen.

»Danke, Mama!« Katharina schmatzte ein Küsschen in den Hörer und legte auf.

Robert lag champagnermüde auf dem Bett, das Hemd bis zur Brust aufgeknöpft, die Lippen leicht geöffnet, und schien zu schlafen. Katharina zog sich aus, dann robbte sie auf ihn zu und setzte sich nackt auf seine Beine. Weil er keinen Mucks tat, zog sie den Bund der Unterhose herunter und begann seinen weichen Penis zu kneten. Dieser reagierte durch ihre Massage, aber Robert murrte, als sie die Augen aufschlug.

»Was machst du denn da?«

»Wonach sieht's denn aus?«

»Schatz, ich bin wirklich müde.« Er schob sie sanft beiseite.

Die Enttäuschung sackte ihr wie ein Ziegelstein in den Magen. »Robert, ich hab meinen Eisprung.«

»Den hast du doch auch noch heute Abend.«

»Heute Abend kommen wir spät nach Hause. Da bist du auch wieder müde, wetten?«

»Ach, Süße! Lass mich bitte schlafen.«

»Du bist so ein Langweiler, weißt du das?«

»Ich kann doch einfach mal keine Lust haben. Auch Männer müssen nicht immer bereit sein.«

»Gib's zu. Du findest mich nicht mehr attraktiv.«

»Red keinen Quatsch. Natürlich finde ich dich attraktiv. Sehr sogar. Und das weißt du auch.«

»Dann kannst du auch jetzt mit mir schlafen.«

Robert drehte sich auf die Seite, stützte das Kinn in die Hand und taxierte sie. »Warum müssen wir eigentlich unbedingt jetzt schon ein Kind haben?«

»Weil ich es mir wünsche?«

»Du bist Mitte zwanzig, du kannst doch immer noch …«

»Das sagt sich so leicht. Und dann verstreichen die Jahre, man wird alt und schrumpelig, und irgendwann ist der Zug abgefahren.«

Robert streichelte zärtlich ihre Wange. »Du wirst nicht alt und schrumpelig. Nie.«

»Eben doch.«

Er griff nach ihrem Arm und strampelte hastig die Unterhose weg. »Komm her.«

Dann zog er sie auf sich, und während er sich in sie schob, dachte sie, hoffentlich klappt es diesmal. Bitte, lass es diesmal klappen.

*

Endlose Wochen und Monate vergingen, aber Katharina wurde nicht schwanger. Dafür gab sie das Geld, das sie mal bei ihrer Mutter, mal bei ihrem Vater schnorrte, mit vollen Händen aus. Es war eine Zeit, in der sie viel zu viel Champagner trank, mit den falschen Leuten feierte und sich teure Kleider und Luxustaschen kaufte, um ihrer traurigen Seele etwas Gutes zu tun.

An den meisten Tagen merkte sie nicht einmal, wie niedergeschlagen sie war. Eine Party jagte die nächste, sie fuhr mit Robert nach Monte-Carlo, Nizza oder Cannes, und es fiel ihr nicht mal auf, dass ihr Freund immer stumpfer wurde. Früher hatte er die Weltliteratur rauf und runter gelesen, jetzt nahm er kein Buch mehr in die Hand. Er interessierte sich kaum noch fürs Theater, und nur selten fuhr er zu seiner Familie nach Österreich. Die Tage im Liegestuhl zu verdösen war ja ebenso schön. Zumal sie am Vorabend oft bis in die Puppen gefeiert hatten und übermüdet und verkatert waren.

Schleichend vergiftete ihr Lebenswandel, aber auch

Katharinas kompromissloser Kinderwunsch ihre Liebe. Katharina verlangte von Robert, dass er das Rauchen aufgab, dann würden seine Spermien schon wieder Fahrt aufnehmen. Robert sah überhaupt nicht ein, dass es an ihm liegen sollte, und empfahl Katharina, sich doch an die eigene Nase zu fassen. Vielleicht mochten ihre Eizellen ja keinen Champagner.

Katharina tat es jedes Mal in der Seele weh, wenn der Streit sich hochschaukelte und sie unversöhnt zu Bett gingen. Dies geschah immer häufiger. Weinte sie sich anfangs noch in den Schlaf, stumpfte sie von Mal zu Mal mehr ab. Die Aussicht auf ein Glas Sekt zum Frühstück, auf eine Bootstour oder einen Shoppingtrip nach Nizza erhielt sie am Leben.

»Was ist bloß mit uns passiert?«, fragte Robert eines Morgens. Die Sonne malte Muster auf den Küchenboden, ein Wildblumenstrauß stand neben den duftenden Brioches, die Caffettiera auf dem Herd spuckte und zischte, und aus dem Radio perlte ein Violinkonzert von Vivaldi. Alles schien so perfekt, doch Katharina blickte düster aus dem Fenster, wo sich ein heißer Spätsommertag über Bordighera erhob.

»Sag doch was, Schatz.« Robert strich ihr über den Arm, aber Katharina schüttelte seine Hand wie eine lästige Fliege ab.

»Ich will ein Kind! Hast du das immer noch nicht begriffen?«

»Ja, ich weiß. Wir arbeiten ja auch dran.«

»Wenn es dir ernst wäre, würdest du zum Arzt gehen und es checken lassen.«

»Es? Meine Spermien?«

»Ganz genau. Ich bin gesund. Also kann es ja nur an dir liegen.«

»Oder an deiner Verbissenheit. Schatz! Wir haben noch mindestens fünfzehn Jahre Zeit, um Eltern zu werden. Wozu also die Eile?«

Erst vor wenigen Tagen war sie bei ihrer Gynäkologin gewesen. Die Katharina ebenfalls geraten hatte, entspannter an die Sache heranzugehen. Bei den meisten Paaren würde es klappen, wenn man losließ.

Robert kam mit der Kaffeekanne und schenkte ihnen ein.

»Weißt du, was ich langsam glaube?«, sagte Katharina und starrte in das schwarze Gebräu.

»Nein?«

»Dass du es gar nicht willst. Also grundsätzlich.«

»Sorry, aber da liegst du falsch.«

»Dann willst du es eben nicht mit mir.«

»Fängst du schon wieder an zu streiten? Ich hatte mich auf einen ruhigen Tag mit dir gefreut.«

Katharina trat mit der Kaffeetasse in der Hand auf den Balkon. Das Meer lag tiefblau vor ihr, am Himmel trieben dickbauchige Wolken vorbei. Jeder andere geriet bei solch einem Bilderbuchpanorama in Verzückung, doch sie spürte nichts. Keine Freude, nicht mal Wut auf Robert, nur Leere. Schwalben zischten durch die Luft, dann bemerkte sie einen Windhauch. Robert war hinter sie getreten.

»Denkst du manchmal an Judith?« Die Frage war urplötzlich in ihrem Kopf gewesen. Sie hatte sie gar nicht aussprechen wollen, aber etwas in ihr hatte sich selbstständig gemacht.

»Wie kommst du denn jetzt darauf?«

»Denkst du nun an sie oder nicht?«

»Keine Ahnung. Nein, eigentlich nicht.«

»Also doch.«

Robert schlang seine Arme um sie. »Ich möchte mich wirklich nicht streiten, und ich weiß jetzt auch nicht, was das soll.«

»Schon okay. Ich will auch keinen Streit. Es ist nur so ...« Sie drehte sich zu ihm um. »Manchmal glaube ich, dass es mit uns nicht klappt, weil immer noch eine unsichtbare Judith zwischen uns steht. Und dass ich deswegen nicht schwanger werde.«

»So ein Unfug!«

»Kann sein. Trotzdem hast du sie immer mehr geliebt als mich. Schon damals in der Schule bei diesem bescheuerten Theaterstück.«

»Ich hatte mich erst für Lene entschieden. Und dann hast du die Hauptrolle bekommen, falls du dich erinnerst.«

»Ja, aber nur, weil du Angst vor deinen Gefühlen für Judith hattest.«

Robert hob die Hände, als wollte er sich ergeben. »Ist jetzt plötzlich eine Hobbypsychologin an dir verloren gegangen, oder was ist los? Ich hätte jede vögeln können. Und du jeden. Wie wir alle. Wenn wir nur gewollt hätten.«

Ein schmerzhafter Druck braute sich hinter Katharinas Augen zusammen, aber sie konnte nicht weinen. Sie wusste, dass sie recht hatte. Egal, was Robert übers Vögeln faselte. Bettgeschichten waren nicht ihr Ding, nie gewesen. Der Ausrutscher in Bordighera damals mit

Judith und Robert hatte ihr noch lange nachgehangen. Sie hätte aussteigen sollen, das Ganze beizeiten beenden, doch das Zuviel an Limoncello hatte die Nacht aus dem Ruder laufen lassen.

Endlich bahnten sich die Tränen ihren Weg. Es war so befreiend, sich den Kummer von der Seele zu schluchzen. Als es vorbei war, sagte sie: »Robert, ich muss mein Leben ändern.«

Er nickte zustimmend.

»Ich hör mit dem Alkohol auf.«

»Gute Idee. Ich unterstütze dich dabei. Wir kaufen einfach nichts mehr ein.«

»Das ist lieb vor dir …« Sie schüttelte den Kopf, und wieder flossen die Tränen. »Vielleicht geht es einfach nicht mehr mit uns, Robert. Ich liebe dich und du mich vielleicht auch, aber wir machen uns gegenseitig kaputt. Und das will ich nicht. Nicht für mich, aber auch nicht für dich. Wir haben doch ein schönes Leben verdient. Und wenn wir es nicht zusammen schaffen, müssen wir uns eben trennen.«

Er wich einen Schritt zurück, der Blick starr, dann wandte er sich ab und verschwand im Schlafzimmer. Erst um die Mittagszeit kam er wieder raus, die Augen fiebrig glänzend. Er nahm sie in den Arm und sagte: »Katharina-Schatz, hast du das ernst gemeint?«

»Ja. Ich glaube ja.« Sie rückte ein Stück von ihm ab. »Siehst du das anders?«

Er schüttelte den Kopf. »Vielleicht hast du recht. Vielleicht geht es nicht mehr mit uns.«

Knapp einen Monat später zog er aus. Neunundzwanzig Tage, in denen sie viel miteinander geredet hatten.

Womöglich mehr als je zuvor. Katharina hatte keinen Tropfen angerührt. Und es ging ihr gut damit. Sie verspürte nicht mal Lust auf Alkohol und wurde auch nicht nervös, wenn ihr die Sekt- und Champagnerflaschen im Kühlschrank ins Auge stachen. Ein Leben ohne Dauerrausch war machbar. Aber ob auch ein Leben ohne Robert gelang, wusste sie nicht. Und obgleich diese Tage, in denen sie beieinandersaßen und über alles und nichts sprachen, zu den schönsten in der letzten Zeit gehörten, war ihnen beiden klar, dass sie den Schlussstrich ziehen mussten.

»Ich wünsche dir ein Leben mit einem Kind, aber vielleicht bin ich wirklich nicht der Mann, der das in absehbarer Zeit erfüllen kann«, gestand Robert ihr.

Es war traurig, doch wahrscheinlich war seine Einschätzung richtig. Ohne ihn würde es leichter sein, einen neuen Partner zu finden, der sich auch nach einer Familie sehnte. Jetzt. Und nicht erst in zehn Jahren.

Robert ging an einem milden Tag Ende Oktober. Zwischenzeitlich war er bei einem Kumpel in Bordighera untergekommen, nun hatte er eine Wohnung im Grenzort Ventimiglia gefunden.

»Bleiben wir Freunde, Katharina?«, fragte er, nachdem seine Habseligkeiten im VW-Bus eines Nachbarn verladen waren.

»Freunde«, sagte Katharina und wusste doch, dass dies einfach nur Worte waren.

Lene

Luzern, Mai 2019

Sechs

Das Leben fühlte sich so federleicht an wie schon lange nicht mehr. Das lag an Judith, an ihrer Freundschaft, die nach Jahrzehnten des Dornröschenschlafs aufgeweckt und wie ein Rosenbusch im Frühsommer erblüht war. Erst jetzt, nach so vielen Jahren der Funkstille, merkte Lene, wie sehr sie ihr gefehlt hatte. Als Freundin zum Quatschen, als Kummeranlaufstelle und als Mensch, der sie oft besser verstand als sie sich selbst. Weil sie die Kindheit zusammen erlebt, die Pubertät durchlitten hatten und gemeinsam durch die Pforte zum Erwachsenenleben geschlüpft waren.

Sie verbrachten ein paar unbeschwerte Urlaubstage, die auch Lene guttaten, weil sie im letzten Monat gleich zwei Liliane-von-Dröstendorf-Romane in Folge geschrieben hatte und die Erschöpfung nachwirkte. Stundenlang saßen sie in Cafés herum und redeten, sie bummelten durch die Gassen Luzerns, und als ihr das Bein wehtat, lud sie Judith zu einer Bootsfahrt über den Vierwaldstätter See ein. Nichts tun zu müssen, nur den Wind und die Sonne auf der Haut zu spüren und sich lebendig zu fühlen – das war purer Luxus.

Die Abende waren für Unternehmungen mit Sylvie reserviert. Sie probierten jedes Mal ein anderes Restaurant aus und nutzten das warme Wetter, um den Tag zu Hause auf der Dachterrasse ausklingen zu lassen. Verabschiedete sich Sylvie zumeist gegen dreiundzwanzig Uhr ins Bett, fanden Lene und ihre Freundin kaum ein Ende. Die Zeit war kostbar, und es gab viel nachzuholen. Doch so intensiv sie sich auch austauschten, wussten sie dennoch, dass nach wie vor blinde Flecken in der Biografie der jeweils anderen bleiben würden.

Dann kam der Tag des Geburtstags. Sylvie hatte sich freigenommen und überraschte Lene und Judith mit einem üppigen Frühstück. Sie hatte Eier gebraten, Käse und Konfitüre von einer befreundeten Bio-Bäuerin gekauft, und die ganze Wohnung duftete nach aufgebackenen Croissants. Sie probierten hier und da, und Lene packte nebenher ihre Geschenke aus.

»Nein, du bist ja verrückt!«, rief sie aus, als sie sich den Edelstahlring mit Süßwasserperlen von Sylvie ansteckte. »Der ist wunderschön!«

»Und ganz besonders an deinem Finger«, sagte Sylvie und küsste sie.

Judith entschuldigte sich tausendfach, dass sie nur eine Kleinigkeit für sie habe, aber Lene verliebte sich auf der Stelle in die schlichte weiße Seifenschale mit dem Hanseaten-Logo. Sie passte perfekt in die Wohnung und würde sie jeden Tag an ihre Freundin und an Hamburg erinnern.

Nach dem Frühstück nahm sie Sylvies Wagen, um mit Judith die bestellte Torte, eine Auswahl Schweizer Käse und frisches Brot zu besorgen. Getränke hatten sie bereits vor zwei Tagen eingekauft, am Abend würde ein Catering das warme Essen anliefern. Sylvie hatte bei ihrem Stammitaliener Antipasti sowie zweierlei Pasta und ein Fischgericht ausgesucht, und Lene ließ sich gern überraschen.

Es war ein warmer Frühsommertag. Der See lag da wie eine spiegelglatte Fläche, und weiße Wattewolken kitzelten die Berge. Alles schien so perfekt. Nur Judith wirkte plötzlich verstimmt.

»Hast du irgendwas?«, fragte Lene sie, als sie nach dem Einkaufsmarathon einen Schümli am Rathausquai tranken.

»Nein, wieso?«

»Du bist ... na ja ... irgendwie stiller als sonst.«

Judith lachte verlegen auf. »Bist du gar nicht aufgeregt wegen heute Abend?«

»Nein, wieso sollte ich?«

»Ich bin immer schrecklich nervös, wenn ich feiere. Keine Ahnung, warum das so ist.«

Lene legte den Arm um sie. »Du bist eben feinfühlig und empathisch. Deswegen warst du auch immer meine beste Freundin.«

»Katharina nicht?«

»Doch, na klar, aber du standst mir irgendwie näher.«

Judith lächelte ihr zu, und Lene konnte sehen, dass ihr Kinn leicht zitterte. Es sah aus, als würde sie gleich in Tränen ausbrechen, und Lene hätte es verstanden. Die Tage waren voller Emotionen und wehmütiger Erinnerungen.

»Was machst du, wenn Katharina plötzlich doch noch aufkreuzt?«, fragte Judith.

Lene stöhnte leise auf. Sie wollte nicht über Katharina reden, nicht jetzt. Schon damals hatte sie es geschafft, sich bei jeder Gelegenheit in den Mittelpunkt zu rücken. Und durch ihr Schweigen war es ihr wieder einmal gelungen.

»Sie begrüßen und weiterfeiern, was sonst? Aber glaub mir, sie kommt nicht. Und nun lass uns bitte das Thema wechseln. Sonst verdirbt mir das noch die gute Laune.«

»Kein Wort mehr über Katharina.« Judith deutete einen Reißverschluss an, der ihren Mund verschloss.

*

Von einer Welle es Glücks getragen, taumelte Lene durch ihre Party. Ganz ohne Champagnerrausch. Auf Alkohol verzichtete sie wegen ihrer Medikamente weitestgehend oder trank ihn nur in homöopathischer Dosierung. Sie hatte all ihre Lieben um sich, das war ihre Art von Droge. Kirsten und Lotti, ihre engsten Freundinnen aus Luzern. Katja und Thomas, ein deutsches Ärztepaar, das seit mehr als zehn Jahren in der Schweiz lebte. Kolleginnen und Kollegen von Sylvie, deren Schwester mit Mann, ihre Nachbarin Hedi aus dem Erdgeschoss und Anke, die Lene beim Reha-Sport kennengelernt hatte.

Zu den italienischen Vorspeisen hörten sie Laura Pausini, zur Pasta Paolo Conte, zum Fisch Biagio Antonacci und zum Nachttisch röhrte Gianna Nanninis Stimme. Irgendjemand drehte die Anlage bis zum Anschlag auf, und wenig später klingelte es.

»Leute, macht mal leiser!«, rief Lene.

»Das ist bestimmt Frau Nitsche.« Hedi rollte mit den Augen. »Die beschwert sich schon, wenn man nur mal ein Schnitzel klopft.«

Sich Worte der Entschuldigung im Geist zurechtlegend, eilte Lene zur Haustür. Sie öffnete und wich erschrocken zurück. In der Tür stand ein Mann mittleren Alters mit Bauchansatz und schütterem Haar und grinste von einem Ohr zum anderen.

»*Buona sera*«, sagte er. »Oder vielmehr *grüezi.*«

»Guten Abend?«

»Lene, ich bin's! Erkennst du mich denn nicht?«

Sie starrte den fremden Mann an. Erst einen Sekundenbruchteil darauf fiel bei ihr der Groschen.

»Friedrich, das bist jetzt aber nicht du, oder?«

Er lachte röhrend. Ganz wie früher. Sie erinnerte sich genau daran.

»Doch, ich fürchte schon. Ich bin nur ein paar Jährchen älter geworden. So wie wir alle, Lene. Du siehst übrigens hinreißend aus. Hast dich kein bisschen verändert. Herzlichen Glückwunsch, meine Schöne!« Er streckte ihr einen Blumenstrauß und eine Flasche Champagner entgegen.

Wildrosen – was für ein Zufall! Auf der Kommode im Flur stand bereits ein Strauß cremefarbener Wildrosen; Sylvie hatte ihr ihre Lieblingsblumen zusammen mit dem Ring geschenkt.

»Was tust du hier? Woher weißt du von der Party?«

»Wieso, du hast sie doch auf Facebook angekündigt. So richtig im großen Stil.«

»Nein, habe ich nicht. Ich poste nie was.«

»Darf ich trotzdem reinkommen?«

»Bitte sehr.« Sie trat einen Schritt beiseite. »Aber es wäre schon nett …«

»Katharina hat's mir verraten.«

»Ach, tatsächlich?« Ein Ruck ging durch Lenes Magen. »Ihr habt Kontakt zueinander?«

»Ja, seit ein paar Jahren. Hat sich so ergeben.«

»Ist sie auch da?« Lene spähte in den Hausflur.

»Nein, sie kommt nicht. Sie ist verhindert. Oder krank, keine Ahnung.«

Lene zog die Tür hinter sich und Friedrich zu, da tauchte Judith im Flur auf. Sie hielt abrupt inne und starrte den Besuch regungslos an.

»Judith?«, sagte Friedrich.

»Äh, ja?«

»Ich bin's, Friedrich.«

»Das sehe ich, aber was machst du hier?«

»Ich möchte mit euch feiern. Wenn ihr erlaubt.«

Lene flüsterte Judith zu, dass er von Katharina von der Party wisse.

»Echt jetzt?«

Friedrich nickte eifrig. »Lene, ich muss mich bei dir entschuldigen. Katharina hat mir ans Herz gelegt, dich vorher unbedingt zu fragen, aber … «, er hob bedauernd die Schultern, »es war irgendwie so viel los. Ich bin nicht mehr dazu gekommen. Ich hoffe, du nimmst es mir nicht übel.«

Lene fehlten die Worte. Einerseits fand sie den Überfall dreist, andererseits war sie auch gerührt.

»Und?«, ergriff Judith das Wort. »Wohnst du noch in Hamburg?«

»Mal so, mal so.« Friedrich zog sich das Jackett aus

und legte es mangels Platz an der Garderobe über seinen Arm.

»Heißt?«, fragte Lene.

»Dass ich Hamburg liebe, es aber woanders auch ganz schön finde.«

Judith lachte auf. »Immer noch der gleiche Schwätzer wie früher!«

»Sorry, ich kann nicht anders. Das sind meine Gene.«

»Na komm, Friedrich«, sagte Lene und hakte ihn unter. »Du willst sicher ein Bier, oder? Früher hast du doch nie was anderes getrunken.«

»Lieber Wein. Wenn du mich schon so fragst.«

Im Wohnzimmer stellte Lene den ehemaligen Klassenkameraden ihren Gästen vor, man begrüßte ihn freundlich, aber das unbehagliche Gefühl, das sie seit seinem Auftauchen in der Magengrube verspürte, ließ sich nicht mehr vertreiben. Es war absurd! So viele Jahre hatte sie Friedrich nicht gesehen, nun tauchte er auf ihrer Party auf und tat, als sei es das Normalste von der Welt.

Nein, das war nicht normal. Vor allem deshalb nicht, weil es diese Vorgeschichte gab, an die Lene nur ungern erinnert werden wollte. Mit zwölf oder dreizehn hatte sie für ihn geschwärmt. Weil er mit seinen langen Haaren wie ein Mädchen aussah und sie damals nicht begriff, dass sie gar nicht in ihn, sondern in sein mädchenhaftes Äußeres verknallt war. Kurz darauf verflüchtigten sich ihre Gefühle, sie dachte kaum noch an ihn, himmelte stattdessen Frauen an, die ohnehin nicht greifbar waren. Gianna Nannini stand neben ihrer Klassenlehrerin Frau Heuer und Sophie Marceau ganz oben auf ihrer Liste. Niemandem hatte sie davon erzählt, nicht mal ihren besten Freundinnen.

In der Oberstufe hatte Katharina ihre Freunde in die Ferienwohnung ihrer Eltern nach Bordighera eingeladen, um dort in ihren achtzehnten Geburtstag zu feiern. Lene hatte sich für den Anlass extra ein langes Hippiekleid in einem zarten Grünton gekauft, das ihre rotblonden Haare zum Leuchten brachte. Doch kaum dort angekommen, lief alles irgendwie aus dem Ruder. Katharina und Judith himmelten Robert an, als wäre er ein Halbgott. Zu später Stunde verschwanden alle drei im Elternschlafzimmer. Lene wusste nicht, was hinter verschlossenen Türen geschehen war, Katharina, Judith und Robert verloren später kein Wort darüber. Doch ihre Mienen verrieten, dass es nicht allein beim Händchenhalten geblieben war. Ebenso wie bei ihr und Friedrich, den sie sich im Lauf des Abends mit Unmengen an Limoncello schön getrunken hatte. Wie hatte sie es nur zulassen, womöglich sogar forcieren können? Längst war er nicht mehr der Junge mit dem mädchenhaften Gesicht. Aber er saß als Letzter auf dem Balkon, und dann kam eins zum anderen. Friedrich fummelte an Lene herum und sie an ihm. Und als der Morgen heraufzog und sie wieder nüchtern waren, ging Lene mit der Gewissheit schlafen, dass sie nicht mal ansatzweise in Friedrich verschossen war und dies auch niemals passieren würde.

Und nun scharten sich ihre Gäste um den Mann, der Dinge mit ihr getan hatte, die ihr heute noch peinlich waren.

»Liebes, alles gut«, beruhigte Sylvie sie und öffnete

eine Flasche Wein. Dann legte sie ihren Kopf auf Lenes Schulter ab und flüsterte in ihr Ohr: »Er ist sympathisch. Egal, was mal zwischen euch war. Lass ihn einfach mit uns feiern, okay? Er hat bestimmt einen weiten Weg auf sich genommen, um dich an deinem Ehrentag zu sehen.«

Doch als Lene auf ihn zutrat, um ihm sein Getränk in die Hand zu drücken, kochte der Ärger in ihr hoch. Was fiel ihm ein, ihre Schweizer Freunde nachzumachen? Vielleicht war er sich dessen nicht bewusst, aber manche Schweizer fühlten sich auf den Arm genommen, wenn Deutsche Schweizerdeutsch redeten. Es war anmaßend, es auch nur zu versuchen. Selbst Lene, die seit vielen Jahren hier lebte, gelang es nicht wirklich, und sie sprach immer Hochdeutsch.

»Friedrich, kommst du mal bitte?« Lene hakte ihn unter und zog ihn auf die Terrasse.

»Soll ich gehen? Tut mir leid, wenn ich dich überfallen habe.«

»Natürlich kannst du bleiben, trotzdem würde ich dich bitten, nicht meine Freunde nachzuäffen. Das ist unhöflich.«

»Oh, Verzeihung.« Er blickte sie zerknirscht an. »Das war keine Absicht.«

Er stieß sein Glas gegen ihres. »Auf dich, Lene. Auf deine unsichtbaren vierundvierzig Jahre.«

Sie nahm einen Schluck.

»Nur Wasser?«

»Ja, nur Wasser.«

»Schön wohnst du hier. Richtig edel. Aber du hattest schon immer einen besonderen Geschmack.«

»Nun mal raus mit der Sprache, Friedrich. Wir haben uns Jahrzehnte nicht gesehen, und jetzt tauchst du hier auf. Warum?«

Judith schob sich mit der Weinflasche in der Hand durch die Terrassentür. »Das würde mich auch mal interessieren.«

»Wird das jetzt ein Verhör?« Er setzte ein breites Grinsen auf.

»Wenn du es so nennen willst, ja«, entgegnete Judith und schenkte ihm Wein nach. Er trank aber nicht. Starrte nur ins Leere.

»Schickt dich Katharina?«, fragte Lene.

»Nein, Quatsch. Glaubt ihr im Ernst, ich würde mich von einer Frau schicken lassen?« Sein Daumen fuhr quietschende Kreise auf dem Glasrand. »Erzählt mal. Wie geht's euch?«

»Erst du«, verlangte Lene.

»Mir geht's gut. Siehst man das nicht?« Er trommelte sich auf sein Wohlstandsbäuchlein. »Okay, ihr wollt mir nichts von euch erzählen.«

»Na, doch. Warum nicht? Ich hab nichts zu verbergen. Und wenn du schon so fragst, ich habe MS.«

Friedrichs Glas geriet in Schieflage, während er sie mit regungsloser Miene ansah. Dann sprach er ihr sein Beileid aus, als wäre sie bereits gestorben, was Lene bloß ein müdes Lächeln entlockte. Seltsam. Frauen gingen grundsätzlich lockerer mit ihrer Erkrankung um.

»Schon okay, du kannst dich wieder einkriegen. Ich werde hier medizinisch bestens betreut. Es geht mir gut.«

»Das freut mich. Das freut mich wirklich.« Sein Blick ging zu Judith. »Und du?«

»Aus Judith ist eine ausgezeichnete Schauspielerin geworden«, sagte Lene an ihrer Stelle.

»Weiß ich doch. Ich hab sie ja ständig im Fernsehen gesehen. Aber drehst du jetzt auch noch viel? Seit ich in Italien lebe, kriege ich kaum noch was mit.«

»Italien? Du?«, fragte Judith.

»Ja, ich.«

»Und wo genau?«, hakte Lene nach.

Ein verschmitztes Lächeln glitt über sein Gesicht. »Bordighera.«

»Aber nicht in *dem* Bordighera.« Lene zog die Stirn kraus.

»Kennst du mehrere Bordigheras?«

»Dann lebst du ja mit Katharina an einem Ort«, stellte Judith fest.

»Brillant geschlussfolgert, Judith.« Er klopfte ihr auf die Schulter. »Aber du warst ja schon immer für deine Intelligenz berühmt-berüchtigt.«

»Du veräppelst uns doch!«, rief Lene aus, während Judith mit zittrigen Fingern ihr leeres Sektglas abstellte.

»Also gut, ich lebe nicht in Bordighera.«

Lene sah aus dem Augenwinkel, dass Judith die Augen verdrehte.

»Dann bist du doch noch in Hamburg?«, forschte Lene nach.

»Mal so, mal so, aber meistens irgendwo im Weltall anzutreffen.«

»Friedrich, deine Witze waren auch schon mal besser«, sagte Judith.

Lene goss Judith so schwungvoll Sekt nach, dass das Glas überschäumte. »Und was tust du so im Weltall?«

»Ich übersetze Romane aus dem Italienischen.«

»Wow!«, sagte Lene in der Hoffnung, dass Friedrich ihnen nicht gerade wieder irgendeinen Bären aufband.

»Ja, wow. Nur leider verdient man als Übersetzer kaum Geld.« Er senkte den Blick. »Also renoviere ich im Nebenjob Wohnungen.«

»Was ja nicht das Schlechteste ist«, warf Judith ein.

»Okay, jetzt noch mal für die Doofen«, sagte Lene. »Warum wolltest du unbedingt auf die Party kommen? Ich versteh's immer noch nicht.«

Friedrichs Lächeln erstarb. Er sah Lene lange an, dann Judith und wieder Lene.

»Einfach so. Ich wollte dich wiedersehen. Gucken, wie es dir geht.«

»Und weiter?«

»Na ja ... Ich hab dir schließlich einiges zu verdanken.«

»Ach ja?« Lene lachte verunsichert auf und blickte zu Judith, die sich langsam aus der Küche stahl und die Tür anlehnte.

Dann waren sie allein. Lene und der ehemalige Mädchenjunge.

»Es war echt nett von dir, dass du ...«, hob er an, »also, dass du damals mit mir geknutscht hast. Mich wollte ja keine. Ganz ehrlich, ich hab ziemlich darunter gelitten.«

Bei Lene war es ähnlich gewesen, doch sie schmunzelte bloß.

»Gib's zu, du warst in Katharina verliebt.«

»Bingo! Aber sie hatte ja nur Augen für Robert. Genau wie Judith. Wie hat er das nur gemacht, dass alle Mädchen auf ihn geflogen sind?«

»Wüsste ich auch gerne mal.«

»Und du? Auf wen hattest du es abgesehen?« Er grinste keck. »Also neben meiner Wenigkeit?«

»Das hättest du wohl gerne.« Lene unterdrückte einen Lacher. »Ehrliche Antwort?«

»Klar. Ich werde es überleben.«

»Auf Frau Heuer.«

»Die Heuer? Den Sportdrachen?«

»Genau die.«

Anders als ihre Klassenkameraden hatte sie an Frau Heuers Lippen gehangen. Egal, ob sie ihnen Turnelemente beigebracht oder über Sportevents referiert hatte.

»Verstehe. Sie sah ja auch besser aus als ich«, sagte Friedrich. »Komplett pickelfrei.«

Sie lachten.

»Und sie hat nicht die Flure mit Ketchup und Senf von ihren Pausenbroten vollgekleckert«, ergänzte Lene.

»Hab ich?«

»Aber hallo! Sag bloß, das hast du vergessen?«

»Was die peinlichen Momente betrifft, leide ich zufällig unter hundertprozentiger Amnesie.«

Er wurde ernst, dann legte er seinen Arm um ihre Schulter.

»Jetzt mal ehrlich, Lene. Wie geht es dir? Also, mit deiner Krankheit?«

»Alles im grünen Bereich, wirklich. Im Moment zumindest.«

»Das heißt?«

»Dass ich heute nicht darüber reden möchte. Es ist mein Geburtstag.«

»Alles klar.« Er schlug die Hacken zusammen.

»Und du wohnst jetzt …«, sie knuffte ihn, »wo noch mal genau?«

»Bordighera.«

»Ehrlich?«

»Ganz ehrlich. In Italien ist es einfach am schönsten. Nach der Schweiz.«

Bevor er fortfahren konnte, wurde die Musik aufgedreht und die Terrassentür aufgestoßen. Anke steckte ihren Kopf heraus. »Komm, Lene, wir wollen mit dir tanzen!«

Obwohl es so vieles gab, was sie Friedrich gern gefragt hätte, nahm sie Ankes Hand und ließ sich von ihr und Katja mitschleifen. Heute konnte sie noch tanzen, wenn auch mit ungelenken Bewegungen, und das wollte sie genießen. Denn wer wusste schon, ob es im nächsten Jahr noch genauso sein würde.

*

Lene spürte hämmernde Schläge in ihrem Kopf. Als würde eine Lokomotive durch ihre Gehirnwindungen rattern. Sie tastete neben sich. Frühaufsteherin Sylvie lag zur Schnecke eingerollt da. Sie strich ihr zärtlich über den Arm, nur ganz sacht, damit sie nicht aufwachte. Sylvie seufzte im Schlaf, dann hob und senkte sich ihr Brustkorb wieder gleichmäßig. Ein wohliges Gefühl von Zufriedenheit breitete sich in Lene aus, und sie schloss noch einmal die Augen.

Sie hatten bis spät in die Nacht gefeiert. Die letzten Gäste waren gegen vier gegangen, und weil Lene irgendwann nach Mitternacht geglaubt hatte, dass ein Gläschen Wein schon nicht schaden würde, hatte sie erst einen weißen probiert, danach einen roten und zum Schluss von Sylvies Gin Tonic. Der Kopfschmerz war nun die Quittung für einmal unvernünftig sein. Aber was machte das schon? Lene hatte sich wie berauscht gefühlt. Beim Tanzen, bei all den inspirierenden Gesprächen mit ihren Freundinnen und Freunden. Und selbst die Tatsache, dass Friedrich aufgekreuzt war, hatte ihr nach anfänglicher Verwunderung nur ein amüsiertes Kopfschütteln entlockt. Es war so bizarr, dass der Junge, in den sie als Teenie verknallt war, plötzlich vor ihr gestanden hatte. Ein Mann mit schütterem Haar, kräftigem Bartwuchs und Bauchansatz. Aber trotz der Veränderungen, die das Älterwerden mit sich brachte, waren hinter seiner gesetzten Erscheinung Spuren des Mädchenjungens zu erkennen gewesen. Das verschmitzte Grinsen, wie er die linke Braue hochzog, wenn Lene etwas Kritisches geäußert hatte, ja selbst die leicht gekrümmte Haltung hatte sie an früher erinnert. Er war immer noch der Spaßvogel, den man nicht ganz ernst nahm.

Zu späterer Stunde war Lene auf die Suche nach ihm gegangen, um ihn weiter auszuhorchen. Lebte er tatsächlich in Italien? Wie ging es Katharina und Robert? Was taten die beiden? Hatten sie Kinder? Und trafen sie sich ab und zu mit Friedrich? Aber auf der Terrasse hockten nur Kirsten, Lotti und Anke und rauchten.

»Wisst ihr, wo Friedrich hin ist?«, fragte sie.

»Keine Ahnung«, antwortete Kirsten mit alkoholschwerer Zunge.

Lotti wusste ebenfalls nichts. Nur Anke erinnerte sich, dass er irgendwann ein Tschüs in die Runde geworfen hatte und dann verschwunden war. In dem nächtlichen Tohuwabohu hatte Lene von all dem nichts mitbekommen. Sie hoffte, später etwas von ihm zu finden, eine Adresse, eine Telefonnummer, irgendetwas.

Lene schlief wieder ein, träumte wirr und schreckte hoch, als das Fenster durch einen Windstoß zuklappte. Von nebenan drang gedämpftes Gemurmel und Geklapper, und der Duft von Kaffee zog unter der Türritze hindurch. Sie ging ins Bad – der Kopfschmerz hatte sich zum Glück verflüchtigt –, und als sie nach einer erfrischenden Dusche in die Wohnküche kam, war das gröbste Chaos schon beseitigt. Judith deckte den Frühstückstisch, Sylvie schlug Eier in die Pfanne.

Lene trat hinter ihre Freundin und schlang die Arme um sie, dann umarmte sie Judith. »Danke, das ist so lieb von euch. Aber ihr solltet doch mit dem Aufräumen auf mich warten.«

»Es gibt Bircher Müsli, Käse und Spiegeleier«, entgegnete Sylvie. »Soll ich Brötchen aufbacken oder reicht das Brot von gestern?«

»Das Brot von gestern.« Lene nahm die Tüte aus dem Brotkasten und schüttete die Reste in den Brotkorb. »Sagt mal, habt ihr zufällig irgendwas gefunden?«

»Wie, was denn gefunden?« Sylvie drehte sich zu ihr um.

»Ich meine, hat Friedrich was dagelassen? Eine Adresse? Eine Nachricht oder so?«

Sylvie verneinte, und auch Judith zuckte mit den Schultern.

»Gar nichts?«

»Nicht, dass ich wüsste«, sagte Sylvie.

»Was für ein Idiot!« Lene biss von einem trockenen Stück Brot ab. »Haut einfach ab, ohne einen Ton zu sagen.«

»Das ist mindestens so dreist wie sein plötzliches Aufkreuzen, oder?« Sylvies dunkle Augenbrauen hoben sich.

»Typisch Friedrich«, sagte Judith. »Wir sollten uns da gar nicht drüber aufregen.«

»Aber falls er wirklich in Bordighera lebt ...«, begann Lene.

»Was dann?« Judiths Blick ging zu ihr.

»Na ja ... Es wäre nur nett gewesen, wenn er uns ein bisschen mehr über Katharina und Robert erzählt hätte, oder?«

Judith strich sich nachdenklich über den Nasenrücken. »Für mich ist das Thema durch. Die Frau ist für mich durch. Und der Mann erst recht.«

Sylvie, die die Geschichte nur in Bruchstücken kannte, sagte: »Du hast recht, Judith. Mitunter ist es besser, die Dinge auf sich beruhen zu lassen.«

Judith nickte ihr zu. »Aber manchmal sollte man auch klären, was zu klären ist. Lene und ich sind dafür das beste Beispiel.«

Sie ergriff Lenes Hand, und das warme Lächeln, das sie ihr hinwarf, ließ diese selig zurücklächeln.

Judith

Luzern, Juni 2019

Sieben

Im Strudel der sich überschlagenden Ereignisse hatte Judith den Briefen ihrer Mutter keine Beachtung mehr geschenkt. Sie fielen ihr erst am vorletzten Tag in die Hände, als sie dabei war, ihre Sachen im Koffer zu verstauen. Eigentlich wollte sie sie gar nicht lesen, aber da es Lene nicht so gut ging und sie sich hingelegt hatte, nahm sie den Umschlag mit in die Küche, kochte sich eine große Schale Schümli und setzte sich damit auf die Dachterrasse. Während ihre Blicke über die Dächer Luzerns glitten, dachte sie, wie gut sie es doch hatte. Mit Tom und Lisbeth, mit ihrer Arbeit und mit der zurückgewonnenen Freundin. Und dass sie ihrer Mutter auch ein paar erfüllende Jahre gewünscht hätte.

Wie jedes Mal, wenn sie die Briefe und Karten vor sich auffächerte, beschleunigte sich ihr Pulsschlag. Diese vertraute Handschrift … Ihre ganze Kindheit und Jugend über hatte sie Judith begleitet. Sie hatte auf Geburtstags- und Weihnachtskarten gestanden, auf Einkaufszetteln, unter ihren Schulzeugnissen und in dem Terminkalender am Küchenschrank. Und jetzt legte sie auch noch Zeugnis über das freudlose Leben ihrer Mutter ab.

Judith hoffte, etwas zu finden, das eine andere Facette von ihr zeigte, doch gleich die erste Postkarte, die sie 1981 auf Norderney verfasst hatte, hatte einen schwermütigen Unterton. Es regnete immerzu, das Essen schmeckte nicht, und die Matratze in der Pension war durchgelegen. Judith erinnerte sich nicht im Einzelnen an die Ferien, aber sie hatte damals schwimmen gelernt. Das wusste sie noch, es gab da dieses Foto von ihr und ihrer Schwester in der Brandung der Nordsee.

Als Nächstes stieß sie auf einen Brief, der mit roter Tinte geschrieben war. Er war auf den 27.7.1998 datiert.

Hamburg, den 27.7.1998

Liebe Hilde,
ich möchte so gerne weinen, aber ich kann nicht. Gerd sitzt nebenan und liest Zeitung.
Er hat eine andere kennengelernt. Verstehst du das? Die unzähligen Liebeserklärungen, die er mir gemacht hat ...
Ich weiß, ich habe mich nicht korrekt verhalten, ich hätte viel eher die Konsequenzen ziehen müssen, aber ich konnte nicht anders. Es ging einfach nicht! Liebe Hilde, du bist die Einzige, die es jetzt weiß, niemand sonst darf je etwas davon erfahren. Ich vertraue auf deine Verschwiegenheit.
Ich umarme dich.
Deine Freundin Irmchen

Judith starrte ratlos auf die Zeilen, sie las den Brief ein zweites Mal, war danach aber nicht schlauer. Was hatte das zu bedeuten? Hatte ihr Vater eine Frau kennengelernt, während er Judiths Mutter Liebeserklärungen machte? Das war absurd. Die Ehe ihrer Eltern hatte sie stets als unterkühlt, wenn nicht gar lieblos empfunden. Oder sprach ihre Mutter von einem anderen Mann? Einen, den sie geliebt hatte? Auch das erschien Judith abwegig bis ausgeschlossen. Ihre Mutter hatte tagein, tagaus brav zu Hause oder in der Firma gehockt. Wann, wie und wo hätte sie ein Verhältnis haben sollen?

Das Handyklingeln ließ Judith zusammenzucken. Lisbeths blonder Lockenschopf tauchte auf dem Display auf, und sie entspannte sich. Sie freute sich immer, wenn ihre Kleine anrief. Auch wenn sie meistens etwas von ihr wollte. Geld, einen Ratschlag, Hilfe bei einem Behördengang.

»Hi, Mama.« Lisbeths Stimme klang belegt. »Ich bin's.«

»Das ist mir schon klar. Was ist los? Bist du krank?«

»Wieso soll ich denn krank sein?«, entgegnete sie eine Spur pampig. »Nur weil ich dich anrufe? Mama, ich ruf ab und zu mal an und bin nicht jedes Mal krank.«

»Reg dich doch nicht auf. Du hörst dich nur ... ein bisschen erschöpft an.«

»Ich bin auch erschöpft. Total fertig. Die letzte Zeit war echt hart.«

Lisbeth erzählte von einer schwierigen Klausur, es fielen linguistische Begriffe, die Judith nie zuvor gehört hatte, und in einem Nebensatz ließ ihre Tochter fallen, dass ihr Job in der Bar ziemlich anstrengend sei.

»Kannst du denn nicht mal einen Gang runterschalten?«

»Ja, über Pfingsten läuft nichts an der Uni. Heißt, ich arbeite nur in der Bar. Und sonst ... ausschlafen, Mama. Endlich ausschlafen!«

»Das hört sich gut an«, sagte Judith und fragte sich, was sie da eigentlich redete. Bis nachts in der Kneipe bedienen und danach den Tag verschlafen war nicht gut. Und erholsam schon gar nicht.

»Und wie geht's dir so in der Schweiz?«

Judith erzählte, dass sie und ihre Schulfreundin sich bestens verstehen würden und Luzern im Übrigen ein Traum sei. Der Vierwaldstätter See, die Berge ringsum ... Am liebsten würde sie noch ein Weilchen bleiben.

»Warum tust du's nicht?«

»Weil dein Vater aus Mailand zurück ist und auf mich wartet?«

Lisbeth prustete vor Lachen. »Mama, das ist nicht dein Ernst! Aus welchem Jahrhundert stammst du eigentlich? Papa ist froh, wenn er mal sturmfrei hat.«

Lisbeth hatte recht. Tom kam sehr gut allein zurecht.

»Und diese Katharina?«, fuhr ihre Tochter fort.

»Was ist mit ihr?« Judith versuchte, fröhlich zu klingen, aber ihr Magen krampfte sich wie aufs Stichwort zusammen.

»Na, war sie auch da?«

»Nein. Nur Friedrich. Er ist ja auch mit uns zur Schule gegangen.«

»Ich weiß. Der ist extra aus Hamburg angereist?«

»Nein, aus Italien. Er lebt jetzt anscheinend in Bordighera. Genau wie Katharina.«

»Ach. In diesem Kaff, in dem du früher öfter warst?«

»Ganz genau.«

»Und würdest du gerne mal wieder hin?«

»Wieso fragst du?«

»Nur so. Ich dachte ... Also, ich könnte meine Dienste

an Laura abtreten und mit dir hinfahren. Ein paar Tage am Meer … Das wäre echt cool.« Gekicher drang an ihr Ohr. »Allein traust du dich ja eh nicht.«

Judith erwiderte nichts. Es piepte in ihrem linken Ohr, und ihr Herz schlug in einem schnellen Takt. Es war eine verlockende und zugleich beängstigende Idee, nach Bordighera zu reisen. Vielleicht würde sie Katharina wiedersehen, vielleicht Robert. Vielleicht auch nicht, aber dann hätte sie Seeluft geschnuppert, Espresso getrunken, fangfrischen Fisch und hausgemachte Pasta gegessen und vor allem eine entspannte Zeit mit ihrer Tochter verbracht. Wie oft waren Lisbeth und sie schon gemeinsam weggefahren? Nur ein einziges Mal. Dieser kurze Städtetrip nach Wien, weil Tom überraschend einem Freund beistehen musste, der seinen Vater verloren hatte. Sie beide hatten sich hervorragend verstanden und sich gegenseitig versichert, ganz bald wieder zusammen zu verreisen, nur sie beide, Mutter und Tochter. Aus *ganz bald* waren zwei Jahre geworden. Vierundzwanzig Monate, in denen Lisbeths Freundinnen, aber auch ihr erster Freund Elias an erster Stelle gestanden hatten.

Umso mehr freute sie sich, dass ihre Tochter jetzt den Vorschlag machte.

»Warte mal, ich frag mal eben deinen Vater, ob es für ihn in Ordnung geht. Oder ob er mitkommen möchte.«

»Okay!«

Sie klingelte bei Tom an und erwischte ihn in einer Kaffeepause beim Stehbäcker.

»Großartige Idee«, sagte er. »Macht nur. Ich muss leider arbeiten.«

»Wir können den Trip auch verschieben«, schlug Judith vor.

»So weit kommt's noch! Ich freue mich, wenn ihr ein paar schöne Tage zusammen habt.«

Tom war ein Schatz. Immer verständnisvoll und im Herzen großzügig. Sie verabschiedete sich, dann meldete sie sich wieder bei Lisbeth.

»Papa findet die Idee super«, sagte sie. »Aber was ist mit Elias? Willst du nicht lieber mit ihm ...?«

»Nee, will ich nicht«, antwortete Lisbeth kurz angebunden. »Er kann auch nicht.«

»Prima. Wann könntest du herkommen, Schatz?«

»Wann willst du denn, dass ich komme?«

»So schnell wie möglich. Morgen? Wie lange wollen wir eigentlich bleiben? Passt dir eine Woche?«

»Oh, wie cool, Mama! Eine ganze Woche!«

»Schau doch mal, ob es von Hannover Direktflüge nach Nizza gibt. Von dort aus ist es ein Katzensprung mit dem Zug. Und mach dir keine Sorgen wegen der Kosten. Ich lade dich ein.«

»Echt, Mama?«

»Oder willst du mich einladen?«

»Nö.« Lisbeth kicherte. »Nächstes Mal vielleicht.«

Lisbeth schmatzte ein Küsschen durch die Leitung, dann beendeten sie das Gespräch. Knapp zwanzig Minuten später hatte Judith eine Morgenmaschine von Zürich nach Nizza gebucht, dazu ein Doppelzimmer mit Meerblick im *Hotel Parigi*. Das war das Mindeste. Wenn sie schon die Ehre hatte, mit ihrer Tochter zu verreisen.

Kaum war die Buchung abgewickelt, rief Lisbeth

zurück, um ihr mitzuteilen, dass sie morgen um kurz nach vierzehn Uhr in Nizza landen würde.

»Das passt ja prima«, sagte Judith. »Ich bin etwas früher da und warte auf dich.«

*

Gegen Mittag stand Lene auf – es ging ihr wieder besser – und bereitete einen kleinen Imbiss für sie vor. Mozzarella und Tomaten, dazu gab es hauchdünn geschnittenes Bündnerfleisch und eine kleine Käseauswahl, die sie sich auf der Dachterrasse schmecken ließen.

»Weißt du was?« Lene ließ das Messer langsam sinken. »Ich glaube, ich werde dich ganz schön vermissen.«

»Ich dich doch auch. Sehr sogar.«

»Dann komm mich einfach bald wieder besuchen!«

»Versprochen.«

»Oder ich dich. Wenn ich fit genug bin.«

»Das hoffe ich doch sehr! Wir könnten durch die Cafés und Kneipen unserer Jugend ziehen.«

»Judith?«

»Ja?«

Lene spießte mit der Gabel ein Stück Tomate auf, verharrte dann in der Bewegung. »Willst du eigentlich auch Katharina besuchen?«

»Nein, habe ich nicht vor. Ich möchte mit Lisbeth Urlaub machen. Wir sehen uns ja so selten.«

»Und dazu suchst du dir ausgerechnet Bordighera aus?«

Judith hatte keine Lust, sich zu rechtfertigen, sie hatte

noch nicht mal konkrete Pläne geschmiedet, doch Lene bohrte und bohrte.

»Also gut!« Judith seufzte. »Ich kann mich ja mal unauffällig in der Bahnhofsgegend herumtreiben. Aber wahrscheinlich würde ich nicht mal das Haus wiedererkennen.«

»Gelb. Grüne Fensterläden.«

»Das weißt du noch so genau?«

Lene nickte. »Und falls du Robert oder Katharina zufällig über den Weg läufst?«

»Dann...« Judith zögerte. Ja, was dann? Würde sie Robert ohrfeigen? Und Katharina gleich mit dazu? Oder aber würde sie in diesem Augenblick das Vergangene vergessen und die beiden wie Lene vor wenigen Tagen in die Arme schließen?

»Es wird sich schon alles fügen.« Lene lächelte ihr aufmunternd zu. »So, wie sich auch bei uns alles gefügt hat.«

*

Gegen Abend trafen sie sich mit Sylvie auf einem der Restaurantschiffe auf dem Vierwaldstätter See. Ein letztes Mal ein Schweizer Gericht genießen, diesmal musste es ganz klassisch Käsefondue sein. Obwohl es eigentlich zu warm dafür war und nur Touristen im Sommer Käsefondue aßen. Aber Judith gab sich in dieser Hinsicht gern unkundig. Sie liebte es, die Brotstücke in den cremigen Käse zu tunken, konnte kaum genug davon bekommen und ignorierte Lenes spöttisches Grinsen. Später im Bett würde sie einen vollen Magen haben, aber auch das war ihr egal. Es war ein so wunderbarer

Abend, selbst Lene trank ein Gläschen Weißwein mit, und weil Sylvie neugierig nachfragte, erzählte Judith von der Fernsehserie, bei der sie im Herbst die Hauptrolle spielen würde. Sie hatte großen Respekt davor. Ein tägliches Serienformat war eine Herausforderung, das Drehpensum immens, doch sie wusste, dass sie es wuppen würde. Heute, mit Mitte vierzig, war sie weitaus gelassener als zu Beginn ihrer Karriere. Inzwischen wusste sie, dass vieles nicht an ihr lag – explodierende Produktionskosten, hektische Regisseure, schlecht gelaunte Producer –, und selbst wenn man krankheitsbedingt ausfiel, gab es immer eine Lösung. Sie arbeitete nicht mehr bis zur Erschöpfung, und sie musste sich auch nichts mehr beweisen. In den letzten Jahren waren die Rollenangebote weniger geworden, aber es bedrohte nicht ihre Existenz. Tom verdiente im Notfall genug für die Familie.

Später in ihrem Gästebett kam Judith nicht zur Ruhe. Es war nicht das Käsefondue, das ihr schwer im Magen lag, sondern der Abschied von Lene. Ihrer Freundin ging es momentan noch gut, aber wer wusste schon, wie sich die Krankheit morgen, übermorgen oder in einem halben Jahr entwickelte? Außerdem fragte sie sich auf einmal, ob es die richtige Entscheidung war, ausgerechnet nach Bordighera zu reisen. Ebenso gut hätte sie mit Lisbeth nach Nizza oder Antibes fahren können.

Um sich abzulenken, griff sie nach einem der Heftromane, die Lene ihr hingelegt hatte. Kurz darauf war sie in die Liebesgeschichte zwischen dem jungen Arzt Valentin und der unbedarften alleinerziehenden Mutter Julia versunken. Sie badete in ihren Gefühlen, litt mit Valentin, der sich um seine schwer kranke Mutter kümmern musste, und fieberte mit Julia, bis es zum verdienten Happy End kam und Judith mit müden Augen das Licht löschen konnte. Keine Frage, Lene verstand ihr Handwerk. Sie hatte eine flüssigen und außergewöhnlichen Stil, und es tat Judith in der Seele weh, dass sie ihr Talent an Heftromane verschwendete. Aber das würde sie ihr zu einem späteren Zeitpunkt sagen. Wenn sie sich in Luzern oder Hamburg wiedersahen. Oder, wie sie es sich an einem ihrer Abende auf der Dachterrasse zusammenfantasiert hatten, gemeinsam nach New York jetten würden. Als junge Mädchen hatten sie davon geträumt, und ließ sich nicht alles nachholen, wenn man es nur wirklich wollte?

Judith

Bordighera, Juni 2019

Das Meer!

Es war zum Greifen nah, während sich der Zug an der Mittelmeerküste entlangschlängelte. Lisbeth drückte sich wie ein Kind die Nase an der Fensterscheibe platt und stieß immer wieder kleine Kiekser aus.

»Mama, ist das nicht krass?«

Ja, das war *krass*. In Ufernähe leuchtete das Wasser türkisblau, in den Tiefen tintenblau, um sich am Horizont scharfkantig gegen den weißblauen Himmel abzuzeichnen. Lange war Judith nicht mehr am Meer gewesen, zuletzt vor fünf Jahren, als sie über Weihnachten und Silvester nach Barcelona geflogen waren. Und erst jetzt merkte sie, wie sehr sie es vermisst hatte.

Sie stiegen in Ventimiglia um, und nur ein paar Minuten später lief der Zug in Bordighera ein. Kaum hatte Judith den Koffer auf den Bahnsteig gehievt, eilte Lisbeth, ihr Telefon wie einen Colt im Anschlag, aus dem Bahnhof. Judith versuchte mit ihr Schritt zu halten, dabei blickte sie sich immer wieder verstohlen um. So, als könnten Katharina und Robert hinter einer Palme oder in einem Hauseingang lauern und sich ihr im nächsten Augenblick in den Weg stellen. *Was willst du hier? Hau ab und lass uns in Ruhe!*

Das Haus, in dem sie damals gefeiert hatten ... Welches mochte es nur sein? Das blassgelbe mit den grünen Fensterläden da drüben? Oder war es eher das dunkelgelbe daneben? Möglich, dass es im Lauf der Jahre gestrichen worden war und mittlerweile eine ganz andere Farbe hatte. Der Bahnhof, die Diskothek *Kursaal* auf der gegenüberliegenden Seite der Gleise, die stark befahrene Hauptverkehrsader, die den Ort wie eine Rasierklinge durchschnitt ... Je länger Judith die Blicke schweifen ließ, desto unbekannter kam ihr alles vor.

Lisbeth hatte das Navi aktiviert und lotste sie durch die Straßen. Eine Weile liefen sie die Via Vittorio Emanuele II geradeaus, dann bogen sie rechts ab und gelangten durch die Unterführung auf die Promenade. Am Strand herrschte reges Treiben, aber auch auf der Spaziermeile ging es turbulent zu. Kinder flitzen kreischend auf Rädern über den Asphalt, die Restaurants und Bars waren bis auf den letzten Platz besetzt, und auf den Bänken saßen gut betuchte Best Ager im Schatten ausladender Baumkronen.

Lisbeth tat zwar empört, wenn ihr alle paar Meter ein Typ demonstrativ hinterherguckte, doch Judith spürte, wie sehr sie die Blicke der jungen Männer genoss. Anders war das Dauergrinsen in ihrem Gesicht kaum zu erklären. Judith musste schmunzeln. Es war das gleiche Spiel wie damals, als sie als Siebzehnjährige hergekommen waren. Die Jungs hatten ihnen im Sekundentakt nachgepfiffen, ihnen Komplimente zugerufen oder versucht, sie anzusprechen. Heute schauten die Kerle allein Lisbeth an. Judith lief wie mit einer unsichtbaren Tarnkappe neben ihr her, und das war gut so. Es hatte auch Vorteile, dem Jahrmarkt der Eitelkeiten entkommen zu sein.

Mit jedem Meter erhellte sich Lisbeths Miene, und der Stress der letzten Zeit schien wie weggeblasen.

»Und Elias ist gar nicht eifersüchtig?«, fragte Judith.

»Elias wer?« Lisbeths Augenbrauen rutschten unter den blonden Lockenpony.

»Dein Freund?«

»Nee, wieso sollte er auch? Wir sind ja nicht aneinandergekettet. So wie du und Papa.«

»Moment mal, Papa und ich sind nicht aneinandergekettet. Wie kommst du denn auf so was?«

Lisbeth seufzte in einer Weise, als würde Judith mal wieder gar nichts peilen, dann schnellte ihr Zeigefinger vor, und sie strahlte Judith an.

»Mama, ist das unser Hotel? Das muss es sein, oder? Wie cool ist das denn?!«

In etwa hundert Metern Entfernung erhob sich ein von der Sonne erleuchteter cremefarbener Prachtbau. Hochgewachsene Palmen kratzten an den oberen Stockwerken, auf den Balkonen zum Meer saßen Urlauber, die sonnenhungrigen Gesichter gen Himmel gereckt.

Das Hotel war eine gute Wahl, das ließ sich auf den ersten Blick erkennen, und Judith bereute es nicht eine Sekunde, tief in die Tasche gegriffen zu haben.

Sie checkten ein – das Zimmer im zweiten Stock war frisch saniert –, und als Lisbeth die Balkontür aufriss, drang das Rauschen des Meeres zu ihnen herauf.

»O mein Gott, Mama!«, rief Lisbeth aus. »Das ist so was von genial!«

»Gut, dass du auf die Idee mit der Reise gekommen bist«, erwiderte Judith und trat hinter sie.

»Ich hab noch mehr so coole Ideen. Du musst mich nur fragen.«

»Und du mich anrufen.«

Sie packten rasch aus, Judith zog ein sommerliches Kleid an, Lisbeth Shorts und T-Shirt, dann brachen sie gleich wieder auf. Untergehakt und kichernd wie Freundinnen, die zum ersten Mal einen Badeort erkundeten. Mit dem Unterschied, dass in Judith nach und nach Bilder von früher aufstiegen. Sie erinnerte sich an ihre Lieblingsbar am Lungomare, an die von Zitronenbäumen gesäumten Jugendstilvillen oberhalb der Altstadt und auch an die Villa Margherita, die Sommerresidenz der Königin Margherita von Savoia. Sie aßen hier ein Stück Pizza, schleckten dort ein Eis, dazwischen gab es unzählige Espressi und *dolci.* Judith versuchte es sich Lisbeth gegenüber nicht anmerken zu lassen, doch sie war die ganze Zeit auf der Hut. Bei jeder dunkelhaarigen Frau, bei jedem Mann mit störrischen Locken sah sie gleich zweimal hin, doch zu ihrer Erleichterung, vielleicht auch Enttäuschung waren es immer Fremde.

»Willst du mich eigentlich mästen?«, fragte Lisbeth, als sie sich am späten Nachmittag zu einem Drink an der Promenade niederließen und der Kellner ihnen einen mit kleinen Sandwichs und Pizzahappen bestückten Gratisteller hinstellte.

»Ich wusste auch nicht, dass das hier üblich ist.« Auch wenn Judith eigentlich keinen Appetit hatte, schob sie sich ein Häppchen in den Mund. Ein Automatismus vom Filmset, wo man essen musste, wenn einem etwas serviert wurde. Bis zur nächsten Drehpause war es meist eine Ewigkeit hin. »Zu meiner Zeit haben wir im Lokal nur Limo und Cola bestellt.«

»Wer's glaubt ...« Lisbeth tippte sich an die Stirn.

»Wirklich wahr! Wir hatten ja kaum Geld in der Tasche.«

Sie unterschlug, dass sie auf Katharinas Party vom Limoncello so betrunken gewesen war, dass sie Dinge getan hatte, die sie noch heute erröten ließ.

»Willst du eigentlich auch deine Schulfreundin treffen?«, erkundigte sich Lisbeth.

»Ich weiß nicht. Eher nicht.«

»Das heißt, unter Umständen vielleicht doch?«

»Lisbeth, ich weiß es wirklich nicht.«

»Und Robert?«

»Was ist mit ihm?«, fragte sie scheinbar gelassen. Nach wie vor fühlte sie sich unbehaglich, wenn die Sprache auf ihn kam.

»Der müsste doch auch hier leben. Es sei denn, die beiden sind längst getrennt.«

»Keine Ahnung. Ist mir auch egal.«

Lisbeth nickte ihr zu, dann zog sie ihr Handy aus der Tasche. Ihr Kinn sackte aufs Brustbein, und nur einen Sekundenbruchteil darauf war sie im Labyrinth der Onlinewelt verschwunden. Judith fühlte sich in diesem Moment entsetzlich alt. Weil sie es immer noch vorzog, ihre Blicke übers silbrige Meer schweifen zu lassen, die watteweißen Fantasietiere am Himmel zu studieren oder die vorüberziehenden Menschen zu beobachten. Besonders Letzteres, denn der Gedanke, dass Robert oder Katharina ihr überraschend über den Weg laufen könnten, ließ sie nicht los.

Weil Lisbeth gar nicht mehr vom Telefon aufblickte, schrieb Judith an Lene und Tom. *Wir sind gut angekommen, alles in bester Ordnung.* Sie steckte sich noch eins der köstlichen Häppchen in den Mund, aber erst, als sie absichtlich geräuschvoll am Strohhalm saugte, sah Lisbeth hoch.

»Ist was?«

»Nein, aber gibt es nichts Wichtigeres als dein Smartphone?«

»Mama, das verstehst du nicht.«

Judith reichte ihr eine Tube Sonnenmilch. »Los, eincremen«, sagte sie wie früher, als Lisbeth noch ein Teenie war. Doch anders als damals, wo sie sich mit Händen und Füßen gewehrt hatte und endlos diskutieren wollte, trug sie die Creme folgsam auf.

»Was machst du denn? Schreibst du mit Elias?«

»Nö, wieso sollte ich?«

»Weil er dein Freund ist?«

Lisbeths Blick wanderte zum Meer, sie schirmte die Augen mit der Hand ab und sah einem vorbeizischenden Motorboot nach. Das Boot hopste, Gischt spritzte auf, dann verschwand es aus ihrem Blickfeld.

»Elias hat Motorbootfahren geliebt«, sagte Lisbeth.

»Jetzt nicht mehr? Ist er etwa tot?«

Es hatte ein Scherz sein sollen, aber Lisbeth musterte sie aus schmalen Augen. »Er ist nicht mehr mein Freund. Es ist aus.«

»Wie bitte? Seit wann? Und warum sagst du keinen Ton?«

»Weil es nicht wichtig ist.«

O doch, das war wichtig. Judith spürte doch, wie ihre Tochter mit den Tränen kämpfte. Im nächsten Moment stand Lisbeth auf und steuerte schnellen Schritts die Toiletten an. Das war typisch für sie. Schon als kleines Mädchen hatte sie sich zum Weinen irgendwohin verkrochen.

Als sie eine gefühlte Ewigkeit später zurückkam, war die Wimperntusche zerlaufen und bildete schwarze Pandabärenringe rund um die Augen.

»Jetzt erzähl mal.« Judith legte ihr die Hand auf den Arm, aber Lisbeth entzog sich ihr mit einem Ruck.

»Da gibt es nichts zu erzählen. Er hat per WhatsApp Schluss gemacht. Und falls du mir gleich blöde Fragen stellen willst: Ich weiß nicht, warum.«

Ein Ruck ging durch Judiths Magen, und im Zeitraffer durchlitt sie noch einmal den Augenblick, als sie Roberts lieblose Postkarte von der Kommode gefischt hatte. Die Enttäuschung hatte sich damals so tief in sie gegraben, dass sie viele Jahre keinem Mann mehr vertraut hatte, anfangs nicht mal Tom. Den Kummer, den Lisbeth gerade erlebte und mit aller Kraft zu unterdrücken versuchte, konnte sie nur allzu gut nachvollziehen.

»Wolltest du deswegen mit mir ans Meer fahren?«

Lisbeths schmale Schultern rutschten nach oben, so saß sie wie eine Schildkröte mit eingezogenem Kopf da, während die Tränen wieder liefen.

»Er ist so Scheißkerl!«, schluchzte sie. »Erzählt mir noch was von großer Liebe und macht schon mit der Nächsten rum.«

»Sicher, dass er eine andere hat?«

»Zu neunundneunzig Prozent ja, aber ...« Ein krächzender Laut kam aus ihrer Kehle. »Ist doch eh egal. Er will mich nicht. Und ich will keinen, der mich nicht will, verstehst du?« Sie griff nach ihrem Glas und ließ die Eiswürfel klirren, dann kippte sie den Rest mit einer harschen Geste auf den Asphalt.

»Liebeskummer ist schlimm, ich weiß das«, sagte Judith. »Aber irgendwann geht er vorbei.«

»O Mann, jetzt komm mir bitte nicht mit deinen Mama-Ratschlägen! Genau deswegen wollte ich dir nichts sagen. Ich weiß selbst, dass Liebeskummer irgendwann vorbeigeht. Dazu brauche ich dich nicht als Hobby-Psychologin.«

Judith schwieg betroffen. War sie wirklich so ein schreckliches Exemplar Mutter? Besserwisserisch und übergriffig?

»Okay, ich sag nichts mehr, versprochen. Keine Mama-Ratschläge.«

Lisbeth pickte einen Pizzakrümel auf, dann hoben

sich ihre Mundwinkel, und sie grinste Judith an. »Okay, okay. Ab und zu darfst du mir einen Ratschlag geben. Aber das mit dem Liebeskummer weiß man ja schon aus den Schlagern.«

Es war gut, dass Lisbeth wieder Witze machen konnte, und Judith lachte mit ihr. Sie hatte Elias nur flüchtig kennengelernt, er war ein selbstbewusster junger Mann, aber ihr Gefühl hatte ihr bereits damals gesagt, dass die beiden nicht zusammenpassten. Lisbeth hatte so viele Interessen – Tennis, Klavier, Bücher, Theater, Poetry-Slam. Elias war dagegen die reinste Schlaftablette, ein Stubenhocker, der sich am liebsten zu Hause Filme reinzog oder wie ein Dauerpubertierender an der Konsole daddelte.

»Darf ich dich mal was fragen, Schatz?«

»Klar.«

»Hast du ihn geliebt? Ich meine, so mit Haut und Haaren und mit dem Gedanken, dass ihr noch in vierzig Jahren zusammen seid?«

Lisbeth quittierte dies mit kaum sichtbarem Augenrollen, doch Judith hatte es sehr wohl bemerkt. Offenbar hatte sie ihrer Meinung nach schon wieder etwas Einfältiges gesagt. Aber das war es nicht. Sie selbst hätte sich mit Anfang zwanzig alles mit Robert vorstellen können. Heirat, Kinder, das ganze Programm.

»Das war nicht nur fürs Bett, falls du das denkst«, antwortete Lisbeth.

»Dann musst du, tut mir leid, wenn jetzt wieder so ein blöder Mama-Ratschlag kommt, um ihn kämpfen.«

»Um jemanden kämpfen, der fremdgeht?«

»Da wäre erst mal zu klären, ob das wirklich stimmt.

Danach kannst du ja immer noch überlegen, was du tust.«

Eine Weile schaute Lisbeth mit gerunzelter Stirn aufs Meer. »Bitte, sag Papa nichts.«

»Warum denn nicht?«

»Weil ich nicht will, dass mich alle bedauern und trösten. Das ertrage ich nicht.«

Judith nickte ihr zu. Natürlich würde sie Tom nichts davon erzählen, wenn ihre Tochter das so wollte.

Sie brachen auf, kauften unterwegs ein Stück Käse, Oliven und eine Flasche Wein für einen späteren Snack auf dem Balkon, dann kehrten sie auf direktem Weg ins Hotel zurück.

»Ich geh schwimmen«, verkündete Lisbeth, kaum dass sie die Tüten im Zimmer abgestellt hatten. »Kommst du mit?«

Judith verneinte. Lisbeth hatte einen alkoholfreien Crodino getrunken, sie selbst spürte den Alkohol des Aperitifs in jeder Faser ihres Körpers und wollte sich lieber ausruhen.

Während ihre Tochter mit der geschulterten Badetasche loszog, legte sich Judith aufs Bett, genoss die warme Luft, die durch die offene Balkontür hereinwehte, und lauschte dem Gemurmel des Meers.

Ein Plopp ließ sie hochschrecken. Sie musste eingenickt sein, denn Lisbeth stand in Shorts und bauchfreiem Shirt im Raum und goss zwei Gläser Wein ein.

»Cool, Mama. Richtig genial.«

»Was?« Sie richtete sich schlaftrunken auf.

»Das Wasser!« Sie grinste. »Erinnerst du dich? Wir sind am Meer. Und ich war baden.«

Judith nickte ihr noch etwas benommen zu und freute sich, dass sich ihre Laune gebessert hatte.

»Man kriegt unten an der Rezeption ein Badetuch, und am Strand darfst du dir eine Liege mit Sonnenschutz aussuchen«, fuhr sie fort.

»Morgen komme ich mit«, versprach Judith.

Sie duschte und schlüpfte, da es kaum kühler geworden war, in ihr Sommerkleid. Mit dem Käse, den Oliven, dem Weißbrot und ihren Weingläsern setzten sie sich nach draußen.

»Übrigens tausend Dank für das coole Hotel.« Lisbeth stemmte ihre nackten Füße gegen das Geländer. »Hätte aber gar nicht sein müssen. Ich meine, Meerblick, eigener Strand, Liegen …«

Judith tätschelte ihre Wange. »Gern geschehen. Ich wollte doch, dass wir zwei es schön haben. So selten, wie wir uns sehen. Und wer weiß, wann wir mal wieder zusammen verreisen.«

Tom rief an, Judith erzählte bis ins Kleinste von Bordighera und vom Hotel, danach reichte sie das Telefon an Lisbeth weiter. Vater und Tochter plauderten ein Weilchen, ohne dass sich Lisbeth ihren Liebeskummer anmerken ließ, dann legten sie auf.

»Armer Papa«, sagte Lisbeth. »Er klang irgendwie traurig. Wahrscheinlich ist er doch einsam ohne dich.«

»Da muss er durch.«

»Jetzt auf einmal? Du wolltest doch erst gar nicht fahren.«

Sie lächelte Lisbeth mit der Abgeklärtheit ihrer gelebten Jahrzehnte an. »Auch wenn wir uns gut verstehen – ein bisschen Abstand tut jeder Beziehung mal gut.«

Lisbeth taxierte ihre rot lackierten Zehennägel. »Als Elias und ich noch zusammen waren …« Sie blickte auf. »Ich wollte am liebsten jeden Abend mit ihm verbringen. Und um deine Frage zu beantworten, ja, ich war mit Haut und Haaren in ihn verliebt. Und ich hätte mir auch vorstellen können, mit ihm zusammenzubleiben.«

»Das tut mir leid.«

»Vielleicht war das sogar das Problem. Ich meine, vielleicht hätte Elias auch gern mal sturmfrei gehabt. Und ich hab ihn eingeengt.«

»Lisbeth!« Ganz die Mutter, die sich schützend vor ihr Kind stellte, schüttelte sie energisch den Kopf. »Mach dir bitte keine Vorwürfe! Du bist nicht schuld daran. Es gehören immer zwei dazu.«

»Trotzdem. Beim nächsten Mal würde ich es anders machen. Nicht so klammern. Mehr mein eigenes Ding durchziehen.« Lisbeth verschränkte trotzig die Arme vor der Brust.

»Willst du ihn zurück?«

»Keine Ahnung.« Ihre Hände fielen schlaff in den Schoß. »Im Moment weiß ich gar nichts. Außer, dass es hier richtig, richtig nice ist!«

Sie heftete den Blick aufs Wasser, und gemeinsam sahen sie dem endlosen Spiel der Wellen zu. Je weiter die Sonne hinter den Hügeln Ventimiglias versank, desto stärker spürte Judith dieses unauflösbare Band zwischen sich und ihrer Tochter. Es war eine gute Entscheidung gewesen herzukommen. Nur sie beide.

Eine schiefergraue Wolkenflotte näherte sich vom Meer her, doch bevor die grauen Ungetüme alles verschlingen konnten, färbte sich der Himmel purpurrot.

»Das müsste Papa sehen«, sagte Lisbeth und goss ihnen einen Schluck Wein nach. »Papa steht doch so auf Sonnenuntergänge.«

Das stimmte. Tom war durch und durch Ästhet, egal, ob es um Naturphänomene, Möbel oder ein Jazz-Stück ging. Wohl auch deswegen hatte Judith sich in ihn verliebt. Er war nicht nur ein verlässlicher Weggefährte, sondern hatte Sinn für Stil und scheute sich darüber hinaus auch nicht, Gefühle zu zeigen.

Judith war der Alkohol zu Kopf gestiegen, und sie kicherte grundlos, als sie sich über die Balkonbrüstung neigte, um die Urlauber zu beobachten, die in den Lounge-Sesseln unter ihnen saßen. Sie tranken einen Aperitif, unterhielten sich unter großen Gesten und warteten wohl darauf, gleich ins Hotelrestaurant zu wechseln.

»Was ist denn so komisch, Mama? Hab ich was verpasst?«

»Nein, ich bin nur beschwipst.«

»Willst du doch noch was essen gehen?«

»Lieber morgen. Und vorher futtere ich beim Aperitif nicht alle Pizzastücke auf, versprochen.« Sie beugte sich weiter über das Geländer. »Sieh nur, der arme Schurke da muss noch arbeiten.«

Ein großer, braun gebrannter Mann mit einem Käppi auf dem kahlen Kopf klappte die Hotelliegen zusammen und verstaute sie nebenan in einem Holzhaus.

»Meinst du den da?« Lisbeth lehnte sich jetzt ebenfalls über die Balustrade und schaute nach unten. »Wieso ist er denn ein armer Schurke? Dann sind ja die Kellner, die Köche und der Typ an der Rezeption allesamt arme Schurken.«

Lisbeth sagte noch mehr, aber Judith hörte kaum noch hin. Ihr Herz fing an zu stolpern, dann raste es los wie ein ICE auf freier Strecke. Aus dem Käppi des Strandwärters lugten keine verfilzten blonden Locken hervor, der Mann trug auch kein knittriges Hemd zur Anzughose, dafür eine runde Hornbrille. So wie Robert damals. Gut, das musste nichts bedeuten, Menschen wechselten für gewöhnlich im Lauf der Jahre und Jahrzehnte ihre Brillengestelle. Was Judith aus der Bahn warf, war die Tatsache, dass sie der Mann dort unten mit jeder Bewegung und mit jeder Geste an Robert erinnerte. Wie er sich übers Kinn strich. Wie er sich bückte, um einen umgekippten Liegestuhl aufzuheben. Wie er den Kopf in den Nacken legte und gestikulierte, als ihn eine Passantin ansprach. Das alles war so unverkennbar Robert, dass Judith nach Luft zu schnappen begann und Lisbeth schon mit der Wasserflasche angeflitzt kam, weil sie fürchtete, ihre Mutter könne gleich kollabieren.

»Alles in Ordnung, mein Schatz«, sagte Judith und trat ins Zimmer. »Ich glaub nur, ich hab jemanden von früher gesehen.«

»Wen?«, fragte Lisbeth wie beim Polizeiverhör.

»Robert.«

»Nein, wirklich? Der Mann mit dieser albernen Baseballkappe ... der war deine große Liebe?«

»Ich weiß es nicht. Vielleicht sieht er ihm auch einfach nur ein bisschen ähnlich.«

»Würde der denn hier so einen Job machen? Ich denke, er war früher ein begnadeter Regisseur.«

»Deswegen ist er es wahrscheinlich auch nicht.«

»Warum gehst du nicht runter und sprichst ihn an?«

»Das werde ich ganz sicher nicht tun.« Sie trank das Wasser in hastigen, kleinen Schlucken.

»Und warum nicht?«

»Weil … Ich sagte doch schon, dass er es bestimmt nicht ist.«

»Dann ist es ja auch egal. Na los, Mama, gib dir einen Ruck.«

»Könntest du bitte deine Tochter-Ratschläge lassen?«

»Ja, schon gut.« Lisbeth hob die Hände und zog eine alberne Grimasse. »Was dagegen, wenn ich runterlaufe und mir den Typen mal genauer angucke?«

»Aber nur, wenn du ihn nicht ansprichst.«

»Mach ich nicht. Versprochen.«

Schon schnappte sich Lisbeth die Zimmerkarte, im nächsten Moment war sie aus der Tür. Judith ließ sich aufs Bett sinken und wartete darauf, dass die Turbulenzen in ihrem Innern wieder abflauten.

Robert. Warum wühlte sie dieser Mann immer noch so auf? Sie war doch in dem Bewusstsein hergefahren, womöglich auf ihn und Katharina zu treffen. Oder auch nicht. Robert war nichts weiter als ihr Ex. Ein Ex, der ihr zugegebenermaßen noch eine Antwort schuldig war.

Als sie glaubte, dass Lisbeth auf der Promenade angekommen sein musste, sprang sie auf und wagte sich auf den Balkon. Ihre Tochter stand an der Treppe zum Hotelstrand, aber Robert oder der Mann, der ihm sehr ähnelte, war nicht mehr zu sehen. Der Kiesstrand war menschenleer; kaum vorstellbar, dass sich dort noch bis vor wenigen Stunden die Hotelgäste dicht an dicht gesonnt hatten.

Judith winkte Lisbeth zu. Die sah gerade zu ihr hoch, erwiderte den Gruß und deutete an, dass sie noch ein paar Meter laufen wolle.

»Mach nur«, sagte Judith leise zu sich. Sie kehrte ins Zimmer zurück, griff nach ihrem Telefon und rief Lene an.

»Judith! Wie schön, deine Stimme zu hören! Erzähl. Wie ist es so in Italien? Hat sich Bordighera verändert? Wie ist das Wetter? Und das Eis …? Immer noch so lecker wie früher?«

»Sonst noch Fragen?«

»Ja, bist du zufällig schon Katharina über den Weg gelaufen?«

»Nein, aber Robert. Das heißt, ich glaube, es war Robert.«

Sie erzählte von ihrer Beobachtung vom Balkon aus, doch Lene lachte nur ungläubig auf.

»Das kann nicht sein, Judith. Das kann einfach nicht sein!«

»Und warum nicht?«

»Weil … wir reden von Robert. Unserem Robert! Einer wie der klappt keine Sonnenliegen zusammen, das ist absurd.«

Lene hatte recht. Robert war immer das Alpha-Männchen gewesen, der Platzhirsch inmitten ihn anhimmelnder Rehe. Niemals würde er sich dazu herablassen, als Saisonkraft am Strand zu arbeiten. Als Liegestuhlzusammenklapper, falls das denn überhaupt eine Berufsbezeichnung war.

»Dann muss ich mich wohl verguckt haben. Wahrscheinlich halluziniere ich schon.«

»Verständlich. Es beschäftigt dich eben. Warum gehst du nicht einfach zu Katharina und klingelst bei ihr?«

»Ich weiß nicht ... Ich bin mir nicht mal sicher, welches Haus es ist.«

»Dann guck auf die Klingelschilder. So viele Häuser kommen ja nicht infrage.«

*

Die Nacht verbrachte Judith in einem unruhigen Dämmerschlaf. Immer wieder geisterte Robert durch ihre Gehirnwindungen. Mal war er blutjung, mal ein gesetzter Herr mittleren Alters mit Vollbart und Bauch, dann plötzlich ein Greis mit kindlichen Gesichtszügen.

Ihr erster Gang am nächsten Morgen – Lisbeth schnarchte leise – führte sie im Nachtshirt auf den Balkon. Von unten hatte sie Geklapper und Rufe gehört. Der Strand lag verwaist da, aber Lieferwagen säumten den Lungomare, und kräftige junge Männer bauten Marktstände auf. Judith kehrte ins Zimmer zurück und strich ihrer Tochter sanft über die Schulter.

»Schatz, aufstehen«, flüsterte sie. »Heute ist Markttag.«

Lisbeth murmelte etwas im Halbschlaf und rieb sich mit den Handballen die Augen. »Was denn, Mama? Ich bin müde!«

»Okay, dann geh ich gleich allein frühstücken und bummeln.«

»Mhm«, machte Lisbeth, drehte sich auf die andere Seite und rührte sich nicht mehr.

Das war schon immer so. Ihre Tochter hatte es früher

fertiggebracht, ganze Urlaubstage zu verschlafen. Egal, wie schön das Wetter war. Egal, dass das Hotelbüfett später abgeräumt sein würde.

Judith deckte Lisbeths bloßen Rücken zu, dann ging sie duschen. Kurz darauf beim Eincremen fasste sie einen Entschluss. Am Nachmittag würde sie sich auf die Suche nach dem Haus machen und bei Katharina klingeln. Der mutige Teil in ihr hatte das entschieden. Für Feigheit war sie längst zu alt.

Als sie ins Handtuch gewickelt zurück ins Zimmer kam, saß Lisbeth putzmunter auf der Bettkante und checkte ihr Handy. Ein Wunder war geschehen.

»Cool, draußen ist ja Markt.«

»Hab ich doch gesagt.«

»Ja? Hab ich gar nicht mitbekommen. Kann ich ins Bad?«

Ohne ihre Antwort abzuwarten, flitzte sie an ihr vorbei und knallte die Tür hinter sich zu. Bereits fünf Minuten später kam sie frisch geduscht zurück. Sie nahm ihre Jeans-Shorts aus dem Koffer, dann zwängte sie sich hinein, indem sie auf und ab hüpfte und am Reißverschluss zerrte.

»Von mir aus können wir das Frühstück ausfallen lassen«, sagte sie.

»Können wir nicht. Wie wär's mit neuen Shorts, die nicht so eng sind?«

»Quatsch, das muss so sein.« Sie streifte sich ein weißes Tanktop über. »Fertig!«

Neben Dingen wie Ausschlafen und Chillen liebte Lisbeth es, shoppen zu gehen. Besonders, wenn die Aussicht auf das eine oder andere Schnäppchen bestand.

Trotzdem frühstückten sie ausgiebig – ihre Tochter ließ es sich nun doch nicht nehmen, sich durch sämtliche Kuchen zu futtern –, und nach einem kurzen Abstecher aufs Zimmer brachen sie auf.

Flirrend heiße Luft schlug ihnen entgegen, als sie aus dem klimatisierten Hotel traten. Am Lungomare herrschte bereits Hochbetrieb, unzählige Touristen schoben sich von Stand zu Stand.

»Wartest du mal kurz?«, fragte Judith und setzte ihre Sonnenbrille auf.

Lisbeth nickte ihr zu. »Ich bleib hier stehen. Rühr mich nicht vom Fleck.«

Judiths Herz schlug schneller, als sie sich an einer Gruppe plaudernder Senioren vorbeischlängelte. Sie schlenderte weiter zum Geländer, das den Privatstrand von der Promenade abtrennte, und tat, als würde sie die Aussicht genießen. Ihre Blicke flitzten hinter der dunkel getönten Sonnenbrille hin und her, da trat ein braun gebrannter Mann aus dem Badehäuschen und begann den Sand zu harken. Er war von gleicher Statur wie der vom Vorabend, sah aber Robert kein bisschen ähnlich. Judiths Herzschlag beruhigte sich wieder, als sie zu Lisbeth zurückkehrte. Offenbar hatte sie sich in ihrem Weindusel getäuscht und etwas sehen wollen, was gar nicht da war.

Ihre Tochter blickte vom Handy auf. »Ist dir ein Geist erschienen oder war da wieder dein Lover?«

»Wenn schon, Ex-Lover.«

»Okay, dein Ex-Lover.«

»Nein, ich hab ihn nicht gesehen.«

»Gut oder schlecht?« Lisbeth grinste breit.

»Gut.«

»Okay, dann können wir jetzt …?«

Judith nickte und hakte sich bei Lisbeth unter. Lieber wollte sie die Zeit mit ihrer Tochter genießen, statt zu viele Gedanken an damals zu verschwenden.

Sie stürzten sich ins Getümmel, ließen sich vom Strom der Menschen treiben, und bereits nach wenigen Minuten hatte Lisbeth drei Shirts und eine Mütze erbeutet. Judith widerstand den Fummeln, wusste sie doch, dass die Sachen nach ein paar Wäschen vermutlich zerschlissen sein würden. Sie zog es vor, nachhaltig einzukaufen, und brauchte auch nicht laufend etwas Neues. Lisbeth freute sich hingegen jedes Mal diebisch, wenn es ihr gelang, ein ohnehin schon preiswertes Kleidungsstück runterzuhandeln. Und Judith ließ sie in dem Glauben, ein wirkliches Superschnäppchen gemacht zu haben.

Eine Marktfrau, bei der sie die aromatischsten Mispeln kaufte, die sie jemals probiert hatte, schlug ihnen einen etwa einstündigen Spaziergang nach Ventimiglia vor. Immer geradeaus, am Meer entlang.

Die Sonne stand hoch am Himmel, und Judith band sich zum Schutz das leichte Baumwolltuch, das sie stets in der Tasche hatte, um den Kopf. Lisbeth lachte bloß über ihr *altes Mütterchen*. Ihr machte die Hitze nicht das Geringste aus. Ab und zu nahm sie einen Schluck Wasser oder cremte Sonnenmilch nach, dann erreichten sie auch schon die ersten Ausläufer des Grenzstädtchens zwischen Italien und Frankreich und schlugen sich ins schattige Straßengewirr.

»Mama, es ist richtig schön mit dir, weißt du das?«,

sagte Lisbeth, als sie sich unter den Platanen einer Bar niederließen.

»Lieb von dir, mein Schatz, aber was meinst du jetzt genau?«

»Du machst keinen Stress im Urlaub. Mit dir kann man auch einfach mal chillen.«

»Hat Elias denn Stress gemacht?« Judith wunderte das, zu Hause war er ja angeblich die reinste Schlaftablette.

»Stress ist vielleicht übertrieben, aber er wollte jede Minute verplanen. Immer Action, verstehst du? Stand-up-Paddeln, Surfen, solche Sachen. Aber bitte keine Museen oder einfach nur mal rumlaufen oder im Café sitzen und ausspannen.«

Judith nickte ihrer Tochter verständnisvoll zu. Während Tom im Urlaub gerne mal in Aktionismus verfiel, zog sie ebenfalls den Müßiggang vor. Gar nichts nicht planen müssen, keine Verpflichtungen haben, sich treiben lassen.

Lisbeth knuffte sie. »Das heißt jetzt aber nicht, dass ich immer nur mit dir verreisen will, okay?«

»Schon verstanden. Ich will übrigens auch nicht immer nur mit dir wegfahren. Du schläfst mir morgens zu lange.«

»Ich brauche eben meinen Schönheitsschlaf.« Sie kicherte. »Den du in deinem Alter ja nicht mehr nötig hast.«

»Na, vielen Dank aber auch.«

Sie lachten gemeinsam, schauten in die Wipfel der Platanen und lauschten dem französisch-italienischen Sprachenmischmasch, das zu ihnen herübergetragen wurde. Tag für Tag kamen unzählige Franzosen zum Einkaufen über die Grenze. Es gab Spirituosenläden, in denen man nur Französisch zu sprechen schien, und auch in der Bäckerei, in der sie ein Stück Apfelkuchen gekauft hatten, waren sie mit einem freundlichen *Bonjour!* begrüßt worden.

Nach einem herzhaften Snack – sie aßen getoastete Panini mit Mozzarella, Pesto und Tomate – und einem Espresso brachen sie auf, um die am Hang gelegene Altstadt zu erkunden. Lisbeth war plötzlich eingefallen, dass sie dringend eine neue Tasche für die Uni brauchte. Alle Geschäfte hatten jedoch um die Mittagszeit geschlossen, also nahmen sie den nächsten Zug zurück nach Bordighera.

Judith freute sich darauf, sich ein Stündchen aufs Ohr zu hauen – zu Katharina würde sie erst am späten Nachmittag gehen –, doch ihre Tochter bestand darauf, sie zu irgendetwas Leckerem einzuladen.

»Aber warum denn, mein Schatz? Wir hatten gerade einen Espresso, und hungrig bin ich auch nicht.«

»Dann setzen wir uns einfach so an die Promenade?«

Sie nahm die Sonnenbrille ab, und ihre Wimpern vibrierten.

»Ist irgendwas?«, fragte Judith, weil Lisbeth es eilig hatte, die Unterführung zu durchqueren und am Lungomare die nächste Bank anzusteuern.

»Bist du vielleicht wieder mit Elias zusammen? Ist es das?«

»Nein, wieso?«

»Weil du es so spannend machst.«

Lisbeth stöhnte. »Sorry, war nicht meine Absicht.«

»Dann schieß mal los.«

»Also gut.« Sie straffte sich. »Mama, es gibt noch einen zweiten Grund, warum ich unbedingt mit dir verreisen wollte.«

»Aha?«

Lisbeth nickte stumpf vor sich hin.

»Jetzt sag schon, ich kann es nicht leiden, wenn man mich auf die Folter spannt.«

»Ich suche gar keine Unitasche. Ich hätte viel lieber so ein peinliches Glitzertäschchen.«

Judith starrte ihre Tochter an, im nächsten Augenblick lachte sie schallend. »Aber das ist doch nicht schlimm! Glaubst du, ich liebe dich nicht mehr, wenn du ein Glitzertäschchen trägst? Diesen hässlichen Neonfummel von vor zwei Jahren habe ich schließlich auch überlebt.«

Judith erwartete, dass Lisbeth mit ihr lachen würde, doch ihre Miene blieb starr.

»Und wenn ich dir jetzt sage, dass ich nicht mehr studiere, liebst du mich dann auch noch?«

»Wie bitte?«

»Ja, du hast richtig verstanden. Ich will nicht mehr, Mama, ich kann nicht mehr, ich bin raus.«

»Ach, echt?« Etwas anderes fiel Judith nicht ein. Germanistik war doch immer Lisbeths Traum gewesen. Weil sie Literatur über alles liebte. In ihrem Kinderzimmer waren die Regalbretter fast durchgebrochen, da sie an keinem Buch vorbeigehen konnte.

»Ja, echt.«

Judith schwieg.

»Willst du gar nicht wissen, warum?«

»Na doch. Auf jeden Fall.«

Lisbeth musterte sie aus schmalen Augen. »Du bist gar nicht sauer?«

»Nein, wieso sollte ich sauer sein? Ich bin nur … na ja, ziemlich überrascht.«

»Ja, klar. Versteh ich.«

»Aber es ist dein Leben«, fuhr Judith fort. »Du musst glücklich werden, nicht ich, weil du die in meinen Augen richtigen Entscheidungen triffst.« Sie erzählte von ihrem Vater, der immer wieder hatte betonen müssen, wie schrecklich er ihren Beruf fand. Schauspielerin! Wie Prostituierte hatte das aus seinem Mund geklungen. Schon damals hatte sie sich vorgenommen, es anders zu machen und Lisbeth ihren eigenen Weg gehen zu lassen, wie steinig er auch sein mochte.

»Also? Was ist der Grund?«

»Ich hab eine Klausur nicht bestanden …«

»Aber die kann man doch sicher wiederholen, oder?«

»Hab ich ja. Und wieder vergeigt.« Lisbeth drehte eine Locke mit dem Zeigefinger auf. »Jetzt sagst du bestimmt gleich, alles kein Drama, machst du es beim nächsten Mal besser.« In ihrem Blick flackerte Verzweiflung auf. »Aber da war plötzlich dieses Gefühl, dass Germanistik einfach nicht mein Fach ist. Dass es mich doch nicht so brennend interessiert, wie ich immer gedacht habe. Und Soziologie finde ich noch schlimmer. Ziemlich doof, ich weiß.«

Judith legte den Arm um ihre Tochter. »Es ist okay, Schatz.«

»Im Ernst?«

Sie nickte. »Und falls du dir wegen Papa Gedanken machst, er wird das bestimmt genauso sehen.«

»Kannst du mit ihm reden?«

Judith versprach es. »Was wäre denn die Alternative zu Germanistik? Anglistik vielleicht? Oder Romanistik? Sprachen liegen dir doch.«

Lisbeth verzog das Gesicht, als hätte sie Zahnschmerzen.

»Das ist es ja gerade. Ich will nicht studieren. Gar nicht. Ich hab das alles so satt. Das Rumhocken in den Seminaren und die Vorlesungen. Dieses Gebüffel, die Prüfungen, die streberhaften Kommilitonen, die immer mit ihren Noten angeben. Mama, ich will …« Sie brach ab. Nach einer Atempause fuhr sie flüsternd fort. »Du kriegst bestimmt die Krise, aber *Work and Travel* würde mir gefallen. Oder ich mache ein paar Praktika. Um so zu gucken, was mir wirklich liegt.«

Judith schwieg. Sie hatte nicht damit gerechnet, dass Lisbeth überhaupt nicht mehr studieren wollte. Die Ansage kam wie aus heiterem Himmel, und wenn sie ehrlich war, war sie nun doch bestürzt.

»Siehst du, ich hab's gewusst«, sagte Lisbeth tonlos. »Du findest es scheiße.«

»Sag doch nicht so was, Schatz. Ich muss nur erst drüber nachdenken.«

»Und was denkst du so?«

»Dass … ach, ich weiß auch nicht. Dinge, die du jetzt nicht hören willst und die mir meine Eltern vermutlich auch gesagt hätten.«

»Bitte, Mama.«

Judith zog die Brauen hoch. »Im Ausland arbeiten, reisen, Praktika machen, das klingt alles spannend, aber ist es dafür nicht ein bisschen spät? Dann kommst du in einem Jahr zurück, willst vielleicht eine Lehre machen, aber für die Betriebe bist du schlicht zu alt.«

Lisbeth wischte mit der Hand durch die Luft. »Das wird sich alles irgendwie finden. Hast du gar kein Vertrauen in mich?«

»Komm, Lisbeth, du wolltest meinen Mama-Sermon hören. Und ja – ich habe sehr viel Vertrauen in dich. Trotzdem bist du immer noch mein Kind, um das ich mir Sorgen mache. Das ist ganz normal.«

»Weiß ich ja. Deswegen wollte ich eigentlich auch gar nichts sagen.« Ein Lächeln umspielte ihre Mundwinkel. »Aber ich wusste, dass du es irgendwann herausfindest.«

»Spätestens wenn du Geld brauchst, schon klar.«

Sie schwiegen eine Weile. Lisbeth wollte aufbrechen, aber Judith hielt sie am Arm zurück.

»Was hast du denn jetzt vor? Kündigst du dein WG-Zimmer und kommst erst mal zu uns? Du weißt ja, du kannst jederzeit bei uns unterschlüpfen.«

Lisbeth deutete ein Nicken an. »Mal gucken. Es ist gerade alles ein bisschen viel auf einmal. Elias … Und dann noch die Sache mit dem Studium.«

»Vorschlag: Du sprichst nur drüber, wenn du möchtest. Ansonsten schneide ich das Thema nicht an, einverstanden?«

»Mama, du bist klasse.«

»Ja, das weiß ich.« Sie nahm Lisbeth an die Hand und zog sie von der Bank hoch. »Komm, meine Kleine, jetzt kaufen wir dir ein Glitzertäschchen. Dann kannst du überall herumerzählen, was für eine coole Mama du hast.«

Danach, so nahm sie sich fest vor, würde sie all ihren Mut zusammennehmen und zu Katharinas Wohnung gehen.

*

Weil sie auf dem Corso Italia kein geeignetes Geschäft fanden, kehrten sie zur Via Vittorio Emanuele II zurück und grasten dort die Shops ab. Judith war sich sicher, am ersten Tag ein Taschengeschäft aus den Augenwinkeln gesehen zu haben. Und sie hatte sich nicht getäuscht. Bereits nach wenigen Metern stießen sie auf den Laden. Judith schmunzelte, als Lisbeth sich prompt die Nase an der Scheibe platt drückte und vor Begeisterung juchzte.

»Ich wusste ja gar nicht, dass so viel Tussi-Potenzial in dir steckt«, neckte Judith sie.

»Und in dir Oma-Potenzial.« Lisbeth zerrte an der Lasche ihres Lederrucksacks, der Judith seit Schauspielschultagen gute Dienste geleistet hatte. Er war praktisch, zeitlos und – was man sich heutzutage ja gern auf die Fahnen schrieb – nachhaltig.

»Willst du rein?«

»Logisch!«

Lisbeth stieß die Ladentür auf, ein Glöckchen ertönte, und sie traten ein. Es war angenehm kühl, und der Duft von Lemongras stieg Judith in die Nase. Was für eine Wohltat nach dem Gestank von Autoabgasen und kochendem Asphalt! Während sich Lisbeth den Taschen zuwandte, blieb Judith im Eingangsbereich stehen, nahm einen Schluck Wasser aus ihrer Flasche und versuchte ihre Augen an das Geblinke und Geglitzer zu gewöhnen. Was für eine geschmacklose Mode, ging es ihr durch den Kopf, als eine Frau aus dem Hinterzimmer trat und sie auf Italienisch begrüßte.

»*Buongiorno*«, erwiderte Lisbeth und ließ sich beim Stöbern nicht weiter stören.

»*Buongiorno*?«, sagte die Verkäuferin jetzt in Judiths Richtung.

Bloß einen Pulsschlag darauf begann es in ihren Ohren zu rauschen, und Übelkeit wallte in ihr auf. Halluzinierte sie oder war die Frau dort am Tresen Katharina?

Einen Moment lang starrten sie einander an. Die Person, die auch auf den zweiten Blick wie ihre Schulfreundin aussah, wurde aschfahl und suchte am Schuhregal Halt.

»Das ist jetzt nicht wahr, oder?«, presste sie hervor.

»Ich wusste nicht, dass du hier arbeitest«, entgegnete Judith kühl.

»Aber du wusstest, dass ich in Bordighera lebe, stimmt's?«

Bevor Judith antworten konnte, kam Lisbeth, eine schwarze Handtasche mit goldenen Verschlüssen und passender Goldkette schwenkend, heran.

»Hallo?«, fragte sie zögerlich.

»Das ist Lisbeth, meine Tochter«, sagte Judith.

»Hallo, Lisbeth.«

Katharina streckte ihr die Hand hin, Lisbeth nahm sie, musterte sie jedoch mit unverhohlener Reserviertheit.

»Also, Sie sind eine alte Schulfreundin von Mama?«

»Ganz genau«, erwiderte Katharina.

»Soll ich euch kurz allein lassen?« Lisbeth hob die Augenbrauen.

»Nein, nein, alles okay.« Katharina wedelte mit den rot lackierten Nägeln. »Ich muss auch gleich weitermachen. Vorhin kam eine neue Lieferung.«

Judith schnürte sich der Magen zu einem Knäuel zusammen. Seit Jahrzehnten hatten sie sich nicht gesehen, und Katharina fiel nichts Besseres ein, als von einer Lieferung zu sprechen?

»Mama?« Lisbeth wies mit dem Kinn in Richtung Ausgang. Keine Frage, sie spürte die Beklommenheit, die im Raum hing, und wollte lieber jetzt als gleich verschwinden. »Ich bin in zehn Minuten wieder da.« Sie stellte die Handtasche zurück ins Regal und machte, dass sie rauskam. Abermals ging das Glöckchen, dann fiel die Tür mit einem schmatzenden Geräusch ins Schloss.

»Magst du was trinken?« Katharina strich mit mechanischen Bewegungen das eng anliegende Etuikleid glatt. »Wasser? Saft?«

»Nein, danke.« Judith deutete auf ihren Rucksack. »Hab ich dabei.«

»Was machst du hier?«

»Urlaub.« Und weil Katharina sie mit gerunzelter Stirn musterte, schob sie hinterher: »Italien, Sonne, Strand und Dolce Vita.«

»Und du bist rein zufällig hier?«

»Ja, rein zufällig. Lisbeth sucht nach einer Handtasche. Und …« Sie brach ab.

»Ich meine, ob es Zufall ist, dass du in Bordighera Urlaub machst.«

»Für gewöhnlich tippe ich nicht nur mit dem Finger auf die Landkarte, sondern suche mir die Orte schon gezielt aus.«

Katharina schien die Ironie nicht zu bemerken oder bemerken zu wollen. Sie nickte und sagte: »Hat Friedrich gepetzt, dass ich hier lebe?«

»Wenn du es petzen nennen willst, ja, hat er. Aber das war jetzt auch nicht die große Neuigkeit. Ich wusste es von Lene. Und die …«

»Judith, was soll das?« Eine scharfe Falte zeichnete sich zwischen Katharinas Augenbrauen ab. »Du kommst hierher, nach so vielen Jahren, und …«

»Und dann platze ich ausgerechnet in deinen Laden, weil meine Tochter zufällig auf Glitzertaschen steht.«

»Wolltest du denn zu mir?«

Es wäre der richtige Moment gewesen, ihr zu sagen, dass sie sich vorgenommen hatte, später zu ihr zu gehen, aber Judith zuckte bloß mit den Schultern und ließ ihre Blicke schweifen. »Ist das dein Geschäft?«

»Ja.«

Judith nahm eine Clutch, klickte sie auf und wieder zu, dann stellte sie das Abendtäschchen zurück.

»Ich weiß, was du jetzt sagen willst. Taschen, das ist doch nichts. Aber das stimmt nicht. Ich bin sehr glücklich damit.«

Es lief schief, es lief so gründlich schief, dass Judith hätte heulen mögen.

»Lisbeth ist dir übrigens gut gelungen.«

»Danke«, erwiderte sie und schöpfte Mut, das Ruder vielleicht doch noch herumzureißen.

»Darf ich dich was fragen, Katharina?«

»Sicher.«

»Warum bist du nicht zu Lenes Party gekommen? Warum hast du Friedrich vorgeschickt?«

»Ich habe Friedrich nicht vorgeschickt. Er wollte unbedingt fahren. Ich nicht.«

»Und warum nicht?«

»Weil ich es nicht wollte?«

Wäre Katharina ihre Tochter, hätte Judith sie wegen der pampigen Antwort gerügt, aber sie beherrschte sich und fuhr eine Spur sanfter fort: »Du hättest Lene damit eine große Freude gemacht. Es war ihr Wunsch, dass wir alle zusammen feiern.«

Katharina schwieg, und Judith konnte an ihrem Gesichtsausdruck unmöglich ablesen, was sie dachte. Im nächsten Augenblick wandte sie sich ab und dekorierte die Taschen um. Den Shopper mit den goldenen Schnallen räumte sie nach vorne. Die grüne Kelly-Bag nahm sie in die Hand und begutachtete sie, als sähe sie sie zum ersten Mal. Wieder zog sich Judiths Magen schmerzhaft zusammen. Genau das hatte sie nicht gewollt. Katharina zu begegnen und in einem Meer unausgesprochener Sätze zu ertrinken.

»Tut mir leid, aber es ging nicht. Musste arbeiten.« Sie stellte die Kelly-Bag wieder weg und wischte mit der Hand über eine edle Aktenmappe.

Judith hatte verstanden. Diese Taschen hier waren ihre Welt. Sie, Lene und alles, was früher geschehen war, damit abgehakt.

»Also gut, dann mach mal weiter«, sagte Judith. »Ich will dich nicht länger aufhalten.«

Ihre Glieder fühlten sich bleischwer an, als sie zur Tür schlich. Dort drehte sie sich in der Hoffnung um, dass Katharina sie zurückhalten und in die Arme schließen würde. »Sag mal, dieser Mann am *Hotel Parigi* …«

Ihr linker Mundwinkel hob sich. »Der dort am Strand arbeitet?«

Judith nickte.

»Ja, das ist Robert.«

Den Namen aus Katharinas Mund zu hören sorgte dafür, dass Judiths Beine schlagartig weich wurden. Sie wusste nicht mal, warum das so war. Robert spielte keine Rolle mehr in ihrem Leben. Und das würde sich auch nicht mehr ändern.

»Seid ihr noch zusammen?«

»Ich will nicht über ihn reden, okay?«

»Na dann.« Judith hob matt die Hand. »Ciao, Katharina.«

»Ciao, Judi.«

Judith trat ins Freie, fing an zu rennen und rettete sich, weil die Tränen liefen, in den nächsten Hauseingang.

Warum um Himmels willen war sie bloß nach Bordighera gefahren? Warum hatte sie sich das angetan? Hätte sie nicht wissen müssen, dass es ein Fehler war, Katharina die Hand zu reichen?

*

»Lass dir doch von dieser blöden Kuh nicht die Laune verderben«, meinte Lisbeth, als sie kurz darauf in einer Bar saßen, zwei Spritz und die obligatorischen Pizza-Häppchen und Minisandwichs vor sich. Alkohol war keine Lösung, aber er betäubte ein wenig den Schmerz.

»Alles gut. Ich ärgere mich nur, dass ich so dumm war und es versucht habe.«

»Du hast sie überrumpelt! Deswegen war sie so ätzend zu dir.« Sie nahm die Orangenscheibe aus dem Glas und betrachtete sie gegen die Sonne. »Und wenn du es einfach noch mal probierst?«

»Niemals! Die Frau ist für mich gestorben.«

»Mama! Erinnerst du dich zufällig daran, was du mir bei meinem Liebeskummer geraten hast?«

Judith schwieg. Nippte am Spritz. Und schaute zu dem Jungen hinüber, der in einem hin und her schaukelnden Spielauto saß und vor Vergnügen juchzte.

»Dass ich das klären muss. Weil ich sonst nur unglücklich werde.«

»Und? Hast du es geklärt?«

Lisbeth nickte, und der Hauch eines Lächelns flog über ihr Gesicht. »Ja, hab ich. Er ... also, er sagt, dass er nichts mit dieser anderen Frau hatte.«

»Glaubst du ihm?«

»Ich habe eine andere Freundin angerufen. Die hat bestätigt, dass auf dieser einen Party nichts war. Sie war dabei.«

»Dann seid ihr jetzt wieder ein Paar?«

»Ich weiß nicht ... nein ... eher nicht.« Sie kniff die Augen zusammen. »Ganz ehrlich, Mama? Er wollte mich nicht mehr. Wieso sollte ich ihn jetzt wieder wollen?«

»Du wirst schon wissen, was richtig für dich ist. Ups, tut mir leid, das war jetzt schon wieder so ein Mama-Ratschlag.«

»Ich bin ja auch nicht besser. Mit meinen Tochter-Ratschlägen.«

»Schon in Ordnung. Wo ich jetzt keine Mutter mehr habe, die sich einmischen kann. Früher hat mich das wahnsinnig genervt, aber ganz ehrlich? Ich gäbe einiges darum, noch einmal von ihr einen Ratschlag zu bekommen.«

»Weiß ich doch, Mama.« Lisbeth schlang die Arme um sie, und Judith musste mit Wehmut daran denken, wie weich und rund sie sich noch vor ein paar Jahren angefühlt hatte. Der Babyspeck war verschwunden, die enge Verbindung zwischen ihnen geblieben.

»Mama?« Sie machte sich wieder los und runzelte die Stirn. »Wie hat sie sich eigentlich von dir verabschiedet?«

»Warum willst du das wissen?«

»Sag schon.«

»Wir haben uns nicht umarmt, falls du das denkst.«

»Sondern?«

»Katharina hat *Ciao, Judi* gesagt. Das war's.« Prompt hallte wieder Katharinas Stimme in ihren Ohren nach.

»Hat sie dich immer Judi genannt oder war das irgendwie ein Kosename?«

»Herrje, du kannst einen aber löchern! Mal so, mal so. Okay, vielleicht war es eher ein Kosename.«

»Aber dann ist doch alles klar.« Lisbeth grinste triumphierend. »Sie mag dich noch. Sie konnte es bloß nicht so zeigen.«

Judith glaubte nicht daran, sie kannte Katharina. Ihre Mimik hatte sich trotz der Jahre, die ins Land gegangen waren, kaum verändert. Unablässig hatte sie sie aus schmalen Augen gemustert und ihr Desinteresse, ja, Ablehnung signalisiert. Das *Judi* war ihr einfach so herausgerutscht. Aus alter Gewohnheit. Es hatte keinerlei Bedeutung.

Katharina

Bordighera, Juni 2019

Acht

Der Vormittag verlief ruhig. Wie jeden Donnerstag. Einmal die Woche war Markttag, und die Touristen, aber auch die Einheimischen zogen es vor, entlang der Promenade von Stand zu Stand zu bummeln und viel zu viel Plunder zu kaufen. Ledertaschen, Schuhe, Kleidung – das Sortiment kam aus Fernost, und alles gab es zu Schleuderpreisen. Keine Frage, da konnte Katharina mit ihren hochwertigen Markentaschen nicht mithalten. Und sie wollte es auch nicht. Ihr Geschäft stand für Qualität und guten Geschmack.

Am Nachmittag, nur wenige Minuten nach Ladenöffnung, betrat die erste Kundin des Tages den Shop. Beim Anblick der schlabberigen Pluderhose und des Trackerrucksacks war Katharina sofort klar, dass die Touristin nichts bei ihr kaufen würde. So drehte sie auch bloß eine Alibirunde durch den Laden, lächelte verlegen und murmelte etwas auf Deutsch.

»Ah, Deutsche?«, fragte Katharina, weil sie ihre unbeholfene Art rührte.

»Ja, Hamburg.«

Sie kamen ins Gespräch, Katharina erzählte, dass sie

ebenfalls aus Hamburg stamme. Und obwohl sie nur selten das Heimweh packte, ertappte sie sich dabei, dass sie die Frau am liebsten gar nicht mehr gehen lassen wollte. Sie liebte es, ihrer norddeutschen Sprachfärbung zu lauschen, und ein paar kostbare Augenblicke lang fühlte sie sich in frühere Zeiten zurückversetzt. Sie selbst hatte kaum noch Kontakte in die Heimat. Die einzigen Verbindungen waren ihre Mutter, die in einem Seniorenheim in Eppendorf lebte, und eine Tante. Ihre Freundschaften waren zerbrochen, entferntere Bekanntschaften mit der Zeit eingeschlafen. Sie hatte sich keine Mühe gegeben, vielleicht auch keine Kraft gehabt, Beziehungen am Leben zu erhalten, die sie immer nur an ihre Fehler von damals erinnerten. Friedrich bedauerte das zutiefst. Er fuhr von Zeit zu Zeit nach Hamburg, um hanseatische Luft zu schnuppern und seine Familie sowie alte Freunde zu treffen. Am liebsten in Begleitung von Katharina, aber wenn nicht gerade ein Besuch bei ihrer Mutter anstand, war sie Meisterin im Erfinden von Ausreden. Sie könne den Laden nicht der Aushilfe überlassen, und Emily wollte sie erst recht nicht in die Obhut einer Babysitterin oder einer Bekannten geben. Die Kleine nach Deutschland mitzunehmen kam inzwischen nicht mehr für sie infrage. Ihre demente Mutter schien Emily abzulehnen, nicht einmal hatte sie sie in den letzten Jahren in ihre Arme geschlossen und geherzt.

Die Frau erzählte von ihrem Sabbatical, bereits einen Monat sei sie unterwegs, ein weiterer würde sich anschließen. Toskana, Umbrien, Kampanien, Basilikata und Apulien hatte sie sich ausgeguckt.

»Oh, da haben Sie sich ja was vorgenommen!« Katharina kannte gerade mal Genua, Mailand und Rom – Venedig, Florenz und Neapel standen schon lange auf ihrer Wunschliste –, doch seit Emily auf der Welt war, hatten sich die Prioritäten verschoben. Sie war häuslich geworden. Manche nannten es spießig.

Die Hanseatin war kaum gegangen, da bimmelte die Glocke erneut. Noch in Gedanken an ihre Hamburger Zeit betrat Katharina den Geschäftsraum. Sie blickte auf, und ein heftiger Schwindel erfasste sie.

Da stand Judith, an ihrer Seite ein junges Mädchen, das ihr wie aus dem Gesicht geschnitten war.

Gerade noch hatte Katharina an sie denken müssen, da platzte sie in ihren Laden? Das war absurd!

Bitte, geh wieder, flehte ein Teil in ihr. Ein anderer wollte dagegen, dass sie blieb. Und was sprach eigentlich dagegen, Judith in die Arme schließen, mit ihr zu weinen und zu bedauern, dass alles so gekommen war?

Erst Stunden später, Katharina war an der Promenade joggen gegangen, hatte das Abendessen mit gewohnter Routine zubereitet und Emily ins Bett gebracht, liefen die Tränen. Friedrich setzte sich zu ihr aufs Sofa und wollte wissen, was genau passiert sei. Bisher hatte sie nur knapp von Judiths Aufkreuzen im Geschäft erzählt.

»Ich weiß nicht.«

»Du weißt es nicht?«

Sie schüttelte den Kopf. Tatsächlich erinnerte sie sich bloß an die frostige Stimmung zwischen ihnen; was sie im Einzelnen geredet hatten, hatte ihr Hirn gleich wieder ausradiert.

»Schatz, du musst mir ja nichts sagen.« Friedrich

streichelte sanft ihre Wange. »Aber ganz im Ernst? Du kannst dich wirklich nicht erinnern?«

Katharina hob müde den Blick. »Ich hab's verbockt, Friedrich. Wieder mal verbockt.« Wohl, weil sie nach wie vor das schlechte Gewissen quälte. Anders konnte sie sich ihre Reaktion kaum erklären. »Ich weiß, das war keine Glanzleistung.«

»Vielleicht kannst du es ja noch geraderücken. Weißt du, wie lange Judith bleibt und wo sie wohnt?«

»Nein, ich weiß gar nichts. Sagte ich doch schon. Und es gibt auch nichts geradezurücken. Die Freundschaft ist vor vielen Jahren auseinandergegangen. Jetzt ist es eben so. Und wäre Judith nicht bei mir aufgekreuzt, hätte ich ganz normal weitergelebt und nichts Schlimmes daran gefunden.«

Friedrich stand auf und schob die Hände in die Gesäßtaschen seiner Jeans. »Du bist eine wunderbare Frau, und ich liebe dich über alles, das ist dir schon klar, oder?«

Katharina nickte.

»Aber du hast ein Problem, mein Engel.«

»Wir haben alle unsere Probleme.«

»Aber wir laufen nicht weg oder stecken den Kopf in den Sand, wenn's mal brenzlig wird. Lene hat dich eingeladen – und was tust du? Bleibst feige zu Hause. Judith taucht bei dir im Laden auf, aber du gehst keinen Schritt auf sie zu oder … noch schlimmer … vergraulst sie. Weißt du, was ich manchmal denke? Dass du deshalb nach Italien gegangen bist. Um weit weg von Judith zu sein. Deiner ewigen Konkurrentin. Um dich nicht weiter mit ihr auseinandersetzen zu müssen. Weil es ja auch leichter ist, im eigenen Sud zu köcheln und die Vergangenheit ruhen zu lassen. Gute Nacht.«

Er gab ihr ein Küsschen auf die Stirn, so, wie ein Vater sein Kind küsste, dann ging er hinaus und überließ Katharina sich und ihren düsteren Gedanken.

Ja, Friedrich hatte recht. Zumindest ein wenig. Pure Feigheit hatte sie daran gehindert, zu Lenes Geburtstag zu fahren. Und doch hatte sie es nicht lassen können, später jedes Detail aus ihm herauszuquetschen. Jetzt lief Judith irgendwo in Bordighera herum, aber Katharina fiel nichts Besseres ein, als auf dem Bett zu liegen und zu weinen.

Nur einen Augenblick darauf traf sie eine Entscheidung. Sie würde Judith suchen. Es war zwar ein sinnloses Unterfangen, sie konnte überall und nirgends stecken, aber solange sie sich in der Wohnung verkroch, ging es ihr bloß noch schlechter.

Sie griff nach dem Haustürschlüssel und ihrem Telefon – eine Jacke brauchte sie nicht –, dann sagte sie Friedrich Bescheid, der im Wohnzimmer fernsah.

»Du gehst raus?«

»Passt du auf Emily auf?«

»Natürlich!«

»Dann bis gleich.«

»Willst du nach ihr schauen?«

Katharinas Herz hämmerte. »Ja.«

»Prima Idee. Viel Glück!«

Friedrich hauchte ihr ein Luftküsschen zu, dann verließ sie die Wohnung.

Judith

Bordighera, Juni 2019

Neun

Es gab nichts zu feiern, nein, ganz gewiss nicht, die zufällige Begegnung mit Katharina war katastrophal verlaufen. Doch weil der Abend zu schön war – der glutrote Sonnenball kitzelte minutenlang das Meer, versank darin und kolorierte den Himmel flammendrot –, legte Judith Lippenstift auf und zog sich ihre schicken Pumps an. Sie hatte sie nur für den Fall der Fälle eingesteckt, und dieser war nun eingetroffen. Man sollte auf die Pauke hauen, egal, wie verrückt das Leben gerade spielte.

»Äh, und was wird das jetzt?«, fragte Lisbeth. Sie hockte im Schneidersitz auf dem Bett und wedelte die frisch lackierten Nägel trocken.

»Hast du Hunger, mein Schatz?«

»Immer.«

»Gut, dann zieh dir was Hübsches an. Wir gehen essen. Hier im Hotel.«

Zum Glück war Lisbeth keins dieser Mädchen, die jedes Salatblatt dreimal umdrehten. Im Nu war sie aufgesprungen, fischte ein Volantkleid aus dem Schrank, band sich die Haare zum Zopf und war fertig.

Das Restaurant war gut besucht, aber als Hotelgäste bekamen sie den letzten freien Tisch mit Meerblick. Sie bestellten Pasta als ersten Gang, Fisch als Hauptgang, dazu orderte Judith einen edlen Cinque Terre.

»Und? Schmeckt er?« Judith ließ ihre Tochter probieren.

»Du weißt doch, ich kenn mich nicht so aus.« Lisbeth schnupperte am Glas und kostete ein zweites Mal.

»Entscheide.«

»Doch, lecker.«

Sie reckte den Daumen in die Höhe, und der Kellner schenkte ihnen ein.

»Hast du Papa angerufen?« Lisbeths Blick ging aus dem Fenster, wo glutrot gefärbte Wolken vor einer blauschwarzen Wand zu brennen schienen.

»Ja, wir telefonieren mindestens einmal am Tag.«

Lisbeth nickte zufrieden. Dass Judith und Tom sich scheiden lassen könnten, war seit Kindertagen ihre größte Sorge. Und auch wenn sie nun schon lange kein Kind mehr war, hatte sich nichts daran geändert. Sie und Tom waren ihre Festung, einziger Fixpunkt in einer Welt des Klimawandels, schwindender Ressourcen, explodierender Weltbevölkerung und machthungriger Schurken-Politiker.

Es dauerte nicht lange, und der Kellner servierte die Nudeln mit Pesto.

»Und du?«, fragte Judith arglos. »Noch was von Elias gehört?«

Lisbeth ließ die Gabel sinken. »Och bitte, lass uns über was anderes reden. Ich hatte ihn gerade mal vergessen.«

»Tut mir leid. Das wollte ich nicht.«

Sie konnte Lisbeths Dünnhäutigkeit durchaus nachvollziehen. Auch sie hatte kein Bedürfnis, über Katharina zu sprechen.

Lisbeth fragte nach Judiths neuer Rolle, sie wollte mehr erfahren, und als hätte jemand einen Schalter bei Judith umgelegt, geriet sie ins Monologisieren. Darüber wurde der Hauptgang, eine butterzarte Dorade mit Gemüse, gereicht. Beim Nachtisch, einer köstlichen Pannacotta, die sie sich mit einem Espresso gönnten, sagte Lisbeth wie aus heiterem Himmel: »So was könnte ich mir auch vorstellen.«

»Was?«

Ihr Zeigefinger deutete auf das Tässchen vor sich.

»Ich glaub, ich verstehe nicht ganz ...«

»Ich könnte Barista werden. In einer Kaffeebar.«

Judith verschlug es einen Moment die Sprache. Ihre Tochter wollte ... Kaffee kochen? War das denn überhaupt ein anerkannter Beruf? Und ließ sich davon der Lebensunterhalt bestreiten?

Lisbeth lachte auf.

»Mama, ich weiß genau, was du gerade gedacht hast.«

»Ach ja, was denn?«

»Dass das doch kein richtiger Beruf ist. Und man bestimmt nicht davon leben kann. Eben so typische Mama-Gedanken.«

»Da liegst du nicht ganz falsch.«

Lisbeth lehnte sich zu ihr hinüber und setzte ein breites Grinsen auf. »Chill mal, okay? Das ist erst mal nur so eine Idee. Ich hätte jedenfalls Lust dazu.«

Sie erzählte, dass man sie bei ihrem Job in Bielefeld

öfter an die Espressomaschine gelassen und sie ihre Sache ziemlich gut gemacht hatte.

»Und? Was sagst du, Mama?«

»Was soll ich sagen? Ich kenne mich damit nicht aus.«

»Es gibt spezielle Kurse«, fuhr Lisbeth fort. »Da lernt man alles über den Kaffeeanbau, übers Rösten, Mahlen und Brühen und natürlich auch das Handwerk. Also: Wie bereite ich den perfekten Espresso, den perfekten Cappuccino und so weiter zu.«

»Du hast ja ziemlich gründlich recherchiert.« Judith konnte sich ein Schmunzeln nicht verkneifen. Lisbeth war gar nicht mehr ihr unbedarftes Mädchen, im Gegenteil erschien sie ihr tough und erwachsen.

»Pass auf, es geht noch weiter. Ich könnte mich danach zur Röstmeisterin ausbilden lassen. Oder zur Kaffeeeinkäuferin.«

Lisbeths Augenbrauen hüpften auf und ab. Sie schien eine Antwort von ihr zu erwarten, und die sollte vorzugsweise positiv ausfallen.

»Ja, mach nur«, sagte Judith in dem Bemühen, genau die Mutter zu sein, die sie sich selbst gewünscht hatte.

»Wirklich? Dein Ernst?«

»Ja! Meinen Segen hast du. Ich hoffe nur, dass das nicht wieder ein Strohfeuer ist und du nach kurzer Zeit feststellst, dass du doch lieber Marihuana anbauen möchtest.«

»Kann alles passieren!« Lisbeth lachte glockenhell auf, und beim Blick über die Schulter stellte Judith fest, dass der junge Kellner, der sie bedient hatte, womöglich nicht ganz unschuldig daran war.

Sie ließen die Rechnung aufs Zimmer anschreiben, dann verließen sie untergehakt das Restaurant.

»Kurz ans Wasser?«, fragte Lisbeth.

»Schatz, ich bin müde.« Judith verspürte plötzlich eine bleierne Müdigkeit. Die Begegnung mit Katharina hatte sie aufgewühlt, jetzt wollte sie nur noch ins Bett.

»Ich doch auch. Nur ganz kurz.«

»Also gut.«

Lisbeth warf dem Kellner ein hinreißendes Lächeln zu, dann durchquerten sie den Speisesaal und traten in den Gang zum Hinterausgang.

»Läuft da was zwischen dir und dem Keller?«, wollte Judith wissen.

»Quatsch.«

Aus dem Augenwinkel sah Judith, dass ihre Tochter rot wurde. »Es tut nur gut zu wissen …«

»Was?«

»Dass es noch geht. Ich meine, dass mich noch irgendjemand gut findet.«

Judith prustete vor Lachen. »Glaub mir, dich werden noch sehr viele Männer gut finden.« Sie zog die Tür auf, die zur Promenade hinausging, gleichzeitig drückte jemand von außen dagegen, Judith taumelte rückwärts und trat dabei aus Versehen Lisbeth auf den Fuß.

»*I'm sorry*!«, rief der Mann. »*Mi dispiace*!«

Die Stimme war Judith so vertraut, dass ihr Körper reagierte, bevor sie ihr Gehirn einschalten konnte. Eine Gänsehaut kroch über ihre Arme und den Nacken, und dann begriff sie: Der Mann, mit dem sie beinahe zusammengeprallt wäre, war Robert.

*

»Judith?« Er tänzelte vor und zurück, als würde er bei einem Ballspiel drippeln. »Judith! Ich fass es nicht, was tust du hier?«

»Ich mache Urlaub. Mit meiner Tochter.« Judith drehte sich nach Lisbeth um, doch die hatte es auf einmal sehr eilig, den Fahrstuhl anzusteuern. Man sah ihre blonden Locken wippen, weg war sie.

Ein kurzer Moment des Schweigens trat ein. Judith taxierte Robert, gleichzeitig versuchte sie ihn nicht allzu neugierig anzustarren, einfach cool zu bleiben. Was schwer genug war. Sie hätte damit rechnen müssen, ihm über den Weg zu laufen, und doch kam die Begegnung an diesem Ort zu so später Stunde mehr als überraschend.

Sein Lachen: wie früher.

Seine Zähne: perfekt wie eh und je.

Seine Haare: raspelkurz.

Der Künstlertyp mit den verfilzten Locken war Vergangenheit, nun stand ein Mann mittleren Alters vor ihr. Er sah immer noch gut aus, keine Frage, aber anders *gut*. Eine Spur verlebt, lediglich die runde Brille und die karamellbraunen Augen erinnerten an den Intellektuellen von damals.

»Das ist so schön, dich zu sehen, Judith, weißt du das? Entschuldige, ich hab dich gar nicht richtig begrüßt.« Er breitete seine Arme aus und wollte sie drücken, aber Judith wich zurück.

»Ich hab jetzt Feierabend. Darf ich dich in der Bar auf einen Drink einladen?«

»Ähm, eigentlich wollte ich mit meiner Tochter …« Ihre Stimme versagte. Ja, was wollte sie mit Lisbeth machen? Fernsehen? Auf dem Balkon sitzen? Alles

Dinge, die nicht dringlich waren. Und weil sie froh war, dass Robert nicht so abweisend wie Katharina reagierte, gab sie sich einen Ruck und sagte: »In fünf Minuten in der Bar. Ich sag nur rasch meiner Tochter Bescheid.«

Klopfenden Herzens fuhr sie hinauf in den zweiten Stock. Es schlug weiterhin wild, als sie Lisbeth unbeholfen zu erklären versuchte, dass sie gleich mit Robert ein Glas irgendwas trinken würde. Erst als sie im Bad einen Blick in den Spiegel warf, beruhigte sie sich ein wenig. Es gab keinen Grund, nervös zu sein. Ihr brannten unzählige Fragen auf den Nägeln, und womöglich würde es Antworten geben, die ihr nicht schmeckten, aber sie hatte die Reise nicht angetreten, um jetzt zu kneifen.

Sie entschied sich für einen Hauch Parfüm und den rosenholzfarbenen Lippenstift, und als sie aus dem Badezimmer kam, sagte Lisbeth prompt: »Du steigst aber nicht mit ihm ins Bett, oder?«

»Bist du verrückt?« Judith lachte auf. »Natürlich nicht! Was denkst du denn von mir? Ich habe wirklich Besseres zu tun, als mit dem Mann, der mich vor zwei Jahrzehnten so übel verletzt hat, etwas anzufangen. Und falls es dich beruhigt: Er ist gar nicht mehr mein Typ.«

Lisbeth nickte ihr generös zu und verschwand im Bad, Judith machte sich auf den Weg nach unten.

Robert fläzte in einem der Loungesessel vorm Hotel, zwei Gläser Limoncello standen vor ihm auf dem tiefen Tisch. Über ihnen spannte sich der nachtschwarze Himmel. Kurz trat der Mond hervor und pinselte das Meer silbrig an, dann verschwand er gleich wieder hinter einer Wolke.

»Ich hab mir erlaubt, ein Glas für dich mitzubestellen. Trinkst du überhaupt noch Limoncello?«

»Nur wenn man mich zwingt. Sonst ziehe ich doch eher trockenen Wein vor.«

Er hob lächelnd das Glas und prostete ihr zu.

»Auf unser Wiedersehen.«

Der Likör, den sie damals so geliebt hatte, rann ihr viel zu süß und klebrig die Kehle hinab. Am liebsten hätte sie ihn gleich wieder ausgespuckt, aber sie schluckte ihn tapfer hinunter und versuchte damit klarzukommen, dass ihre einst große Liebe und der Mann, der vor ihr saß, ein- und dieselbe Person waren. Bruchstücke vergangener Liebesnächte fluteten ihr Hirn. Ein Teil in ihr nahm verwundert zur Kenntnis, dass all diese Dinge zwischen ihnen passiert waren, ein anderer war erleichtert, dass sie so gar nichts fühlte. Der Groll, den sie so viele Jahre mit sich herumgeschleppt hatte, war verschwunden, aber auch die Freude über das Wiedersehen hielt sich in Grenzen.

»Soso«, sagte Robert.

Judith hob die Augenbrauen und konterte mit einem ebenso nichtssagenden: »Soso.«

»Du hast also eine Tochter«, schob er nach.

»Sie heißt Lisbeth.«

»Schöner Name. Apartes Mädchen. Wie alt?«

»Neunzehn. Sie studiert in Bielefeld.« Die neuesten Entwicklungen taten beim ersten Herantasten nichts zur Sache.

»Und... gibt es auch einen Vater zu dem hübschen Kind?«

»Ja, normalerweise gehört ein Vater zu einem Kind.

Haben wir zwei doch bei der Brüggemann in Bio gelernt, nicht wahr?«

Robert schmunzelte mit hochgezogenen Augenbrauen, und für einen Sekundenbruchteil fühlte sich Judith um Jahrzehnte zurückkatapultiert. In ihre Anfangszeit mit Robert, als er sich für den Nabel der Welt gehalten hatte. Heute erschien er ihr nicht mehr selbstherrlich, vielmehr jungenhaft verschmitzt.

»Und sonst so?«, fragte er.

»Willst du die Kurzfassung?«

»Für den Anfang, gerne.«

»Okay. Wohnort: Hamburg. Familienstand: verheiratet. Kinder: eine Tochter. Beruf: Schauspielerin.«

Judith nahm das Likörglas und leerte es lässig. Schauspielerin. Wusste er davon? Hatte er sie je in einer ihrer Rollen gesehen? Oder brachte ihn die Information aus dem Konzept? Judith genoss den Moment, es war wie ein später Triumph. Doch Robert ließ sich nicht anmerken, was er dachte, als er kurz darauf nickte. Mister Pokerface. Das hatte er schon damals perfekt draufgehabt.

»Jetzt mal zu dir, Robert.« Judiths Mund fühlte sich wie ausgedörrt an, als sie fortfuhr: »Bist du noch mit Katharina zusammen?«

»Nein.«

»Nein?«

»Judith, nein bedeutet nein. Hat sich das nicht bis zu dir rumgesprochen?«

»Nein, wie denn?«

»Über Friedrich.«

»Friedrich?« Judith lachte auf. »Friedrich ist ein

Spinner. Auf der Party bei Lene hat er uns nur Mist erzählt.«

»Welche Party bei Lene? Wie? Wo?«

Er klang ehrlich überrascht. Also hatte Lene ihn nicht eingeladen. Und offenbar standen Friedrich und Robert, obwohl sie beide in derselben Gegend lebten, nicht in engem Kontakt.

In knappen Worten brachte Judith ihn auf den neuesten Stand. Robert hörte ihr aufmerksam zu. Vielleicht war er auch enttäuscht, dass Lene nicht an ihn gedacht hatte, denn immer wieder kräuselte sich seine Stirn, und als die Kellnerin vorbeilief, bestellte er Limoncello nach. Judith hatte genug Alkohol getrunken, doch als ein weiteres Gläschen vor ihr stand, griff sie reflexartig danach.

»Seltsam«, sagte Robert. »Ich bin Katharina neulich in Ventimiglia über den Weg gelaufen. Sie hat keinen Ton gesagt.«

»Warum sollte sie? Sie hatte ja nicht vor, zur Party zu fahren.«

»Hat unser lieber Friedrich euch auch erzählt, mit wem er jetzt zusammen ist?«

»Nein? Mit wem?«

»Na, rate mal.«

»Aber nicht mit Katharina.«

»O doch.«

»Nicht dein Ernst!« Judith kippte den Rest Limoncello auf ex hinunter.

Robert grinste, wobei sich nur seine Mundwinkel leicht hoben. »Katharina und ich sind ja damals in die Wohnung ihrer Eltern gezogen. Jetzt hat es sich Friedrich dort bequem gemacht.«

Friedrich und Katharina. Judith konnte sich alle möglichen Paarungen vorstellen, aber ausgerechnet die beiden? Das lag außerhalb ihrer Vorstellungskraft.

»Er war doch schon zu Schulzeiten in Katharina verknallt«, sprach er weiter.

»Ach, wirklich? Kann mich gar nicht dran erinnern.« Das stimmte nicht ganz. Katharina hatte sich damals vor Verehrern kaum retten können.

»Er hat sie angebetet. Immer. Aber sie hat's nicht mal bemerkt.«

»Habt ihr euch seinetwegen getrennt?«

»Um Himmels willen, nein!« Robert wirkte fahrig, als er eine zerdrückte Zigarettenschachtel aus seiner Hosentasche angelte und sich eine anzündete. »Auch eine?«

Sie lehnte dankend ab.

»Wir haben uns schon vor langer Zeit getrennt«, fuhr Robert fort.

»Wie viele Jahre?«

»Ich weiß nicht genau. Achtzehn oder so. Ist doch auch egal.«

Judith verspürte einen ziehenden Schmerz in der Magengrube. »Und warum?«

»Das frag besser sie.«

Also gut. Er wollte nicht darüber sprechen, und womöglich ging es sie auch nichts an.

»Ihr seid nicht mal mehr Freunde?«

»Wenn wir uns mal zufällig sehen, reden wir miteinander, das schon. Aber mehr ist da nicht.«

»Warum lebst du dann noch hier?«

»Keine Ahnung. Hat sich so ergeben.« Er lachte auf

eine angenehm entspannte Art. »Du kannst auch sagen: Ich bin hier hängen geblieben. Und ganz ehrlich – die Riviera ist doch wunderschön.«

So viele Fragen lagen Judith auf der Zunge, aber da tönte Lisbeths Stimme von oben vom Balkon: »Mama, kommst du bald?«

»Ja, gleich, Schatz.«

Die Balkontür klappte zu, dann war nur noch das leise Rauschen des Meers zu hören.

»Willst du gehen, Judith?«

Sie sah auf die Uhr. »Einen Moment hab ich noch.«

»Ich bin erst vorletztes Jahr von Bordighera nach Ventimiglia gezogen.«

»Allein?«

»Allein.«

»Keine Beziehung?«

»Keine Beziehung.« Er machte eine kleine Pause. »Okay, nach Katharina hatte ich schon die eine oder andere Freundin, aber es war nichts Richtiges dabei.«

»Und du arbeitest hier am Strand?«

»Ja. Das findest du sicher seltsam, oder?«

»Na ja, schon ein bisschen.«

»Es ist auch noch ganz frisch. In den letzten Jahren hab ich mit einem Kumpel Wein verkauft, beim Sanremo-Festival gejobbt, in einer Bar ausgeholfen, und jetzt …« Er winkte wie ein Popstar, der in einem offenen Cabrio durch die jubelnde Menge kutschiert wurde. »Jetzt bin ich der Herrscher über rund hundert Sonnenliegen. Und soll ich dir was sagen? Es ist der beste Job, den ich je hatte.«

»Verstehe«, sagte Judith, ohne das alles auch nur

ansatzweise zu begreifen. Der begabteste Junge der Schule klappte Liegen am Strand aus? Aus ihm hätte alles werden können. Schauspieler, Regisseur, Arzt, Jurist.

»Ich weiß, das klingt nicht gerade glamourös, aber ich bin glücklich. Wirklich wahr!« Er rief nach der Kellnerin und zeigte auf die geleerten Gläser. »*Altri due, per cortesia*!«

»Moment, Robert, ich …«

»Na komm schon. Auf unser Wiedersehen. Ich meine, das ist so verrückt, dass wir uns hier in die Arme laufen. Du siehst übrigens immer noch fabelhaft aus.«

»Lass das, okay? Keine Anmache.«

»Tut mir leid, das ist nur die Wahrheit. Und ich wollte dich nicht anmachen.« Seine Augen verengten sich. »Judith«, hob er an, um sofort wieder abzubrechen.

»Ja?« Ihre Finger zitterten, als sie sich eine verirrte Haarsträhne aus dem Gesicht strich. War der Moment gekommen? Beantwortete er endlich die Fragen, die, seit sie hier saßen und Limoncello tranken, wie auf einer Banderole vor ihrem inneren Auge abliefen?

»Judith, du bist eine wahnsinnig gute Schauspielerin«, sagte er mit kratziger Stimme.

Also doch. Er wusste von ihrer Karriere.

»Ich habe dich in einigen Rollen gesehen … auf jeden Fall in allen Filmen, die ich nur irgendwie auftreiben konnte.« Er knetete seine sonnengebräunten Hände, dann lachte er leise auf. »Ich wollte es dir immer mal sagen, aber es hat sich nie die Gelegenheit ergeben. Du bist die Einzige von uns, die was aus ihrem Talent gemacht hat. Dafür bewundere ich dich. Das ist großartig.«

Judith fühlte Tränen aufsteigen. Nicht weinen, bitte nicht weinen!, redete sie sich im Stillen gut zu. Doch als Robert sich vorbeugte und ihr einen klebrigen Limoncello-Kuss auf die Wange drückte, war es mit ihrer Beherrschung vorbei.

»He, Judith! Tut mir leid…« Er sah sie lange an, dann schüttelte er den Kopf. »Du hast doch alles richtig gemacht. Du hast eine wunderbare Tochter, bestimmt auch einen großartigen Mann und den schönsten Beruf der Welt. Das sollte nur ein ehrliches Kompliment sein.«

»Danke, ist angekommen.«

Es berührte sie, dass er ihr im Gegensatz zu Katharina so zugewandt und offen gegenübertrat. Von dem Egomanen aus Schultagen war nichts mehr zu spüren.

»Warum bist du eigentlich nicht ans Theater gegangen? Oder an eine Filmhochschule? Du hättest doch das Zeug dazu gehabt.«

Robert sog die Luft scharf ein. »Vielleicht. Vielleicht aber auch nicht. Das Leben hat mir eben anders mitgespielt. Im Gegensatz zu dir bin ich außerdem ein richtig feiger Hund.«

Es klang traurig, und das war es wohl auch. Der Triumph, den sie zu Beginn des Gesprächs verspürt hatte, verflüchtigte sich im gleichen Maße, wie ihr der Alkohol mehr und mehr in den Kopf stieg.

»Darf ich dich was fragen, Robert? Nein, warte, ich muss dich das jetzt fragen.«

»Ich weiß schon…« Er hielt ihrem Blick stand. »Wegen der Reise. Warum ich nicht gekommen bin. Das interessiert dich sicher, oder?«

»Es interessiert mich nicht nur, ich will es endlich wissen. Seit mehr als zwanzig Jahren will ich das. Und ich finde, ich habe ein Recht darauf.«

»Natürlich. Hast du auch. Meine Schuld. Ich habe zwei Jahrzehnte lang versucht es zu verdrängen.« Er blickte zur Promenade hinüber, wo ein paar betrunkene junge Männer grölend vorbeitorkelten. »Es tut mir leid, Judith«, fuhr er fort, »aber ich kann's dir nicht sagen. Weil Katharina mit drinhängt und ich es ihr versprochen habe. Du sollst nur eins wissen: Ich war damals verrückt nach dir. Und vielleicht wären wir immer noch ein Paar und ich am Theater oder keine Ahnung wo, wenn es nicht zu dieser Affäre mit Katharina gekommen wäre.«

»Warum, Robert?«, fragte sie. »Wie konnte das passieren?«

»Ach, ich weiß auch nicht ... Du warst immer weg. Du hast genau das gelebt, was immer mein Traum war. Und dann war da Katharina. Die mir das Gefühl gegeben hat, dass ich ein wirklich toller Kerl bin.«

Einen Augenblick kam es ihr vor, als würde die Zeit stehen bleiben. Das Meer rauschte nicht mehr, und auch die Grillen, die eben noch in den Blumenkästen im Loungebereich gezirpt hatten, waren verstummt.

»Und dann?«

»Bitte, Judith. Zwing mich nicht. Sprich mit Katharina.«

»Das würde ich ja gern, aber sie will nicht. Ich war heute bei ihr im Laden.«

Roberts Augenbrauen begannen zu zucken. »Tatsächlich? Wusstest du, dass sie ...?«

»Nein, ich bin zufällig in das Geschäft gegangen. Lisbeth war auf der Suche nach einer Tasche. Aber … ganz ehrlich … es war die reinste Katastrophe.«

»Inwiefern?«

»Sie hat mich eiskalt abserviert.«

Robert nickte verständnisvoll. »Katharina tut mir leid.«

»Sie tut dir leid? Wer sich so benimmt, tut mir nicht leid. Sorry.«

»Ich glaube, tief im Innern ist sie sehr unglücklich. Vermutlich war sie noch nie richtig glücklich.« Er stieß einen leisen Seufzer aus. »Auch nicht, als ich mit ihr zusammen war.«

Judith nahm die Information emotionslos zur Kenntnis. Warum sollte sie Mitleid mit dieser Frau haben? Sie hätte auch keins mit Robert gehabt. Keiner von beiden hatte es je in Erwägung gezogen, sie über das, was damals passiert war, aufzuklären.

Robert warf einen Blick auf sein Handy. »Noch einen Absacker? Ein paar Minuten hab ich noch. Der letzte Zug geht kurz vor Mitternacht.«

Obwohl jede Zelle in Judith in Alarmbereitschaft war und eine Vernunftstimme ihr ein kategorisches Nein zuflüsterte, nickte sie. Morgen würde sie einen dicken Kopf haben, aber das war ihr egal. Es fühlte sich gut an, hier mit Robert zu sitzen und zu reden. Vertraut. Und ohne dass – zumindest von ihrer Seite – ein Funken von Erotik mit im Spiel war. Das entspannte sie und machte es leichter, ihm unbefangen gegenüberzutreten. Im Gegensatz zu Katharina hatte er sich zum Positiven entwickelt. Aus Robert Lewinsky war zwar kein bedeutender Regisseur geworden – er klappte nur Liegen am Hotelstrand aus –, dafür hatte er seine Allüren abgelegt und schien ein durch und durch anständiger Kerl zu sein.

Die Kellnerin brachte zwei weitere Gläschen Limoncello, Robert wollte gentlemanlike zahlen, doch Judith hatte bereits ihr Portemonnaie gezückt und beglich die Rechnung.

»Das solltest du aber nicht ...«

»Schon klar.«

Er grinste verlegen, kippte den Likör wie Wodka hinunter, dann sah er sie aus traurigen Augen an und sagte: »Mit dir an meiner Seite hätte mein Leben ganz anders verlaufen können.«

»Robert.« Sie schüttelte entschieden den Kopf. »Ich habe deinetwegen lange gelitten, sehr lange sogar, aber jetzt ... Es ist okay so, wie es ist.«

»Bist du glücklich?«

»Ja, das bin ich«, antwortete sie ehrlich.

Ein frischer Wind blies vom Meer her, als sie sich kurz darauf verabschiedeten. Judith wandte sich schon zum Gehen, doch Robert hielt sie am Arm zurück.

»Weißt du was?«, sagte er.

»Nein, aber du erzählst es mir sicher gleich.«

»Ich würde gerne ... also nur, wenn dir das recht ist ...«

»Was?«

»Weiter mit dir in Kontakt bleiben. Du hast mir die ganzen Jahre so gefehlt.«

»Wenn du mich nicht angräbst, gerne.«

»Käme ich nie im Leben drauf.« Er strich ihr flüchtig über die Wange. »Natürlich rein freundschaftlich. So hab ich das auch gemeint.«

Er schrieb ihr altmodisch seine Handynummer auf einen Zettel, dann ging er schnellen Schrittes davon, und Judith dachte, dass es sich allein wegen dieser kurzen Begegnung gelohnt hatte, nach Bordighera zu fahren.

*

»Mama?«, tönte Lisbeths Stimme im Dunkeln.

»Ja?«

»Du musst nicht so leise sein, ich bin eh wach.«

Das Licht ging an, und Lisbeth blinzelte ihr entgegen.

»O Mann, Mama!«, sagte sie.

»Wie bitte?«

»Du leuchtest ja richtig.«

»Tu ich das?«

Lisbeth schoss in die Senkrechte. »Sag bloß, du hast dich in deinen Ex verknallt.«

»Nein, hab ich nicht.«

»Du siehst aber ganz danach aus.«

»Komm, Schatz, schlaf weiter.«

»Das ist keine Antwort.«

»Ich habe einen Freund wiedergefunden, das ist alles. Und du wirst es nicht glauben. Das ist manchmal mehr wert, als eine alte Liebe wieder aufzuwärmen. Vor allem, wenn sie so mies geendet hat.«

Lisbeth schien beruhigt, löschte das Licht, und Judith verschwand mit ihrem Handy im Bad. Endlich den Limoncello-Geschmack ausspülen und die Zähne putzen. Sie schminkte sich ab, dann setzte sie sich auf den Klodeckel und schrieb Lene eine Nachricht: *Bist du noch wach? Kann ich dich anrufen?*

Sie hatte die Nachricht kaum losgeschickt, da klingelte ihr Handy.

»Hast du sie getroffen?«, fragte sie atemlos.

»Ja, sie und ihn.«

»Oh, wirklich? Wie war's?«

Und sich in dem Bewusstsein wiegend, eine weitere schlaflose Stunde im Bad zu verbringen, hockte sich Judith auf den Klodeckel und begann zu erzählen.

*

Judith schreckte hoch, als etwas Kaltes in ihr Dekolleté tropfte.

»Lisbeth, spinnst du?«

Ihre Tochter kicherte. »Du musst dich eincremen! Sagst du doch immer. Sonst verbrennst du.«

Judith zog eine Fratze, dann verrieb sie folgsam die Sonnenmilch. Der gestrige Tag und der Abend waren so aufwühlend gewesen, dass sie die Nacht schlaflos verbracht und Lisbeths leisem Schnarchen gelauscht hatte. Gegen halb fünf war sie aufgestanden, hatte den Tag auf dem Balkon begrüßt und in den Briefen ihrer Mutter geschmökert. Mal hatten sich ihre Augen aus Mitleid mit Tränen gefüllt, mal hatte sie schmunzeln müssen, weil die lebendige, ja, fröhliche Seite ihrer Mutter aufgeblitzt war. Also doch. Neben all der Traurigkeit war sie auch eine Frau mit Träumen und Sehnsüchten gewesen. Bedauerlich, dass sie als Buchhalterin in der Dachdeckerfirma ihres Mannes verkümmert war. Erst als die Sonne übers Meer kroch und den Tag ankündigte, hatte Judith die Briefe in ihre Tasche zurückgesteckt, war ins Bett geschlüpft und für zwei Stunden eingeschlafen.

Müde war sie immer noch. Also schloss sie noch einmal die Augen, und ihre Gedanken schweiften zu Robert. Zum Glück hatte er am Vormittag frei. Sie brauchte Abstand, musste erst alles sacken lassen.

»Komm, Mama. Baden.«

»Geh allein, Schatz.«

»Du bist so langweilig!«

Und nur, weil ihre Tochter nicht lockerließ, raffte sie sich auf und stakste über den Kiesstrand zum Meer. Das eiskalte Wasser raubte ihr im ersten Moment den Atem, im zweiten Moment fühlte es sich herrlich erfrischend an, und an Lisbeths Seite schwamm sie am Ufer entlang. Mal kraulte Lisbeth vor, mal zog Judith das Tempo an oder sie drehte sich auf den Rücken, ließ sich treiben und sah dem Spiel der Wolken zu.

»Was hast du gestern eigentlich noch so lange mit Lene bequatscht?«, wollte Lisbeth wissen, als sie sich später, in ihre Handtücher gewickelt, auf den Sonnenliegen ausstreckten.

»Nichts weiter.«

»Oh, danke für die äußerst präzise Antwort.« Lisbeth fing an zu schielen.

»Was fragst du auch so neugierig? Ich hab ihr natürlich von Katharina und Robert erzählt.«

»Und? Was sagt sie?«

»Das Gleiche wie du. Ich soll noch mal mit Katharina reden.«

»Und tust du's?«

»Mal sehen.«

»Mal sehen! Du hast es heute aber mit den dämlichen Antworten.«

»Ja, okay, ich geh zu ihr«, sagte sie, damit Lisbeth endlich Ruhe gab.

»Wann?«

»Jetzt drängle mich bitte nicht so, ich bin müde.«

»Mama! Schieb's nicht auf.«

»Also gut, später.«

Lisbeth fand das *cool* und *mega*, dann schob sie die Sonnenbrille auf die Nase und vertiefte sich in ihr Buch.

Nach dem Mittagessen – sie aßen ein Sandwich mit Mozzarella und Tomate in der Hotelbar – wollte Lisbeth sich im klimatisierten Zimmer aufs Bett legen.

»Kommst du mit, Mama?«, fragte sie, woraufhin Judith verneinte. »Ich bin dann mal für eine Stunde weg.«

»Du machst es?« Lisbeths Augen flackerten nervös.

»Ja, und jetzt lass mich gehen, bevor ich es mir anders überlege.«

»Toi, toi, toi!«, rief ihre Tochter ihr nach.

Es waren nur ein paar Minuten bis zum Bahnhof, aber Judith lief der Schweiß die Schläfen hinab. Die Mittagshitze trug ihren Teil dazu bei, ebenso wie ihre Angst. Sie rechnete damit, dass ihr Katharina – wenn sie denn überhaupt zu Hause war – gleich wieder die Tür vor der Nase zuschlagen würde, und das war kein angenehmes Gefühl.

Das hellgelbe Haus mit den grünen Fensterläden leuchtete Judith schon von Weitem entgegen. Das musste es sein. Es stand so unschuldig da, als hätten dort niemals die wilden Knutschabenteuer von ein paar unreifen

Jugendlichen stattgefunden. Und sie konnte sich auch nicht vorstellen, dass ihre ehemals beste Freundin mit ihrem Klassenkameraden Friedrich darin wohnte.

Judiths Schritte wurden schleppender, und ihr Blick glitt die Fassade hinauf. Die zweite Etage, mit einem Mal erinnerte sie sich genau. Ein Wäscheständer stand neben zusammengeklappten Stühlen und einer vertrockneten Pflanze. Nur der Limonenbaum vorm Haus wuchs und gedieh und präsentierte die prächtigsten Früchte.

Ein unbehagliches Gefühl flog sie an, als sie den Eingang ansteuerte und die Klingelschilder scannte. *Ruhe/Maier* stach es ihr zwischen all den italienischen Namen ins Auge.

Sie klingelte.

Nichts geschah.

Sie läutete ein zweites Mal, da ging der Summer, und Friedrichs Stimme ertönte: »Liebes, hast du den Schlüssel vergessen?«

Er schien keine Antwort zu erwarten, und Judith stieß die Tür auf. Offensichtlich war Katharina nicht da, was Judith erleichterte, aber auch aus dem Konzept brachte. Sie wollte es hinter sich bringen, nicht noch einen dritten Anlauf nehmen müssen.

Die Stufen knarrten wie eh und je, und der Duft geschmorter Zwiebeln hing in der Luft. Je weiter sie nach oben kam, desto stärker wurde der Essensgeruch. Er schien aus der Wohnung im ersten Stock zu kommen, die Tür war angelehnt.

Einen Pulsschlag darauf stand Judith vor der Eingangstür, die grüne Farbe blätterte ab, und sie wusste nicht, was sie tun sollte. Hineinspazieren? Noch einmal klopfen?

Gelächter drang aus dem Innern der Wohnung, trappelnde Schritte waren auf den Dielen zu hören, im nächsten Augenblick flog die Tür auf.

Ein Mädchen stand dort. Es war etwa sechs oder sieben, hatte Katharinas grüngraue Augen, gebräunte Haut und Afrohaare.

»Hallo?«, sagte Judith. Und dann wusste sie nicht weiter. Wer war das?

Schon ließ die Kleine die Klinke los, polterte zurück über den Flur und rief: »Papa, das ist nicht Mama. Da ist eine Frau.«

»Frau Pisani?«, hörte sie Friedrich fragen, da trat er aus der Küche. Natürlich erinnerte sie sich. Zweite Tür links. In dem Zimmer gegenüber, in dem das Mädchen verschwand, hatten sie damals geknutscht.

»Judith!«, rief er aus. »Wie schön, dich zu sehen!«

Er eilte auf sie zu, schloss sie in seine Arme und zerquetschte sie fast. Dann ließ er sie abrupt los und musterte sie mit hochgezogenen Augenbrauen. »Du wunderst dich sicher, dass ich hier mit Küchenschürze stehe …«

»Nein, eigentlich nicht. Robert hat mir von euch erzählt. Ich bin ihm gestern zufällig im *Hotel Parigi* begegnet.«

»Ach ja, da treibt er sich rum.« Friedrich rieb sich den Nasenrücken. »Tut mir leid, dass ich auf der Party so … so verdruckst war.« Er lachte heiser auf. »Ich war angetrunken. Und ich wollte Katharina nicht in den Rücken fallen.«

»Ist sie denn da?«

Judith warf einen verstohlenen Blick auf die Fotogalerie an der Wand. Überall Aufnahmen von dem Mädchen mit dem krausen Haar. Man sah die Kleine als Baby auf Katharinas Arm, als Kleinkind im Buggy, mit Sonnenmützchen am Meer, mit Schultüte und fehlenden Schneidezähnen.

»Nein, sie ist noch im Laden. Aber sie wird sicher bald hier sein. Magst du warten? Ich bin gerade am Kochen.«

»Wenn's dir nichts ausmacht.«

»Natürlich macht mir das nichts aus. Ich freue mich. He, Judith, ich freue mich wirklich!« Er klopfte ihr auf die Schulter. »Und Katharina wird auch entzückt sein.«

»Das glaube ich kaum«, erwiderte sie, während sie Friedrich über den Flur folgte. Kinderschuhe, Bücher und Spielzeug – alles flog durcheinander.

Friedrich nahm ein Geschirrtuch vom Stuhl und bot Judith den Platz an.

»Magst du was trinken? Ein Glas Sekt vielleicht?«

»Nein, danke. Nur Wasser.« Sie setzte sich und blickte sich um. Alles sah wie damals aus. Die Siebzigerjahre-Einbauküche, in der sie gekocht, getrunken und gefeiert hatten.

Friedrich stellte ihr ein Glas und eine Flasche Acqua Panna hin. »Katharina war gestern ziemlich fertig.«

»Ach, tatsächlich?«

»Ja. Weil eure Begegnung im Laden eher … na ja, suboptimal verlaufen ist.«

»Suboptimal, da sagst du was.« Judith rang nach Atem. »Das war das Hinterletzte! So behandelt man nicht die ehemals beste Freundin.«

»Es tut ihr ausgesprochen leid. Ich will sie nicht in Schutz nehmen, aber ich glaube, sie war überrumpelt. Und hat dann überreagiert.«

Friedrich nahm einen Becher Tee von der Fensterbank und setzte sich zu ihr.

»Aber jetzt erzähl mal. Bist du hier in den Ferien?«

Judith trank das Glas auf ex und schenkte sich ohne zu fragen nach.

»Ich hab die Gelegenheit genutzt und bin von Luzern aus gleich weitergereist. Meine Tochter ist aus Bielefeld gekommen. So haben wir mal ein paar Tage für uns.«

»Klingt super. Freut mich.« Er machte eine ausladende Handbewegung. »Da siehst du mal wieder unsere alte Party-Location. Wir haben gerade erst alles renoviert. Also, bis auf die Küche. Dazu fehlt uns im Moment das Geld. Guck dich nur um, wenn du magst.«

Judith rührte sich nicht vom Fleck. Sie hatte nicht das geringste Bedürfnis, hier herumzuschnüffeln. Sie war gekommen, um noch einmal mit Katharina zu sprechen – mehr nicht.

Das Mädchen war lautlos durch die angelehnte Küchentür geflutscht und musterte Judith mit unverhohlener Neugier.

»Wie heißt du?«, fragte es.

»Judith. Und du?«

»Emily.«

»Schöner Name.«

Die Kleine schob die Unterlippe vor, dann machte sie auf dem Absatz kehrt und verschwand ebenso leise, wie sie gekommen war.

»Eure Tochter?«

Friedrich nickte.

»Hübsches Mädchen.«

»Also gut, ich gestehe. Ich bin nicht der leibliche Vater.« Er grinste schief. »Sieht man ja.«

»Kein Problem. Geht mich ja auch nichts an.«

»Soll ich Katharina anrufen?«

»Schon okay, ich kann warten.« Schließlich hab ich über zwanzig Jahre gewartet, ging es ihr durch den Kopf.

Friedrich gab eine Dose Kirschtomaten zu den Zwiebeln, er würzte das Ganze mit routinierten Handgriffen, dann rührte er um.

»Vielleicht einen Kaffee?« Er blickte sie über die Schulter hinweg an.

»Sehr gern.«

Kaffee ging immer. Wenn man nichts zu sagen wusste. Wenn man unzählige Fragen hatte und sich zugleich vor den Antworten fürchtete. Und auch, wenn ein Wasserglas nicht reichte, um sich daran festzuhalten.

»Friedrich?«

Er stellte die Caffettiera auf den Gasherd. »Ja?«

»Wie lange seid ihr eigentlich schon zusammen?«

»Fünf Jahre.«

»Aha? Und wie ist es ... ich meine ...«

»Wie wir zusammengekommen sind?« Friedrich schnitt eine alberne Fratze.

»Genau.«

»Wir haben uns mal in Sanremo getroffen, als ich dort im Urlaub war«, fuhr er fort. »Da hat's dann gefunkt.«

»Von jetzt auf gleich?«, hakte Judith ungläubig nach. Unvorstellbar, dass Katharina plötzlich ihre Gefühle für Friedrich entdeckt haben sollte.

»Nein, ganz so war's nicht.« Friedrich schwang den Kaffeelöffel wie einen Dirigentenstab. »In den Jahren darauf bin ich häufig nach Bordighera gefahren und habe Katharina, wie sie später mal meinte … ziemlich heftig umworben. Und irgendwann hat's auch bei ihr klick gemacht. Sonst noch Fragen?«

»Nein. Nein! Ich freue mich für euch.«

Vielleicht hatte Katharina ja auch nur einen Ersatzvater und Ernährer für das Mädchen gesucht. Und Friedrich war mit seiner fürsorglichen Art genau im richtigen Moment gekommen. Aber sie wollte nicht urteilen, das war nicht fair. Sosehr sie früher über Friedrich gelästert hatten, war es dennoch nicht ausgeschlossen, dass sich Gefühle bei Katharina entwickelt hatten.

»Und dann bist du gleich nach Bordighera gezogen?«

Friedrich verneinte. Die Caffettiera begann zu zischen und zu blubbern, und er drehte das Gas runter.

»Ich hatte gerade meine Eltern beerdigt und musste erst einmal die Formalitäten abwickeln … Ich bin in der Zeit aber öfter zu ihr gefahren. Wir wollten erst mal gucken, ob Emily mich akzeptiert. Ein Jahr darauf haben wir den Schritt gewagt.« Seine Augen blitzten. »Und es bis heute nicht bereut.«

Was für ein Happy End! Sie gönnte es Friedrich, der sich zu Schulzeiten so oft als das fünfte Rad am Wagen gefühlt haben musste.

»Friedrich, warum warst du wirklich auf der Party?«, fragte sie. »Ja wohl kaum wegen Lene, oder?«

Friedrich setzte sich mit der Kaffeekanne zu ihr an den Tisch und schenkte ein. »Nein, wegen Katharina.

Sie tut zwar immer so fröhlich, aber ich glaube, sie ist oft latent unglücklich.«

»Wieso?« Genau das Gleiche hatte Robert gestern gesagt.

Friedrich blickte sie ernst an. »Hat nicht jeder sein Päckchen zu tragen?«

Judith nickte. Obwohl sie ihr Lebensgepäck gerade als verhältnismäßig leicht empfand.

»Katharina spricht nicht über euch. Sie redet überhaupt nicht über die Vergangenheit. Aber ich weiß, dass ihr immer ein Thema für sie wart und auch noch seid.«

»Wie kommst du darauf?«

»Keine Ahnung, ich spüre das. Sie macht immer dicht, wenn ich davon anfange. Sie war übrigens auch strikt dagegen, dass ich nach Luzern fahre.«

»Und warum hast du's trotzdem getan?«

»Ich hatte einfach Lust, Lene und vielleicht noch ein paar andere aus unserem Jahrgang wiederzusehen, klar. Aber ich dachte auch ... Also, wenn ich ihr später alles erzähle, wird es sie insgeheim freuen.« Er schob ihr die Zuckerdose rüber, aber Judith lehnte dankend ab. »Oder sie dazu ermutigen, sich wieder mit Lene oder auch dir in Verbindung zu setzen.«

»Weißt du was?« Judith trank den Kaffee in hastigen, kleinen Schlucken, dann stemmte sie sich am Tisch hoch. »Eigentlich soll man niemanden zu seinem Glück zwingen. Und wenn Katharina jeglicher Kontakt zu uns lästig ist, müssen wir das eben akzeptieren.«

»Du gehst jetzt aber nicht, oder?«

»Ich weiß nicht, ob es eine gute Idee war herzukommen.«

»Das weiß ich auch nicht, aber es ist eine Chance. Schlimm genug, dass Katharina kaum noch an den Strand geht, weil sie Angst hat, Robert über den Weg zu laufen.«

Emily war unbemerkt hereingetreten und schaute Judith ängstlich an. Anscheinend hatte sie die Stimme erhoben, was gar nicht ihre Absicht gewesen war. Es tat ihr in der Seele weh, die Kleine so verstört zu sehen.

Sie setzte ein Lächeln auf. »Na, Emily? Willst du dich zu uns setzen?«

»Magst du meine Mama nicht?«

»Doch, natürlich mag sie Mama«, sagte Friedrich an Judiths Stelle. »Die beiden waren früher mal ganz dicke Freundinnen. So wie du und Cinzia.«

»Oh!«, machte Emily und riss die Augen auf.

Im gleichen Moment klingelte Judiths Handy.

»Pardon, Friedrich. Das ist Lene.«

»Lene? Dann geh ran.«

Judith nahm das Smartphone mit auf den Flur und meldete sich gedämpft.

»Rat mal, wo ich gerade stecke.«

»Ich weiß nicht?« Lenes Stimme verströmte so viel Wärme und Herzlichkeit, dass Judith sich für einen Moment entspannte.

»Bei Katharina.«

»Nicht wahr! Und? Wie läuft's so?«

»Sie ist nicht zu Hause, aber Friedrich meint, sie kommt jeden Moment.«

»Dann bleib bitte, wo du bist.«

»Lene, ganz ehrlich. Ich weiß nicht, ob ich überhaupt noch mit ihr reden möchte. Katharina steckt bis zur

Halskrause in Problemen, und sie will wohl auch nicht, dass man hinter die Fassade blickt.«

»Deine Entscheidung. Aber rate mal, wo ich gerade bin.«

»Auf unserer Lieblingsbank am See?«

Lene lachte glockenhell. »Nein, in Bordighera am Bahnhof.«

»Du bist ja verrückt! Lene, du bist total verrückt!« Das Glück kam manchmal unverhofft, und jetzt bog es genau im richtigen Augenblick um die Ecke. »Kommst du?«

»Bin schon unterwegs«, sagte Lene. »Gib mir zwei Minuten.«

Katharina

Bordighera, Juni 2019

Zehn Sonnenstrahlen, die durch die heruntergelassenen Rollläden schienen, malten Streifen auf das Tohuwabohu aus Taschen und Kartons und zerschnitten den Bodenbelag wie mit einem scharfen Seziermesser. Eine eigenartige, fast unheimliche Szenerie, doch Katharina schottete sich in der Mittagspause gern vom Treiben auf der Straße und von der Hitze ab. Andernfalls passierte es laufend, dass Passanten an die Scheibe klopften und Einlass forderten. Meistens waren es genau die Leute, die sich zu den üblichen Geschäftszeiten nicht die Zeit zum Einkaufen nahmen, aber den Anspruch hatten, dass die Geschäfte rund um die Uhr geöffnet sein mussten.

Während der Siesta wollte Katharina allein sein. Allein mit ihren Gedanken an Judith, die sie am Vortag nirgends gesehen hatte. Nicht in einer der Bars auf dem Corso Italia oder entlang der Promenade und auch nicht in den verwinkelten Gassen der Altstadt. Eine Stunde war sie umhergeirrt, ständig in der Furcht, sich gleich ihrer ehemals besten Freundin erklären zu müssen. Sie wollte es ebenso sehr, wie sie jahrelang alles darangesetzt hatte, die Konfrontation zu vermeiden.

Katharina stellte das Radio an, dann machte sie sich an die Arbeit. Nach Judiths Überfall gestern war sie nicht mehr in der Lage gewesen, einen klaren Gedanken zu fassen, geschweige denn zu arbeiten. Auch jetzt verspürte sie nicht die geringste Lust, doch die Lieferung musste ausgepackt werden. Die Kunden sollten sich nicht wie auf dem Wochenmarkt fühlen, wo sich der Krempel aus Fernost auf den Wühltischen stapelte. Dabei ging sie stets mit System vor. Wurde neue Ware geliefert, dekorierte sie den Geschäftsbereich und auch das Schaufenster um, manchmal reduzierte sie ein paar Ladenhüter. Am Abend, das nahm sie sich fest vor, würde sie sich nochmals auf die Suche nach Judith begeben, und falls sie sie nicht finden würde, ihr in den nächsten Tagen einen Brief schreiben. Lene war sicher so lieb und leitete die Post nach Deutschland weiter.

Sie sah auf die Uhr: viertel vor zwei. Den Karton mit den ersten Herbstmodellen musste sie noch ausräumen. Danach würde sie Schluss machen, zu Hause einen Happen essen, Emily bei den Hausaufgaben helfen und sich ein wenig ausruhen, bevor sie am späten Nachmittag noch einmal aufbrach. Es hatte etliche Jahre gedauert, bis sie sich an den Rhythmus gewöhnt hatte; inzwischen mochte sie kaum noch auf die lange Mittagspause verzichten.

Die unifarbenen Beuteltaschen, aber auch die Microbags in Erdtönen gefielen ihr weitaus besser als die schrillen Teile der Frühjahrs- und Sommerkollektion. So ein winziges Täschchen besaß sie noch nicht, vielleicht sollte sich eins zulegen. Oft gingen sie mit Freunden ins Restaurant, da steckte sie nicht mehr als ihre

Kreditkarte, ein Taschentuch und ihren Lippenstift ein. Sie überlegte gerade, ob ihr die olivgrüne oder die braune mehr zusagte, als ihr Handy klingelte. Die Nummer des Pflegeheims ihrer Mutter in Hamburg – das verhieß nichts Gutes. Ihre Mutter war in der letzten Zeit immer schwächer geworden, an manchen Tagen schaffte sie es kaum noch zur Toilette.

Das Herz schlug Katharina bis zum Hals, als sie sich gespielt munter meldete. Wie ein Kind, das dachte, mit vors Gesicht gehaltenen Händen unsichtbar zu sein, glaubte ein Teil in ihr, das Unheil abwenden zu können, wenn sie nur fröhlich klang.

»Guten Tag, Frau Ruhe. Agaplesion, Bethanien-Höfe, Behnke.«

»Ja?«

»Es geht um Ihre Mutter.«

Natürlich. Worum auch sonst?

»Sie ist beim Toilettengang lang hingeschlagen und mit dem Kopf gegen den Heizkörper geprallt«, fuhr Frau Behnke fort. »Wir haben sie sicherheitshalber ins Krankenhaus einweisen lassen.«

»Sicherheitshalber?«, hörte sich Katharina überlaut sagen. »Was soll das heißen?«

»Noch ist nicht klar, warum sie gestürzt ist, verstehen Sie? Und bei ihrer ausgeprägten Osteoporose ist es auf jeden Fall ratsam …«

»Welches Krankenhaus?«

»UKE.«

»Danke«, sagte Katharina und legte auf.

Mit zittrigen Fingern googelte sie die Nummer und rief die Zentrale an. Erst war besetzt, dann hing sie in der Warteschleife, und als sie eine gefühlte Ewigkeit später einen Pfleger an die Strippe bekam, vertröstete dieser sie, ihre Mutter werde noch untersucht.

»Wann kann ich wieder anrufen?«

»Probieren Sie es gleich noch mal. Da wissen die Ärzte sicher schon mehr.«

Katharina wollte ihre Kontaktdaten dalassen, aber da verabschiedete sich der Pfleger bereits.

Gleich? Was sollte das heißen? *Gleich* konnte in fünf Minuten, in fünfzehn oder auch in einer Stunde sein.

Sie ließ alles stehen und liegen, rief von unterwegs Friedrich an, doch nur die Mailbox sprang an.

»Bin in fünf Minuten da«, japste sie. »Setz doch bitte Kaffee auf. Ich brauche einen extra starken. Meine Mutter ist im Krankenhaus.«

Sie beeilte sich, nach Hause zu kommen, drückte die Eingangstür auf und keuchte die Treppe nach oben. Gerade als sie aufschließen wollte, ging erneut ihr Handy. Sicher Friedrich, doch als sie die Nummer in Hamburg wiedererkannte, die sie soeben gewählt hatte, wurde ihr flau.

»Ja? Ruhe?«, sagte sie und stocherte mit dem Schlüssel im Schloss.

»UKE Hamburg, Dr. Braun«, erklang eine melodische Stimme, in die sie sich unter anderen Umständen sofort verliebt hätte. »Haben Sie mal einen Moment?«

»Ja?« *Klack!* machte es, die Flurbeleuchtung ging aus, und Katharina stand im Dunkeln.

Ihr Herz hämmerte, und das plötzliche Rauschen in ihren Ohren vermischte sich mit fröhlichem Gelächter aus der Wohnung. War das Emily? Aber nein, die Lachsalve hatte wie von einer erwachsenen Frau geklungen. Vielleicht war Signora Russo von nebenan zu Besuch.

Katharina ließ den Schlüssel los und drückte den Lichtschalter. »Was ist denn bei der Untersuchung rausgekommen? Hoffentlich hat sich meine Mutter nichts gebrochen?«

Der Mann am anderen Ende der Leitung hüstelte. »Frau Ruhe, es tut mir sehr leid ...« Er brach ab.

Das Rauschen in Katharinas Ohren wurde zu einem Tosen, als er fortfuhr: »Ihre Mutter ist verstorben. Herzstillstand. Wir haben noch Gegenmaßnahmen eingeleitet, aber ...« Der Arzt spulte medizinische Fachausdrücke ab, es klang wie ein Gedicht in einer Sprache, die Katharina nicht verstand.

Während mehr und mehr in ihr Bewusstsein sickerte, dass etwas Ungeheuerliches passiert war, etwas, vor dem sie sich so viele Jahre gefürchtet hatte, hörte sie sich sagen: »Aber das kann nicht sein, vorgestern habe ich doch noch mit ihr telefoniert.«

»Frau Ruhe, Sie können jederzeit wieder anrufen und Details erfragen, aber ich schlage vor, Sie setzen sich jetzt erst mal hin, trinken ein Glas Wasser und ...«

»Ja, vielen Dank auch.« Sie drückte das Gespräch weg, stand wie betäubt im Hausflur.

Und nun? Was tat man, wenn die Mutter gestorben war? Wie sollte das Leben weitergehen? Konnte es überhaupt weitergehen? Oder würde man von jetzt an immerzu traurig sein? Katharina hatte nicht das allerbeste Verhältnis zu ihrer Mutter gehabt, zudem war sie die letzten Jahre dement und hatte weder Friedrich noch Emily erkannt, trotzdem war sie ihre *Mutter.*

Sie schloss auf, wieder hörte sie jemanden lachen, dann rief Friedrich: »Katharina? Du hast Besuch!«

Besuch? Etwa Judith? Nein, sie würde nach der Abfuhr, die sie ihr erteilt hatte, freiwillig keinen Fuß in ihre Wohnung setzen. Aus Emilys Zimmer tönte Kindermusik, sie hörte ihre heiß geliebten italienischen Hörbücher, dann betrat Katharina die Küche. Tasche und Schüssel glitten ihr aus der Hand, als sie Friedrich gemeinsam mit Judith und Lene am Tisch sitzen sah.

»Mama ist tot«, sagte Katharina, und dann fiel sie Judith weinend in die Arme.

*

Der Tod relativiert so vieles. Das dachte Katharina, während sie in einem Meer aus Tränen davonschwamm und nicht wusste, wie sie die nächsten Minuten und Stunden, diese Nacht, die kommenden Wochen, Monate und Jahre überstehen sollte. Von jetzt auf gleich hatte der Tod ihrer Mutter ein Loch in ihr Leben gerissen, doch Lene und Judith fingen sie wie selbstverständlich auf. Als hätte es die lange Funkstille zwischen ihnen nicht gegeben. Sie stellten keine Fragen, machten ihr keine Vorwürfe, sie waren einfach für sie da und trösteten sie so einfühlsam, wie es wohl nicht mal Friedrich geschafft hätte. Mit Emily, die ebenfalls Rotz und Wasser heulte, verließ er kurz darauf die Wohnung. Er wollte mit der Kleinen am Lungomare ein Eis essen, damit sie sich, verstört durch den Emotionsausbruch ihrer Mutter, wieder fangen konnte.

Erst einige Zeit später – Katharina hatte mit ihrer

Schwester Isi in Hamburg telefoniert, Judith war nach nebenan in die Pasticceria gegangen, um Kuchen zu holen – schaffte sie es, mit den Freundinnen zu reden. Lene zu fragen, was sie hier mache, sich bei ihr zu entschuldigen, dass sie nicht zur Party gekommen war, und Judith um Verzeihung zu bitten, weil sie so schroff zu ihr gewesen war.

»Schon gut, Katharina, das ist doch jetzt ganz egal«, erwiderte Judith. »Das mit deiner Mutter … Ich weiß, wie sich das anfühlt. Ich hab's gerade letztes Jahr durchgemacht.«

Sie erzählte von der schweren Zeit nach dem Tod der Mutter, von Hilde und den Briefen, die sie vor Kurzem im Briefkasten vorgefunden hatte.

»Das war überhaupt der Grund, warum ich auf die Suche nach euch gegangen bin«, sagte sie. »Ich wollte nicht so werden wie meine Mutter. Die aus Gründen, die niemand nachvollziehen kann …«, sie sog die Luft scharf ein, »einfach den Kontakt zu ihrer besten Freundin abbricht.«

»Vielleicht ist irgendwas zwischen ihnen vorgefallen.« Ein Schmerz flackerte in Katharinas Brust auf. »Etwas ähnlich Gravierendes wie bei uns.«

Judith hob den Kopf. Ein Geflecht aus Falten wurde auf ihrer Stirn sichtbar, die Augen waren groß und starr. »Was ist denn zwischen uns vorgefallen?«

Schweigen hing in der Luft. Lene kratzte einen Zuckerrest aus der Espressotasse, an der sie sich schon seit geraumer Zeit festhielt. »Wollt ihr das wirklich jetzt besprechen?«

Judith zuckte kaum merklich mit den Schultern, doch

Katharina nickte und sagte: »Doch, ich will das jetzt besprechen. Ich hätte es viel früher tun sollen, und dafür schäme ich mich. Judith … Vielleicht wirst du mir nie verzeihen, ich hätte vollstes Verständnis dafür, aber lass es mich dir erklären.«

»Du musst das aber nicht ausgerechnet heute …«

»Es gibt keinen besseren Moment als jetzt, okay? Ich will nichts mehr aufschieben. Mama … sie ist tot!« Wieder liefen die Tränen. »Erst vor Kurzem wollte ich zu ihr fahren«, fuhr sie schluchzend fort, »aber dann ist Emily krank geworden, meine Aushilfe hatte keine Zeit, immer war etwas.«

»Soll ich besser gehen?«, fragte Lene.

»Natürlich nicht! Du gehörst doch zu uns.« Sie nahm ihre Hand, fuhr über die Adern, die deutlich hervortraten. »Danke, dass du gekommen bist, Lene. Irgendwie … Also, ich glaube, es hat sich alles richtig gefügt.«

Sie schloss für einen Moment die Augen, um sich zu sammeln, dann sagte sie in Judiths Richtung: »Du weißt ja, dass Robert und ich mal zusammen waren.«

Judith nickte. »Ist mir nicht entgangen.«

»Es war nicht nur eine Affäre für mich, das musst du mir glauben. Ich habe ihn sehr geliebt.«

Judiths Augenbrauen begannen einen nervösen Tanz aufzuführen.

»Ich weiß, ich hab immer auf cool gemacht. Aber in mir drin sah es ganz anders aus.«

Und dann begann sie zu erzählen.

Katharina

Hamburg, 1997

Es waren die letzten sommerwarmen Tage des Jahres, und ganz Hamburg war in ein goldenes Licht getaucht. Der Himmel leuchtete azurblau, überall sah man ausgelassene, Eis essende Menschen, aber Katharinas Stimmung glitt mehr und mehr in den Keller. Unter der Woche ging sie zur Uni, hörte mal in diese, mal in jene Vorlesung hinein, doch ihr anfängliches Interesse verdampfte wie eine Pfütze in der Sahara. Auch nach mehreren Semestern Romanistik war sie nach wie vor planlos, sie hangelte sich durch die Tage und grübelte über ihre Zukunft nach. Ihre Mutter verstand nicht, warum sie ihre Schauspielpläne damals so schnell begraben hatte. Sie habe es doch so sehr gewollt, und nur, weil Judith mehr Glück gehabt hatte als sie, hätte sie doch nicht gleich das Handtuch werfen müssen. Der Sohn einer entfernten Bekannten habe zweieinhalb Jahre vorgesprochen, und irgendwann habe es in Wien geklappt. Aber Katharina hatte nach Judiths Zusage im letzten Jahr keine Kraft mehr gehabt, die vielen Absagen hatten mächtig an ihrem Ego gekratzt. Man wollte sie nicht, das war eine unumstößliche Tatsache. Es musste doch auch etwas anderes geben, für das es sich aufzustehen lohnte. Nur was?

Die Wochenenden vertrödelte sie in einem Zustand quälender Sehnsucht in ihrem WG-Zimmer. Sie sehnte sich nach Robert, der sich wiederum nach Judith verzehrte. Gleichzeitig vermisste sie ihre beste Freundin, die in München in höheren Schauspielsphären schwebte und sich kaum noch in Hamburg blicken ließ.

Eines Abends – trübe Regenwolken hingen über der Stadt – lief ihr Robert über den Weg. Sie hatte sich aufgerafft und war ins *Abaton* gegangen, wo ein Rohmer-Film lief. Robert hatte dieselbe Idee gehabt, und nach dem Film, bei dem sie sich ihm auf eigenartige Weise nahe gefühlt hatte, gingen sie etwas trinken.

»Erzähl«, sagte sie und sah ihn prüfend an. Seit sie in den weichen Kinosesseln versunken waren, hatte er einen traurigen Zug um den Mund.

»Was soll ich erzählen?«

»Du hast doch irgendwas.«

Er bestellte zwei Bier, dann erzählte er von der Beziehungspause, die Judith eingefordert hatte.

»Beziehungspause? Was soll das heißen?«

Robert wischte fahrig durch die Luft. »Das heißt, dass Madame Judith im Moment keine Lust auf mich hat, und wer weiß … vielleicht auch grundsätzlich nicht mehr an mir interessiert ist und nur zu feige, mir das zu sagen.«

»Oh«, machte Katharina und wusste nicht, was sie erwidern sollte. Es tat ihr für Robert leid, dass er so litt. Doch ein Teil in ihr freute sich auch, dass sie ihn trösten durfte. Also hörte sie ihm zu, ohne ihm Ratschläge zu erteilen, und füllte ihn nebenher mit Bier und Schnaps ab. Oder hatten sie sich in ihrem Kummer gegenseitig abgefüllt? Sie strich ihm über den Arm, tätschelte seine kratzige Wange, und irgendwann griff er nach ihrer Hand und ließ sie nicht mehr los. Den Weg zu seiner WG torkelten sie. Dort warf er sie aufs Bett, und dann passierte, wonach sie sich so lange gesehnt hatte und was doch besser nie geschehen wäre.

Als Robert am nächsten Morgen verkatert aufwachte, ließ er nicht gleich wieder Küsse auf Katharina niederregnen, so, wie sie sich das erhofft hatte, sondern suhlte sich in Selbstmitleid. Was sei nur in ihn gefahren? Er wäre doch eigentlich gar nicht so. Über diese Klischeemänner, die es nicht mal eine kurze Zeit ohne Sex aushalten würden, habe er sich immer geärgert.

Katharina, die nach ihrer Weltschmerzphase zum ersten Mal wieder einen Anflug von Glück verspürt hatte, versuchte, es ihm auszureden.

»Na hör mal, Judith hat die Auszeit gewollt«, sagte sie beim Frühstück. Es gab einen Rest Sauerteigbrot, Butter und Marillenkonfitüre aus Roberts Heimat. »Also bist du auch nicht fremdgegangen.«

»Weiß ich ja, aber trotzdem …« Er lächelte sie schmerzlich an.

»Ja, trotzdem war es wunderschön!«, beharrte sie.

Eine Pause entstand. Nur die Kaffeemaschine zischte und gluckste und rülpste leise.

»Oder nicht?«, fuhr sie fort.

»Doch, Katharina, das war es.«

Robert gab ihr einen Kuss. Er war sanft und weich, aber nicht mehr hitzig wie in der Nacht auf dem zerknitterten Laken. Ein Abschiedskuss ohne einen Hauch von Erotik.

Vierzehn Tage verstrichen – und Robert meldete sich nicht bei ihr. Katharina hielt sich ebenfalls zurück. Aus Erfahrung wusste sie, dass man Männern nicht das Gefühl geben durfte, jederzeit verfügbar zu sein, das kränkte den Jäger in ihm. Doch als er auch nach drei Wochen nichts von sich hören ließ, ahnte sie, was das zu bedeuten hatte. Es gab ihn gar nicht, diesen Jäger, und falls doch, hieß seine Beute nicht Katharina, sondern Judith. Das tat weh. Dennoch wollte sie nicht aufgeben und klammerte sich an den Strohhalm, dass Robert, wenn sie sich nur oft genug trafen und wie früher über Theater, Inszenierungen und Schauspieler redeten, bemerkte, wie eloquent sie war. Und begehrenswert, das hatte er ihr in der Nacht doch wieder und wieder ins Ohr geflüstert.

Lene war ganz in ihr Psychologiestudium abgetaucht – bei ihr konnte sie nicht ihr Herz ausschütten –, also fraß Katharina den Kummer in sich hinein. Spaghetti bolognese, Sahnetorte, Schokolade mit salzigem Karamell – sie wusste nicht, woher die Gelüste auf einmal kamen, und zog erst die Notbremse, als sie innerhalb kürzester Zeit fünf Kilo zugelegt hatte. Auf die Idee, dass irgendetwas nicht mit ihr stimmte, kam sie erst, als eine entfernte Bekannte sie im Schwimmbad auf ihr üppiges Dekolleté ansprach. Katharina hatte es selbst bemerkt, ihre Brüste waren praller, der BH ging kaum zu, aber sie hatte es auf die paar Kilo zu viel geschoben.

Als sie dann zu Hause nachrechnete, der Schock: Ihre Periode war ausgeblieben, neun Tage war sie überfällig. Ein Ding der Unmöglichkeit, wo ihr Zyklus doch sonst präzise wie ein Schweizer Uhrwerk lief. Sie rechnete fieberhaft nach. Die Nacht mit Robert … Nein, es konnte nicht sein, was nicht sein durfte! Robert hatte sie gefragt, ob sie die Pille nahm – trotz zu viel Alkohol im Blut. Katharina hatte verneint, ihm aber versichert, dass sie *safe* sei. Stunden später – ein Schwangerschaftstest bestätigte, dass sie schwanger war – wusste sie kaum noch zu sagen, ob sie im Rausch der Endorphine leichtsinnig geworden war oder ob sie tatsächlich geglaubt hatte, ihre unfruchtbaren Tage zu haben. Robert war sofort zur Stelle. Er tröstete sie, weil sie abwechselnd hysterisch weinte und lachte und nicht wusste, was sie tun sollte.

»Alles gut.« Er lächelte ihr aufmunternd zu. »Wir finden eine Lösung.«

»Was meinst du damit? Willst du, dass ich es wegmachen lasse?«

Sein Lächeln erstarb. »Nein, Katharina, das würde ich nie von einer Frau verlangen.«

Er sagte es zwar im Brustton der Überzeugung, aber Katharina entging nicht die kleine Falte, die immer dann zwischen seinen Augenbrauen auftauchte, wenn ihm etwas gegen den Strich ging.

»Das war aber keine Absicht, oder?«, schob er mit kratziger Stimme nach.

»Nein! Was denkst du von mir?«

Robert glaubte ihr. Und sie selbst glaubte sich auch. Sie war nicht eine dieser Frauen, die sich schwängern ließen, um einen Kerl an sich zu binden. Denn das war einfach nur erbärmlich.

»Du musst da nur was wissen«, fuhr er zögerlich fort. »Judith und ich …« Er nahm die Brille ab und rieb sich die Augen.

»Was? Robert, WAS?«

»Wir sind wieder zusammen.«

Es fühlte sich an, als würde ein Messer ihre Eingeweide zerschneiden. Deshalb hatte er sich also nicht gemeldet. Aber sicher! Sie hätte selbst drauf kommen können! Alles lief so entsetzlich schief, doch sie nickte tapfer und schluckte die Tränen hinunter. Für einen Moment der Ekstase hatte sie die Quittung bekommen: schwanger. Und der Erzeuger, der Mann, den sie liebte, hatte sich aufs Neue von Judith rumkriegen lassen.

»Und jetzt?«, fragte sie.

Roberts Schultern rutschten nach oben. »Jetzt muss ich mit Judith reden. Wir wollten über das verlängerte Wochenende nach Portugal fahren. Um zu gucken, ob wir es noch mal miteinander hinkriegen.«

Hoffnung glomm in Katharina auf. Nur ganz zaghaft, wie ein Streifen Licht nach einer langen Nacht am Horizont. »Ihr seid im Moment also gar nicht richtig zusammen?«

»Doch, schon, ach, keine Ahnung…! Judith glaubt das. Sie denkt, sie muss nur einmal mit den Fingern schnippen, und alles ist wieder in Butter.« Er kniff die Augen zusammen. »Ehrlich gesagt weiß ich nicht, ob das noch mit uns passt. Judith hat sich so verändert, seit sie auf die Schauspielschule geht.«

Das war nichts Neues. Noch vor Kurzem hatte Katharina darunter gelitten, dass Judith sich an den Wochenenden nicht gemeldet hatte, in letzter Zeit war sie froh drum gewesen. Wozu sollte sie sich auch ihre Erfolgsgeschichten anhören? Um sich selbst noch mieser zu fühlen?

Vor dem Fenster zog die Dämmerung auf. In dem Bewusstsein, dass ihnen ein längerer Abend bevorstand, kochte Katharina Kräutertee für sich und Kaffee für Robert. Dann stellte sie Käse und Brot auf den Tisch, aber keiner von beiden bekam einen Bissen hinunter. Es begann zu regnen, die Tropfen klatschten gegen die Scheiben, und plötzlich hatte Robert Tränen in den Augen.

»Warum weinst du?«

»Weil… es doch eigentlich schön ist, dass du ein Kind bekommst.« Er lachte und zog die Nase hoch. »Und wir tun so, als sei das ein Weltuntergang.«

»Es ist aber ein Weltuntergang. Ich hab mir das früher immer wie im Kitschroman ausgemalt: Vater, Mutter, Kind, und alle sind bis in alle Ewigkeit glücklich miteinander.«

Robert sah sie lange an. Sehr lange, und ihr Magen zog sich in Wellen zusammen.

»Sag mir jetzt bitte sofort, was du denkst«, verlangte sie.

»Ich hab gedacht… Also, eigentlich ist es doch gar nicht so abwegig, dass man das Modell lebt.«

»Man?«

»Wir.«

»Im Ernst?«

Der Anflug eines Lächelns schlich sich in Roberts Gesicht, dann legte er seine Hand auf ihren Bauch. »He, du kleines Wesen«, sagte er leise. »Ich bin dein Vater. Hörst du mich?«

Er murmelte noch weitere zärtliche Worte, Katharina ließ ihn eine Weile gewähren, dann entzog sie sich ihm abrupt und stand auf.

»Was ist?«

»Robert, ich will nicht, dass du mir jetzt Hoffnungen

machst, und morgen stehe ich dann doch mit dem Kind allein da.«

»Das wirst du nicht.«

Ihr Herz schlug absurd schnell. Meinte er das wirklich ernst? Und wollte er sie, oder blieb er nur mit ihr zusammen, weil sie zufällig schwanger geworden war?

Sie nahm seine Jacke vom Stuhl und warf sie ihm zu.

»Du gehst jetzt besser mal nach Hause, und wenn du morgen immer noch derselben Meinung bist, komm zum Frühstück vorbei.« Sie knuffte ihn freundschaftlich. »Aber ich lass dich nur rein, wenn du Brötchen und Croissants dabeihast, okay?«

Am nächsten Morgen klingelte es um Punkt neun. Robert lehnte lässig im Türrahmen und wedelte mit einer Brötchentüte. Kurz darauf saßen sie an dem wackeligen Tisch in der WG-Küche, Eros Ramazzottis *Più bella cosa* quäkte aus dem Radio, und nach einer hastig hinuntergekippten Tasse Kaffee sagte er:

»Ich hab ihr geschrieben.«

»Was?«

»Dass ich nicht mit ihr verreisen kann und sie jemand anders mit nach Portugal nehmen soll.«

»Und weiter?«

»Nichts weiter.«

»Du hast ihr gar nichts von uns und der Schwangerschaft erzählt?«

»Nein. Das würde sie bloß noch mehr verletzen.«

»Aber sie wird es sowieso erfahren. Oder soll ich meinen Bauch und später mein Kind dann für immer verstecken?«

Robert lächelte schmerzlich. »Natürlich nicht. Aber

bis sie aus Portugal zurück ist, ist etwas Gras über die Sache gewachsen. Dann kann ich immer noch mit ihr reden.«

Katharina bemühte sich, gelassen zu wirken, aber alles in ihr war in Aufruhr. Judith hatte es nicht verdient, dass Robert sie so abfertigte. Niemand hatte das verdient.

Und doch war im Moment nur eines wichtig: dass sie und Robert sich neu sortierten, dass sie sich aneinander gewöhnten, zusammenrauften und lieben lernten, um für das heranwachsende Baby irgendwann ein richtiges Elternpaar zu sein.

*

Die Wochen vergingen. Von Hormonen geflutet, surfte Katharina auf meterhohen Glückswellen durchs Leben. Robert hatte sich für sie und das Kind entschieden – mehr ging nicht. Es war ihr kleines Geheimnis, das sie vorerst niemandem verrieten. Über ein paar Ecken erfuhren sie, dass Judith mit Lene nach Portugal gereist war, das schmälerte nicht nur Katharinas schlechtes Gewissen, auch Robert wirkte entspannt und mit sich im Reinen. Ob er sie liebte oder insgeheim Judith nachtrauerte, wusste Katharina nicht, doch selbst wenn es so war, ließ er sie es nicht spüren.

Es waren unbekümmerte, glückliche Tage. Sie mieteten sich in einer kleinen Pension auf Sylt ein, genossen den Wind, die raue Nordsee und die salzige Luft. Robert war bei ihr. Das war alles, was zählte. Egal, was später sein würde, wenn sich der Babybauch nicht mehr kaschieren ließ und die Leute Fragen stellen würden. Doch Katharina hatte nicht mit der Hellsicht ihrer Mutter gerechnet. Einen Tag nach ihrer Rückkehr fragte sie ihre Tochter, warum sie ihr nichts davon gesagt habe.

»Wovon?«

»Du bist schwanger, richtig?«

»Woher weißt du das?«

»Dann stimmt es?«

»Ja, mein Gott! Aber bitte behalt es für dich.«

Ihre Mutter schlug fassungslos die Hände vors Gesicht. Sie fand, dass es nicht der richtige Zeitpunkt war, und Robert, den sie im Spaß als eingebildeten Nichtsnutz bezeichnet hatte, schien alles andere als ihr favorisierter Schwiegersohn zu sein. Doch sie verkniff sich weitere bissige Bemerkungen und versprach ihr, sie jederzeit finanziell zu unterstützen. Es sollte wohl der Ausgleich für die seelische Vernachlässigung in ihrer Kindheit sein. Katharina bedankte sich und kehrte in ihr Liebesnest zurück.

Öfter in diesen Tagen, wenn sie vom Sex ermattet auf dem Laken lag und Robert über ihren Bauch strich, drifteten ihre Gedanken zurück in die Vergangenheit. Zu ihrem Vater, der sein Geld mit dubiosen Geschäften gemacht hatte, über die niemand je ein Wort verlor. Und zu ihrer Mutter, einem ehemals erfolgreichen Fotomodel, das immer noch um Anerkennung buhlte. Nach Isis und Katharinas Geburt hatte sie sich mehr Gedanken um ihre Figur gemacht als um ihre Töchter. Nur selten stand ein Mittagessen auf dem Tisch, eine Stulle und ein kaltes Würstchen taten es schließlich auch.

Katharina dagegen war von der ersten Sekunde an ein

Muttertier. Sie liebte es, schwanger zu sein. Je schwerer sie wurde, je mehr sich ihr Bauch wölbte, desto leichter fühlte sie sich innerlich. Als hätte sie endlich ihre Aufgabe im Leben gefunden. Kinder in die Welt setzen, sie großziehen und dafür sorgen, dass anständige Menschen aus ihnen wurden. Dagegen erschien ihr die Schauspielerei, aber auch der Stoff, der täglich an der Uni durch ihre Gehörgänge rauschte, banal. Stapelweise schaffte sie Literatur heran. Schwangerschaftsratgeber, Erziehungsratgeber, sie las Fachbücher zum Stillen, zum plötzlichen Kindstod und zur frühmusikalischen Erziehung. Robert schmunzelte bloß, machte sich aber nicht über sie lustig, wenn er sie wieder mal mit einem Buch, das sie auf dem inzwischen dezent gerundeten Bauch balancierte, auf dem Sofa vorfand.

Von Judith und Lene hatte sie seit Monaten nichts mehr gehört. Offenbar hatten sich die beiden in ihrem Portugalurlaub gegen sie und Robert verbündet. Katharina war das nur ganz recht. So musste sie sich ihnen nicht erklären. Niemandem musste sie sich erklären. Ihr Babybauch ließ sich nach wie vor unter weiten Pullovern und dem Parka aus dem Secondhandladen verbergen, sie durfte ganz unbehelligt schwanger sein.

An einem kalten Tag im Februar fand die zweite große Ultraschalluntersuchung statt. Katharina freute sich darauf. Sie liebte es, den Fötus auf dem Bildschirm zu beobachten, immer mehr die Menschwerdung ihres kleinen Mädchens zu erleben und ihren aufgeregten Herztönen zu lauschen. Später wollten sie und Robert essen gehen, ganz nobel im *Landhaus Scherrer*, einfach mal nicht aufs Geld achten.

Der Spender mit dem Ultraschallgel schmatzte, als die Ärztin einen Klecks herausdrückte und ihn auf der Spitze ihres Bauchs platzierte. Er sah aus wie eine Qualle, die sich auf einen Eisberg verirrt hatte. Sie verteilte das Gel, und Katharina heftete den Blick auf den Monitor.

Kommentierte die Gynäkologin für gewöhnlich, was sie sah, blieb sie auffallend ruhig. Sie bewegte den Schallkopf hin und her, vor und zurück, verharrte an einem bestimmten Punkt, Robert murmelte etwas Unverständliches, und weil die Miene der Ärztin ernster als üblich war, erkundigte sich Katharina: »Alles in Ordnung, Frau Doktor?«

»Der Kopf … er war ja auch beim letzten Mal etwas zu groß …«

»Ja okay, aber ist das schlimm?«

Statt einer Antwort schaltete die Ärztin das Gerät aus. Plötzlich war es sehr still im Raum, alle Geräusche schienen verschluckt zu sein, und dann sagte sie:

»Frau Ruhe, ich habe keine gute Nachrichten für Sie. Da ist kein Herzschlag mehr.«

Es war, als würde eine Bombe in Katharinas Innern detonieren. Ihr Herz zersplitterte in lauter winzige Atome, dann wurde alles in ihr zu Stein.

»Wie meinen Sie das?«, hörte sie Robert sagen. »Was soll das heißen?«

Katharina wusste, wie absurd seine Frage war, und doch keimte leise Hoffnung in ihr auf. Vielleicht hatte das gar nichts weiter zu bedeuten. Vielleicht war dieses Unaussprechliche, an das sie nicht mal denken wollte, überhaupt nicht passiert.

»Sie sind in der zwanzigsten Woche, da gibt es keine

andere Möglichkeit, als die Geburt einzuleiten. Sie können jetzt gerne nach Hause gehen und alles noch mal sacken lassen. Aber am Nachmittag sollten Sie unbedingt ein Krankenhaus aufsuchen und die Entzündungswerte abklären lassen. Wenn die in Ordnung sind, können Sie noch einen Tag abwarten …« Sie sog die Luft scharf ein. »Es tut mir wirklich sehr, sehr leid.«

Danach war alles unglaublich schnell gegangen. Der Gedanke, mit einem toten Kind im Bauch zurück in die Wohnung zu fahren, war unerträglich.

»Ruf ein Taxi, Robert!«, rief Katharina und wankte wie betrunken aus der Praxis.

Eine stille Geburt – das war die beschönigende Umschreibung für den Umstand, ein totes Kind zur Welt bringen zu müssen –, auch darüber hatte sie gelesen. Aber nicht eine Sekunde in Betracht gezogen, dass dieses schwere Schicksal sie selbst ereilen könnte.

Die Stunden darauf erlebte sie wie in Trance. Die Schmerzen der künstlich eingeleiteten Wehen, das Pressen, Robert hielt ihre Hand, eine Hebamme veratmete mit ihr die Wehen, und irgendwann erblickte das kleine Mädchen, das Katharina in Gedanken so oft Aurora genannt hatte, das Licht der Welt.

Es war vorbei.

Die aufgestaute Trauer entlud sich in einem gellenden Schrei, dann schossen ihr die erlösenden Tränen in die Augen.

»Wollen Sie sie sehen?«, erkundigte sich der Arzt.

»Ich weiß nicht.« Sie fühlte sich so schwach, so verletzlich, so gar nicht mehr am Leben. Vielleicht sah Aurora unheimlich aus, und sie würde das Bild niemals mehr aus ihrem Kopf bekommen. Aber die Hebamme beruhigte sie, und der Arzt versicherte ihr, dass es den meisten Paaren helfen würde, sich das tote Baby anzusehen und Abschied zu nehmen.

Aurora wurde in einem Weidenkörbchen gebracht. Klein, zart und ganz friedlich lag sie da, die winzigen Hände entspannt neben dem Körper.

Aurora. Es war das schönste Mädchen, das je geboren wurde, und Katharina glaubte in diesem Moment, dass sie kein anderes Kind je wieder so lieben könne wie sie.

Die Kleine wurde an einem sonnigen Wintertag beerdigt. Bei der Kindergedenkstätte auf dem Ohlsdorfer Friedhof. Nur Katharinas Eltern waren dabei, und ihre Mutter schloss sie fest in die Arme.

Judith

Bordighera, Juni 2019

Elf

Ein Zug fuhr auf den nahe gelegenen Gleisen vorbei, und als das Rattern verklungen war, kam es Judith so vor, als würde das Meer einen Moment lang aufhören zu rauschen.

Lene saß blass da und rieb sich das Bein, als habe sie Schmerzen, vielleicht war sie aber auch nur ebenso erschüttert wie Judith.

Sie hatte es nicht gewusst.

Niemand hatte es gewusst.

Und sie dachte, hätte sie früher davon erfahren, wäre sie längst auf Katharina zugegangen und hätte ihr verziehen. Und wohl auch Robert, der sich Katharina gegenüber nur loyal verhalten hatte.

Friedrich trat auf den Balkon, er brachte nach Basilikum duftende Bruschette und eisgekühlten Weißwein. Er schenkte die Gläser voll, dann verzog er sich diskret.

Lene fand als Erste die Sprache wieder und sagte: »Das tut mir ja so leid! Katharina, ich weiß nicht, was ich sagen soll!«

Judith war ebenso bestürzt, ihr Herz krampfte sich zusammen, und sie hatte kaum noch Speichel im Mund.

Was für ein Päckchen hatte Katharina die ganze Zeit mit sich herumschleppen müssen. Judith konnte es nur erahnen.

Katharinas zögerlicher Blick ging zu ihr. »Judith, ich wollte dir nicht wehtun. Zu keinem Zeitpunkt. Das musst du mir bitte glauben.«

Und dann tat Judith etwas, das sie bis vor wenigen Augenblicken für undenkbar gehalten hatte. Sie stand auf, kniete sich vor die Freundin hin und schlang ihre Arme um sie. Katharina war erhitzt, und als Judith ihren vertrauten Geruch erschnupperte, kamen ihr die Tränen. Wie viele Jahre hatten sie nur durch ihr Schweigen verloren. Wie viele kostbare Stunden vergeudet.

Der Moment währte bloß kurz, dann glitt Judith auf ihren Stuhl zurück. Sie waren beide verlegen und aufgewühlt, und ihre Wangen glühten.

»Was ist danach passiert?«, wollte Lene wissen. »Warum bist du nicht mehr mit Robert zusammen?«

»Ach, das ist eine lange Geschichte.« Katharina rückte den Teller in die Mitte. »Aber bedient euch doch. Ihr seid sicher hungrig. By the way … Friedrich macht die besten Bruschette in ganz Ligurien.«

Katharina hatte nicht zu viel versprochen. Hatte Friedrich früher nur Quatsch im Kopf gehabt, schien er sich zum perfekten Lebensgefährten gemausert zu haben. Kaum hatten sie den Teller geleert, brachte er eine weitere Portion mit gegrillten Auberginen und Zucchinicreme. Sie aßen und schwelgten, und als er am Ende eine noch warme Apfeltorte und drei Espressi auf den Tisch stellte, seufzte Lene wie beseelt.

»Du hast ja richtig Glück mit Friedrich.«

»Allerdings!« Einen Mikromoment lang lächelte Katharina ihr umwerfendes Grübchenlächeln. »Und du? O je, jetzt hab ich doch glatt ihren Namen vergessen.«

»Sylvie. Doch, sie ist ein Goldschatz. Und immer an meiner Seite … Gerade wenn's mir mal nicht so gut geht.«

Katharina gestand, wie betroffen sie gewesen sei, als Friedrich ihr von der MS erzählt habe. »Eigentlich ist es unverzeihlich, dass ich mich nicht sofort bei dir gemeldet habe.«

Sie versetzte Lene einen Stoß, die daraufhin sacht den Kopf schüttelte. »So im Nachhinein verstehe ich das auch gar nicht. Ich meine, wie konnte es bloß sein, dass auch unsere Freundschaft einfach so im Sande verlaufen ist?«

»Es lag an mir, Lene. Ich wollte keinen Kontakt haben. Zu keiner von euch. Ich hatte ein schlechtes Gewissen …« Katharina brach ab, ihr Blick flackerte nervös. »Es hätte die Wunde immer wieder aufgerissen, verstehst du?« Sie griff nach Lenes Hand. »Erzähl, wie geht es dir?«

»Alles im grünen Bereich. Aber lass uns ein anderes Mal darüber reden.« Sie entzog ihr langsam die Hand. »Also, wie ist es danach mit dir und Robert weitergegangen?«

Katharina legte den Kopf in den Nacken und schaute in die fedrigen Wolken, die wie auf den Sommerhimmel gepustet aussahen. »Etwa einen Monat nach der stillen Geburt sind wir nach Italien gezogen«, begann sie. »Ich hab's zu Hause nicht mehr ausgehalten. Versteht ihr das? Alles hat mich an die Kleine erinnert. Die Sachen, die ich schon für sie gekauft und bei meinen Eltern untergestellt hatte. Das Bettchen, die Wickelkommode …« Ihr gequälter Blick glitt von Judith zu Lene und wieder zurück. »Hier in Bordighera war alles unbelasteter. Dachte ich zumindest.« Ihre Stimme klang belegt, als sie von dem oberflächigen Jetsetleben erzählte, in das sie und Robert sich gestürzt hatten. »Geld hat keine Rolle gespielt, meine Eltern haben mich, wahrscheinlich aus Mitleid, großzügig versorgt. Wenn man Geld hat, lernt man viele Leute kennen. Leute, die ebenfalls Geld haben, aber auch jede Menge Schnorrer …«

»Was habt ihr den ganzen Tag gemacht?«, wollte Lene wissen. »Mit dem vielen Geld?«

»Am Strand liegen und Schampus trinken, mit dem Boot rausfahren und Schampus trinken. Nach Monte-Carlo und Nizza jetten und Schampus trinken.« Sie lachte bitter auf. »Zwischendurch gab es auch mal was zu essen, meistens Austern, und währenddessen habe ich krampfhaft versucht, wieder schwanger zu werden.«

Lene stieß einen kehligen Laut aus, es klang wie ein unterdrückter Schluchzer. »Und warst du glücklich damit?«

»Nein, todunglücklich. Ich wollte ein Kind. Und nicht dauernd angeschickert sein.«

»Und Robert?«, hakte Judith beklommen nach. »Wollte der auch ein Kind?«

Katharina hob den Blick. Die Lider schwer, die Mundwinkel hängend. Sie brauchte nichts zu sagen. Judith wusste auch so die Antwort. Er hatte es nicht gewollt. Aber aus Mitleid oder weil er ein anständiger Kerl war, hatte er mitgespielt.

»Ich weiß es nicht«, antwortete Katharina mit einigen Sekunden Verzögerung. »Es hat ja auch nicht funktioniert. Ich hab uns beide so sehr unter Druck gesetzt, da konnte es gar nicht klappen.« Sie schloss für einen Moment die rot geränderten Augen. »Es war eine schreckliche Zeit. Wir haben nur noch getrunken, uns gestritten, alles verprasst, was wir hatten.«

»Und Robert?«, hakte Judith nach. »Hat er die ganze Zeit nicht gearbeitet?«

Katharinas Nasenflügel bebten. »Doch. Er hat an seinem vermeintlichen Jahrhundertroman geschrieben. Mehr als eine halbe Seite die Woche ist aber nicht dabei rumgekommen. Und zum Jobben war sich der Herr damals ja zu fein.«

»Und dann?«, fragte Lene.

Unter Geraschel stemmte sich Katharina an der Tischkante hoch, sie strich den Popelinestoff des hellblauen Sommerkleids glatt und setzte sich gleich wieder hin. »Dann ist Robert ausgezogen. Vielleicht hab ich ihn auch rausgeschmissen, ich weiß es nicht mehr so genau. Ist ja auch egal. Wir wollten die Trennung beide. Es ging nicht mehr mit uns.« Sie sah Judith aus ihren graugrünen Augen an. »Es tut mir so leid, vielleicht könntet ihr heute noch glücklich miteinander sein.«

»Nein. Nein! Ich kann mir ein Leben ohne Tom und Lisbeth gar nicht vorstellen. Für mich hat sich … von dem Schmerz damals mal abgesehen … alles richtig gefügt.«

Wie aufs Stichwort lugte Emily aus der Balkontür. Katharina legte ein Lächeln auf.

»Na, mein Schatz, magst du dich zu uns setzen?«

Doch Emily stand bloß da und musterte die Damenrunde.

»Wir haben dir noch was übrig gelassen«, sagte nun auch Judith, aber die Kleine schüttelte ihre Locken.

»Bringst du mich ins Bett, Mama?«

»Natürlich!« Sie stand auf. »Bin gleich wieder da.«

In der Zeit ihrer Abwesenheit sprachen Judith und Lene kein Wort miteinander. Ab und zu lächelten sie einander an, Judith schrieb Lisbeth eine Nachricht, dann hefteten sie ihren Blick aufs Meer, wo die glutrote Sonne in die Wasseroberfläche einzutauchen schien.

»Okay, ihr würdet mich sowieso gleich danach fragen«, sagte Katharina, als sie kurze Zeit später zurückkam. »Emily … Also, ich hatte da mal was mit einem … na ja, ziemlich sexy Typen, den ich am Strand kennengelernt habe.« Ihr Lachen klang glockenhell, und zum ersten Mal, seit sie zusammensaßen, wie befreit. »Pech nur, dass er später ziemlich unsexy, sprich, unverschämt war und meinte, das Kind könne gar nicht von ihm sein.«

»Was macht er? Lebt er hier in Bordighera?«

»Nein, in Paris. Er ist Künstler. Ziemlich von sich eingenommen. Er zahlt auch nicht für Emily. Interessiert mich aber nicht. Ich hab mir mit dem Taschenladen einen Traum erfüllt. Ich brauche sein Geld nicht.«

»Hast du seine Adresse?«, wollte Judith wissen.

»Warum fragst du?«

»Falls Emily später mal ihren Vater kennenlernen möchte.«

Sie nickte. »Er ist ein ziemlich bekannter Fotokünstler. Aber solange Emily nicht danach fragt …« Ihre

Schultern hoben und senkten sich. »Friedrich ist ein wunderbarer Vater.« Sie kicherte wie zu Schulzeiten und legte den Zeigefinger auf die Lippen. »Wenn mir das früher jemand prophezeit hätte«, flüsterte sie, »ich hätte mich totgelacht.«

»Wir uns auch«, bestätigte Judith. »Oder, Lene?«

»Allerdings!«

Katharina erzählte, dass Friedrich sich erst nach und nach in ihr Herz geschlichen habe. Die erste Begegnung sei Zufall gewesen, da habe er mit einem Freund Urlaub in Sanremo gemacht. Aber in den Jahren darauf, Emily war noch klein, habe er sich öfter in Bordighera einquartiert. Angeblich, weil er nur hier seinen Roman aus dem Italienischen übersetzen könne. »Dabei war alles ein ausgeklügelter Plan.« Katharinas Stimme schraubte sich eine Oktave höher. »Er hatte fest vor, mich zu erobern. Weil er schon zu Schulzeiten in mich verknallt war. Habt ihr das eigentlich mitgekriegt?«

»Alle waren in dich verknallt«, entgegnete Judith nüchtern.

»So ein Idiot«, warf Lene ein. »Und mit mir macht er auf der Party rum.«

Sie sahen einander an, und obwohl es immer noch der Todestag von Katharinas Mutter war und ihre Freundin sicher zutiefst traurig war, brachen sie in Gelächter aus. Das Erzählen ihrer Geschichte, das nochmalige Durchleben der schmerzvollsten Zeit ihres Lebens, hatte offensichtlich eine Last von Katharinas Schultern genommen, die sie nun abwechselnd hysterisch kichern und weinen ließ. Friedrich trat mit besorgter Miene auf die Türschwelle, aber Judith gab ihm ein Zeichen, dass alles in Ordnung war. Ein später Zug ratterte vorbei, dann war es wieder still; nur das leise Murmeln des Meers drang zu ihnen herüber. Es waren lange Stunden gewesen. Stunden, in denen die Emotionen wie ein defektes Barometer wild in alle Richtungen ausgeschlagen waren.

»Und nun?«, fragte Judith.

»Schlafen gehen?«, entgegnete Katharina.

»Schlafen gehen«, echote Lene.

»Gut, gehen wir schlafen«, sagte Judith.

Denn morgen war schließlich auch noch ein Tag.

*

Lisbeth murmelte unverständliche Worte im Halbschlaf, als Judith leise die Zimmertür zuschnappen ließ.

»Mama?«

Judith erkannte nur schemenhaft ihre Silhouette, als sie sich im Bett aufrichtete.

»Wie war's? Habt ihr euch ausgesprochen?«

»Erzähl ich dir morgen. Schlaf weiter, mein Engel.«

Lisbeth ließ sich in die Kissen sinken, und noch während sich Judith die Schuhe auszog, ging ihr Atem wieder regelmäßig.

Viel zu aufgekratzt, um sich jetzt hinzulegen, setzte sich Judith mit dem Handy auf den Balkon. Sie las ihre Mails und Nachrichten, schrieb Tom, dass es ein klärendes Gespräch gegeben habe, dann starrte sie aufs dunkle Meer. Schwarze Wolken flogen am Himmel vorbei und ließen den Mond nur sekundenweise hervorblitzen. Wellen liefen am Strand aus, das Wasser wurde zischend über den Kieselstrand zurückgesogen, ein ewiger Kreislauf der Natur.

Es fiel Judith nicht schwer, Katharina zu verzeihen. Und sie verstand auch Robert, der sich in seiner Rolle als künftiger Vater verantwortungsbewusst gezeigt hatte. Der einzige Vorwurf, den sie den beiden machte, war, dass sie nicht mit offenen Karten gespielt hatten. Sie wäre gekränkt gewesen, ganz sicher wäre sie das, aber vielleicht hätte sie sogar Verständnis gehabt. Sie selbst hatte die Auszeit gewollt, wie hätte sie da von Robert verlangen können, dass er ihr treu blieb? Erst jetzt fiel ihr wieder ein, dass sie sich einen Abend lang ihren Kommilitonen Kai schöngetrunken hatte. Es war nichts weiter passiert, sie hatte rechtzeitig die Notbremse gezogen, aber wer wusste schon, ob es bei einem attraktiveren Mann nicht ganz anders gekommen wäre.

Kurzerhand griff sie nach ihrem Smartphone und schrieb Robert eine Nachricht.

Katharina hat heute mit mir und Lene geredet. Alles ist gut. Es tut mir leid wegen … Du weißt schon. Gruß, Judith

Sie schickte die Nachricht los und wollte ihr Handy ausstellen, als es klingelte.

»Judith?« Roberts Stimme klang belegt. Vielleicht hatte er geschlafen. »Bist du noch wach?«

»Sonst hätte ich dir wohl kaum geschrieben.«

»Danke für dein Verständnis.«

Sie schwieg. Unten am Lungomare schlenderte ein Pärchen Arm in Arm vorbei.

»Bist du noch dran, Judith?«

»Ja, sicher.«

»Ich wollte unbedingt noch was loswerden.«

»Okay?«

Robert hüstelte, dann sagte er: »Ich habe dich damals sehr geliebt, das weißt du ja, aber ich war auch ... ja, mit dem Abstand der Jahre kann ich es zugeben ... eifersüchtig.«

»Weil ich an der Schauspielschule angenommen wurde?«

»Ja, nein, weiß nicht ... das hat mich stolz gemacht. Du hast deine ersten Gehversuche ja sozusagen bei mir gemacht. Ich war eifersüchtig, weil sich dein Leben nur noch um die Schauspielerei gedreht hat. Ich hatte das Gefühl, in einer ellenlangen Schlange ganz hinten anstehen zu müssen.«

Ein Ruck ging durch Judiths Magen. »Das tut mir leid, Robert. Das hab ich nicht gewollt.«

Vielleicht hatte er recht. Vielleicht hatte sie sich damals zu sehr mit sich selbst beschäftigt, immer nur sich und den Unterricht an der Schule ins Zentrum der Welt gerückt.

»Versteh mich bitte nicht falsch, Judith, ich mache dir keine Vorwürfe. Ich bin der Letzte, der das tun dürfte. Ich will dir nur sagen, dass ich mich unter anderen Umständen womöglich gar nicht auf die Affäre mit Katharina eingelassen hätte.«

»Es ist in Ordnung, Robert. Wir waren jung. Wir haben alle unsere Fehler gemacht.«

»Als Katharina schwanger war ...« Ein unterdrückter Seufzer drang an ihr Ohr. »Ich konnte sie nicht einfach hängen lassen, verstehst du das?«

»Na klar. Das war nur fair von dir. Aber warum habt ihr mir nicht einfach gesagt, was los ist?«

»Wir wollten dir nicht unnötig wehtun …« Er lachte gedämpft. »Das haben wir uns jedenfalls eingeredet. Ich hatte vor, mit dir zu sprechen, wenn du aus Portugal zurück bist. Aber dann war es doch leichter, den Kopf feige in den Sand zu stecken. Ganz ehrlich? Ich schäme mich sehr dafür.«

Schweigen trat ein, und Judith bedauerte es, Robert jetzt nicht bei einem Gläschen Limoncello gegenübersitzen zu können. Um seine Reaktion hautnah mitzuerleben, um ihm in diesem Moment nahe zu sein.

»Weißt du es schon?«, fragte Judith.

»Was?«

»Katharinas Mutter ist heute gestorben.«

Robert reagierte bestürzt. Er war zwar nicht der Mann, den sie sich für ihre Tochter gewünscht hatte, aber natürlich hatte er sie sehr gut gekannt.

»Fliegt Katharina nach Deutschland?«

»Ich denke, ja.«

»Wann?«

»Ich weiß es nicht. Es ist ja alles noch ganz frisch.«

Er sagte, er würde Katharina morgen sein Beileid aussprechen. »Wenn sie nichts dagegen hat, komme ich zur Trauerfeier. Und du, Judith?«

»Keine Ahnung. Ich hab mir noch keine Gedanken darüber gemacht.«

»Verstehe.« Er schwieg ein paar Sekunden. »Sehen wir uns mal wieder?«

Auch das wusste sie nicht, aber sie sagte: »Ich hab ja deine Nummer. Vielleicht irgendwann einmal.«

Dann legten sie auf. Müde, zufrieden, aber immer noch aufgewühlt schlüpfte Judith zu Lisbeth ins Bett, drehte sich zu ihr und griff nach ihrer nachtwarmen Hand.

Judith

Nizza, Hamburg, Juni 2019

Sie mussten eine seltsame Prozession abgeben, so, wie sie da gemeinsam am Flughafen von Nizza auftauchten: Judith mit Lisbeth und Lene im Schlepptau, Katharina mit Emily und einem pinkfarbenen Rucksack voller Bücher und Puppen, Friedrich, der mit unzähligen Taschen und Rucksäcken beladen war, sowie Robert, der wie zu Schulzeiten einen dunklen Anzug und Krawatte trug.

Katharina hatte sich einverstanden erklärt, dass er sie begleitete. Obwohl sie seit Jahren einen großen Bogen um ihn machte. Aber vielleicht war es nur gut, dass er ihr in der schweren Stunde beistand. Weil er zu ihrer Vergangenheit gehörte. Weil er ihr trotz allem vertraut war.

Lisbeth beäugte Robert immer wieder verstohlen und runzelte dabei unmerklich die Stirn. Später im Flugzeug gestand sie Judith, dass sie sich Mamas *große Liebe* immer ganz anders vorgestellt habe. Mindestens ein bisschen so wie George Clooney oder Ryan Gosling.

»Soll ich dir was verraten?«, flüsterte Judith ihr ins Ohr, als die Anschnallzeichen erloschen. »Früher sah er viel besser aus als der olle Clooney und dieser Gosling zusammen.«

»Glaub ich nicht.«

»Und ich glaube nicht, dass es nur auf Äußerlichkeiten ankommt. Oder hast du dir deine Freunde immer nur danach ausgeguckt?«

»Was denkst du eigentlich von mir? Natürlich nicht!«

Judith wollte wissen, ob sich etwas Neues wegen Elias ergeben habe.

»Ja.« Sie zog den Mund in die Breite und schielte den Vordersitz an.

»Und was? Mach's nicht so spannend.«

»Ich hab ihn abgehakt. So richtig, meine ich. Ich hole nur noch meine Sachen aus der WG, und dann kann er mich mal.«

»Sehr schön«, sagte Judith und hoffte für ihre Tochter, dass der Liebeskummer tatsächlich schon ein wenig verflogen war. Bei Robert hatten die Nachwehen damals sehr lange angedauert.

Nach und nach wurde es still um sie herum. Katharina saß mit Friedrich und der kleinen Emily drei Reihen vor ihnen; Lene und Robert steckten schräg dahinter die Köpfe zusammen. Sie schienen einiges zu bereden zu haben, mit ihrer gemeinsamen Leidenschaft fürs Schreiben.

Lisbeth setzte ihre Kopfhörer auf und war schon im nächsten Moment in die Welt der Musik abgetaucht, Judith fischte in ihrer Tasche nach den verbleibenden Briefen. In Italien hatte sie mal in diesen, mal in jenen hineingeschnuppert, aber irgendwann die Lust verloren, weil ihre Mutter sich wochenlang über ihr neues Hobby, die Tomatenzucht, ausließ. Judith erinnerte sich sehr genau an diese Phase. Zeitweise hatte es so viel zu ernten gegeben, dass ihre Mutter sie bei schönstem Sommerwetter zum Tomateneinkochen verdonnert hatte.

Lediglich ein Dutzend Briefe war unangetastet, die las sie jetzt, während das Flugzeug über einer dichten Wolkendecke sanft dahinschnurrte.

Hamburg, den 13.8.1989

Liebe Hilde,
hätte… könnte… würde… Nein, es ist, wie es ist. Den Konjunktiv habe ich noch nie gemocht. Ich liebe ihn. Ja, wirklich, ich liebe ihn so sehr, unsere gestohlenen Stunden sind ein einziges Fest, aber ich schaffe es nicht, Gerd zu verlassen.

Judiths Herz begann in einem nervösen Beat zu schlagen. Also doch. Ihre Mutter hatte einen Geliebten gehabt. Bemerkt hatte Judith es nie. Sie las weiter.

Wie sähe das denn aus? Du weißt ja, wie die Leute sich das Maul zerreißen… Und wovon sollte ich denn bitte schön auch leben? Das bisschen Geld, das Gerd für mich als Gehalt von seiner Firma abzwackt, würde nicht ausreichen. Nein, Irmchen, es geht nicht, da kannst du mir noch so gut zureden, leb heute, koste die Liebe aus, bevor du wie eine Blume am Wegesrand verblühst. Es stimmt schon, ich hätte mir auch einen anderen Vater für meine Töchter gewünscht. Einen, der sie auf die Zukunft vorbereitet, der sie inspiriert, der ein Vorbild für sie ist. Aber nun ja, es hat nicht sollen sein. Mein Leben spielt sich hier und

jetzt ab, mit Judith und Anna, die mich beide immer noch brauchen.
Bis zum nächsten Mal, meine Liebe! Lust auf ein Stück Torte im Alsterpavillon?
Dein Irmchen
PS: Gerd ist heute wieder mal unausstehlich. Er hat Judith so schlimm ausgeschimpft (wegen nichts und wieder nichts!), dass ich ihn am liebsten rausgeworfen hätte.

Verstört faltete Judith den Brief zusammen und stopfte ihn in den Umschlag zurück. Nach und nach dämmerte es ihr. Offenbar hatte Hilde genau das beabsichtigt. Sie wollte, dass Judith diese intimen Dinge über ihre Mutter erfuhr.

Die Getränke wurden serviert, aber Judith lehnte dankend ab. Noch eine Handvoll Briefe lag auf dem Tischchen vor ihr, und ungeduldig überflog sie einen nach dem anderen. Gut möglich, dass ihre Mutter ihren Romeo absichtlich nicht namentlich erwähnt hatte. Um ihn und auch sich selbst zu schützen. Egal, was am Ende dabei rauskam, Judith musste die Sache jetzt zu Ende bringen. Sie war wie im Fieber, als sie einen spitzen Ellbogen in der Seite spürte.

»Mama, was tust du da eigentlich?«

»Etwas, das du hoffentlich später nie tun musst, wenn ich mal nicht mehr da bin.«

Lisbeth rollte unmerklich mit den Augen und verschanzte sich gleich wieder hinter ihren Kopfhörern.

Das Flugzeug war bereits im Landeanflug, und sie wurden gebeten, die Tische hochzuklappen, als Judith den vorletzten Brief entfaltete.

Hamburg, den 17.01.1999

Liebe Hilde,
ich hoffe, du hast es schön in Travemünde. Gehst du auch jeden Tag an die frische Luft? Ist das Essen anständig? Hast du vielleicht sogar einen Kurschatten? (!!!)
Hach, du denkst, ich bin zum Scherzen aufgelegt, aber das Gegenteil ist der Fall. Der Liebeskummer zerreißt mich schier. Ja, ich habe Hans geliebt. Ich habe ihn so sehr geliebt, und manchmal stelle ich mir vor, er wäre nicht nur mit Judith ins Theater gegangen, sondern auch ihr leiblicher Vater gewesen …

Hans! Ihr Nennonkel Hans. Der Lieblingsmensch ihrer Kindheit. Judith versuchte weiterzulesen, aber die Worte verschwammen vor ihren Augen. Eine Weile weinte sie still, dann erfasste sie eine unbändige Freude darüber, dass ihre Mutter ausgerechnet diesen Mann geliebt hatte. Ohne zu zögern, beugte sie sich zu Lisbeth rüber und gab ihr einen Schmatzer auf die Wange.

»Spinnst du, Mama?«

»Nein.« Sie strich ihr eine Locke aus dem Gesicht. »Ich bin glücklich. Einfach nur glücklich.«

»Na, wenn's weiter nichts ist«, erwiderte Lisbeth, dann holperte das Flugzeug durch die norddeutschen Wolken hindurch und setzte kurz darauf zur Landung an.

*

Katharinas Mutter hatte sich zu Lebzeiten eine kleine und schlichte Zeremonie am offenen Grab gewünscht. Kein Tamtam, nur der engste Familienkreis sollte dabei sein. Der bestand aus zwei Tanten, drei Cousins und einer Cousine. Die Nachbarschaft fand sich ein – Katharina war ganz offensichtlich gerührt, wie liebevoll ihr alle kondolierten –, aber die wichtigsten Stützen, das betonte sie immer wieder, waren ihr Friedrich, Lene, Judith und auch Robert. Tom und Lisbeth hatten es vorgezogen, zu Hause zu bleiben. Sie kannten weder Katharina noch ihre Mutter und fanden, dass sie fehl am Platz waren. Tom freute sich über die Annäherung der Freunde, wollte ihnen aber nicht die kostbare gemeinsame Zeit rauben. Vielleicht legte er auch keinen gesteigerten Wert darauf, Robert kennenzulernen – das konnte Judith nachvollziehen.

Es war ein warmer Sommertag, perfektes Wetter, um Boot zu fahren, Erdbeerkuchen unter ausladenden Baumkronen zu essen oder faul im Liegestuhl zu fläzen und zu lesen. Nicht aber für eine Beerdigung. Für eine Beerdigung gab es kein perfektes Wetter. Regen und Kälte machten alles nur noch trauriger, zuckrige Schäfchenwolken am blauen Himmel hatten etwas Zynisches. Als wollten sie den Verstorbenen zuwinken und zeigen, wie schön das Leben war.

Katharina schluchzte, seit sie mit ihrer Schwester Isi und der verstörten Emily aus dem Taxi gestiegen war. Sie war völlig außer sich, die Schminke zerlaufen, das Gesicht zur Fratze verzerrt. Ohne zu zögern, nahm Judith das Mädchen an die eine Hand, Friedrich an die andere – so spazierten sie über den Friedhof. Lene und Robert hatten sich bei Katharina untergehakt. Judith, die in Erinnerung an die Trauerfeier ihrer Mutter selbst mit den Tränen kämpfte, machte sich ernsthaft Sorgen und blickte sich immer wieder nach dem Dreierspann um. Nie zuvor hatte sie Katharina so verletzlich erlebt. Wie eine Pusteblume im Orkan. Das Leben mit all seinen Widrigkeiten und Einbahnstraßen hatte sie verändert, und einen Moment lang bedauerte Judith es, dass sie ihr in der dunkelsten Zeit nicht hatte beistehen können.

Erst sehr viel später, als sie in einem Café in Eppendorf bei Kaffee und Kuchen zusammensaßen, hörte Katharina auf zu weinen. Und auch Emily konnte wieder lächeln und sich in gewohnter Vertrautheit an ihre Mama schmiegen.

Die Verwandten und Nachbarn erzählten von ihren letzten Erlebnissen mit der Mutter. Sie stießen mit einem Likörchen auf sie an, dann war es für die älteren Herrschaften Zeit, aufzubrechen. Katharinas Schwester Isi schloss sich ihnen an. Trauerfeiern, so stellte sie bedauernd klar, seien so gar nicht ihr Ding.

»Champagner?«, erkundigte sich Katharina, als sie kurz darauf unter sich waren. »Ich brauche jetzt dringend was Alkoholisches, das nicht so süß ist wie dieser fiese Likör.«

Ohne die Antwort abzuwarten, sprang Friedrich auf und orderte eine Flasche.

»Ich muss da mal was loswerden«, sagte Katharina, nachdem sie erneut auf ihre Mutter angestoßen und ihre Gläser gen Himmel gereckt hatten.

»Judith, kommst du mit Pipi machen?«, fragte Emily bloß einen Pulsschlag drauf, und Judith begleitete die Kleine ohne zu zögern auf die Toilette. Seit sie und Friedrich mit ihr über den Friedhof spaziert waren, hatte sie immer mehr Vertrauen zu ihr gefasst, was Judith sehr freute.

»Ich kenn die Oma ja nicht so gut«, sagte Emily, während Judith vor der angelehnten Tür wartete, »aber ich vermisse sie trotzdem.«

»Das ist ganz normal. Ich vermisse meine Mama auch immer noch.«

Das Mädchen zog ab und trat, sich den Rock runterziehend, aus der Kabine. »Ist sie auch tot?«

»Ja. Sie ist letztes Jahr gestorben.«

Emily wusch sich die Hände. »Mama hat gesagt, dass man die Toten ab und zu in den Wolken sehen kann.«

»Ja, das kann man.«

»Und manchmal kommen sie auch als Vögel vorbeigeflogen.«

Judith musste schmunzeln. Erst vor ein paar Tagen in Bordighera hatte sie einen Spatz beobachtet, der minutenlang um sie herumgehüpft war und sie angezwitschert hatte. Und sie hatte auch den zugegebenermaßen absurden Gedanken gehabt, dass ihre Mutter ihr ein Zeichen sandte.

»Kommst du?« Judith nahm Emily an die Hand, und als sie an den Tisch zurückkehrten, erhoben gerade alle ihre Gläser.

»Judith, wir möchten auf dich trinken!«, rief Katharina ihr entgegen. »Und dir für deine Hartnäckigkeit danken. Denn ohne dich würden wir hier nicht zusammensitzen.«

Sie prostete den anderen zu.

»Auf Judith«, sagte Robert.

»Auf uns alle«, sagte Lene.

»Darauf, dass wir der bekloppteste Jahrgang waren, den es je an unserer Schule gegeben hat«, ergänzte Friedrich.

Es wurde ein langer, champagnerreicher, mal trauriger, mal unbeschwerter Abend. Sie wärmten Geschichten von damals auf, Robert machte Judith aufrichtige Komplimente für ihre Arbeit als Schauspielerin, was Katharina wortreich bekräftigte. Lene lud die ganze Truppe über Silvester in die Schweiz ein, Katharina wollte sie alle im Sommer darauf in Bordighera sehen, und je mehr sie tranken, desto absurder wurden ihre Ideen. Robert hielt es für angebracht, nach Amerika zu jetten, um gemeinsam auf den Spuren Truman Capotes zu wandeln. Friedrich schlug das Belle-Époque-Café *Gambrinus* in Neapel als Treffpunkt vor. Judith und Katharina waren sich einig darin, dass man einmal im Leben nach Kuba fliegen müsse. Am besten zusammen. Und Lene, die sich als Einzige beim Alkohol zurückgehalten hatte, träumte von einer Reise zu fünft nach Tokio. Es lag auf der Hand, dass sie nichts von allem in die Tat umsetzen würden und sie sich glücklich schätzen konnten, wenn die gemeinsame Silvesterfeier in Luzern klappte. Aber all das spielte keine Rolle. Sie hatten einander wiedergefunden und spürten für ein paar Augenblicke die alte Verbundenheit. Wie in den Tagen, als sie noch Schüler waren, die Köpfe voller Luftschlösser und absurder Ideen. Danach würde jeder wieder in sein altes Leben schlüpfen, wie in ein Paar ausgelatschte Pantoffeln, die vielleicht nicht die schönsten waren, aber trotzdem am besten passten.

Als sie sich spät am Abend trennten, drückte Katharina Judith an sich und sagte: »Bitte verzeih mir.«

»Aber das hab ich doch längst getan.«

»Und versprich mir, dass wir uns bald wiedersehen. Egal, wo auf der Welt.«

Judith versprach es, und in dem wohligen Gefühl, sich selbst, aber auch ihren Freundinnen und Freunden ein Stück Leben zurückgegeben zu haben, fuhr sie nach Hause zu Tom.

Judith

Hamburg, Juli 2019

EPILOG

Zweite Etage, Zimmer 201.

Seit nunmehr einer Stunde saß Judith bei Hilde, und der unverkennbare Altenheimgeruch schien bereits überall zu haften. In ihrer Kleidung, in ihren Haaren und auf ihren Nasenschleimhäuten. Doch während sie von Luzern, von Italien und von ihren Freundinnen erzählte, nahm sie ihn bald nicht mehr wahr, und irgendwann vergaß sie ihn ganz.

Hilde, die in Judiths Abwesenheit einen Rollstuhl bekommen hatte und darin zentimeterweise vor- und zurückrollerte, lächelte.

»Judith, das ist wirklich ganz wunderbar. Das freut mich ja so für dich!«

Sie nickte Hilde zu. »Magst du vielleicht ein bisschen rausgehen?« Es war ein angenehm warmer, aber nicht zu heißer Tag. Der Himmel hatte den intensiven Blauton Italiens, und im Garten des Seniorenheims blühten Sonnenblumen und Hortensien neben üppigen Lavendelbüschen; das hatte Judith vom Fenster aus gesehen.

»Sehr gern«, erwiderte Hilde. »Aber ich bin nicht mehr gut zu Fuß.«

»Dafür haben wir doch den Rollstuhl.«

»Ach ja, ich vergaß! An den muss ich mich erst noch gewöhnen. Kannst du ihn schieben? Schaffst du das?«

»Kein Problem, Hilde«, sagte Judith und rollte die alte Dame aus dem Zimmer.

Kurz darauf saßen sie im Garten, Hilde inhalierte tief die milde Sommerluft und probierte von der dunklen Limonen-Schokolade, die Judith ihr aus Italien mitgebracht hatte.

»Hm, schmeckt irgendwie nach Urlaub.« Sie ließ die Tafel sinken und lächelte Judith schmerzlich an. »Nach Italien schaffe ich es in diesem Leben ja nun nicht mehr.«

»Warum eigentlich nicht?«, entgegnete Judith aus einer Laune heraus. »Ich könnte dich doch mal mitnehmen.«

»Das ist wirklich lieb von dir, Judith-Schatz, aber …« Sie schüttelte den Kopf. »Ich bin hier besser aufgehoben.« Sie griff in einen Lavendelstrauch, rieb sanft an der Blüte, dann schnupperte sie an ihren Fingern. »Hach, herrlich! Weißt du noch? Deine Mutter hatte immer diese wunderbar duftende Lavendelseife.«

Selbstverständlich erinnerte Judith sich daran. Ihre Mutter hatte ihr Leben lang Lavendelseife benutzt, und auch die Wäsche hatte danach gerochen.

Bisher hatte Judith das Thema ausgespart, doch jetzt ging ein Lächeln über Hildes Gesicht, als sie fragte: »Und? Hast du mal die Briefe gelesen?«

»Ja.«

»Alle?«

»Alle.«

Hilde seufzte. »Ich habe mir die ganze Zeit Gedanken gemacht, ob es die richtige Entscheidung war. Aber ich glaube, deine Mutter hätte gewollt, dass du und Anna, dass ihr es erfahrt.« Wieder schnupperte sie an ihren Fingern. »Warst du schockiert?«

Judith dachte einen Moment nach. »Nein, nicht schockiert. Aber überrascht, das schon. Ich hätte niemals für möglich gehalten, dass ausgerechnet meine Mutter …«

Hilde lachte auf. »Ich weiß, was du sagen willst. Deine Mutter wirkte ja manchmal ein wenig bieder, um nicht zu sagen prüde, nicht wahr?«

Das stimmte. Judith hätte es nicht treffender formulieren können. Selbst auf den Fotos, die sie als junge Frau zeigten, hatte sie etwas Altjüngferliches an sich.

»Ich hab mich sehr für sie gefreut, als ich das gelesen habe«, bekannte Judith. »Es ist schön, dass ihr Leben doch nicht so freudlos war, wie ich immer geglaubt habe.« Sie hielt kurz inne, dann fuhr sie mit Blick in den Sommerhimmel fort: »Ich habe Onkel Hans sehr gemocht.«

»Ich weiß, mein Kind, ich weiß.«

»Ohne ihn wäre ich womöglich nie Schauspielerin geworden.«

»Auch das weiß ich.«

»Aber mein Vater konnte nun mal nicht aus seiner Haut.«

Als Jugendliche hätte sie alles getan, aber niemals ihren Vater verteidigt. Erst nach seinem Tod hatte sie eine positive Seite an ihm erkennen können. Seine Zuverlässigkeit und Fürsorge für die Familie. Und sein unbedingter Wunsch, dass seine Töchter einen guten

Schulabschluss machten, um später auf eigenen Beinen zu stehen.

»Hach, Judith, es war schon tragisch«, fuhr Hilde fort. »Deine Mutter hatte einfach nicht den Mut, deinen Vater zu verlassen. Tja, und Hans wollte nicht sein Leben lang immer bloß ihr Geliebter sein. Was man ja durchaus verstehen kann. Eines Tages hat er dann diese Opernsängerin aus Graz kennengelernt.«

Jetzt fiel es Judith wieder ein. Ihre Mutter hatte ihr sogar von der Österreicherin erzählt und dass Onkel Hans zu ihr gezogen sei. Sie hatte dabei gelächelt und sich den Schmerz nicht eine Sekunde anmerken lassen. Judith hatte damals darauf gedrungen, an seine Adresse zu kommen, sie wollte ihm gerne schreiben, aber von einem Tag auf den anderen war er sang- und klanglos verschwunden. Angeblich gab es nicht mal eine Kontaktadresse. Das hatte ihr eine Zeit lang sehr wehgetan.

»Weißt du etwas über ihn?«, fragte Judith. »Lebt er noch? Ist er in Österreich?«

Urplötzlich war der aberwitzige Gedanke aufgetaucht, Hans zu besuchen. Aber Hilde, die leider keinerlei Informationen über ihn hatte, sagte mit der Weisheit ihrer acht Lebensjahrzehnte:

»Lass gut sein, Judith. Falls er überhaupt noch am Leben ist, würdest du bloß alte Wunden bei ihm aufreißen. Er weiß ja nicht mal, dass sein Irmchen tot ist. Wenn er wollte, hätte er sicher längst Kontakt zu dir aufgenommen. Du bist eine prominente Frau.«

Vielleicht hatte Hilde recht, vielleicht aber auch nicht. Und es war schließlich nicht verboten, ihn zu googeln.

Nicht heute, auch nicht morgen, aber womöglich in einer Woche oder in einem Jahr.

Es war spät geworden, die Sonne hinter der großen Eiche im Hof verschwunden. Judith brachte Hilde aufs Zimmer zurück, dann umarmte sie sie und dankte ihr dafür, dass sie ihr die Briefe geschickt hatte. Ohne ihr Zutun wäre sie niemals auf die Suche nach Lene und Katharina gegangen, und die Trauer darüber hätte ewig schwer auf ihr gelastet.

»Kommst du mal wieder vorbei, mein Herz?« Hilde sah sie bange an. Der Lippenstift, den sie wohl Judith zu Ehren aufgetragen hatte, war bröselig geworden, das Puder hatte sich in den Knitterfalten ihrer Wangen abgesetzt.

»Aber natürlich«, sagte Judith. »Glaubst du, ich vergesse dich einfach so?«

Hilde lächelte. Es war das zufriedene Lächeln einer Frau, die ein erfülltes Leben gelebt hatte.

»Und wenn du doch noch mal nach Italien möchtest, gibst du mir einfach Bescheid, ja?«

»Dann gebe ich dir Bescheid«, echote Hilde.

Sie rollte auf den Flur hinaus, und Judith spürte lange ihren Blick auf sich ruhen, während sie beschwingt den Ausgang des Seniorenheims ansteuerte.

Dank

Lange habe ich nach einem Schauplatz für meinen Roman gesucht und bin vor zwei Jahren in Bordighera an der italienischen Riviera fündig geworden. Dort, im Hotel *Parigi*, habe ich die ersten Ideen skizziert und mich jeden Tag ein wenig mehr in das Städtchen mit den prächtigen Jugendstilvillen verliebt. Danke an Signora Laura, die gute Seele des Hotels, die mir die Botanik der Region nahegebracht hat. Außerdem an das reizende Ehepaar Christa und Enrico Della Torre, die meinen Mann und mich in die Kunstgalerie im Ort entführt haben, wo unter anderem Enrico Della Torres abstrakte Werke ausgestellt waren.

Ich danke der Schauspielerin Nora Hickler für ihre Insidertipps rund um das Thema Schauspielerei, Bruno Hächler für die Hilfe bei geografischen Fragen in Luzern, Melanie Böge für den Feinschliff der italienischen Dialoge und meinem Mann Ryszard für seinen kritischen Blick auf den Stoff und die unzähligen Teller Pasta, die mich beim Schreiben beflügelt haben. Ein herzliches Dankeschön geht auch an meine Lektorin Michaela Sappler vom Piper Verlag, die stets ein offenes Ohr für mich hatte und mir mit kreativen Vorschlägen zur Seite stand, sowie an die Redakteurin Lisa Caroline Wolf für ihr kompetentes und feinfühliges Lektorat.

Ganz besonders aber möchte ich mich bei meinen Freundinnen bedanken, ohne die sich mein Leben so viel weniger reich, schillernd und wohlig-warm anfühlen würde.